"中国现当代名家散文典藏"编辑委员会

主　任：阎晶明
副主任：丁　帆
委　员（以姓氏笔画为序）：
　　　　止　庵　孔令燕　何　平　何向阳
　　　　李红强　张　莉　周立民　施战军
　　　　贺绍俊　臧永清

中国现当代
名家散文
典藏

许地山散文

人民文学出版社

图书在版编目（CIP）数据

许地山散文/许地山著.—北京：人民文学出版社，2022
（中国现当代名家散文典藏）
ISBN 978-7-02-016664-0

Ⅰ.①许… Ⅱ.①许… Ⅲ.①散文集—中国—现代 Ⅳ.①I266

中国版本图书馆CIP数据核字（2022）第044201号

责任编辑　陈彦瑾
装帧设计　陶　雷
责任印制　宋佳月

出版发行　人民文学出版社
社　　址　北京市朝内大街166号
邮政编码　100705

印　　刷　河北环京美印刷有限公司
经　　销　全国新华书店等

字　　数　245千字
开　　本　880毫米×1230毫米　1/32
印　　张　11.5　插页4
印　　数　1—5000
版　　次　2022年1月北京第1版
印　　次　2022年5月第1次印刷

书　　号　978-7-02-016664-0
定　　价　38.00元

如有印装质量问题,请与本社图书销售中心调换。电话:010-65233595

作者像

1934年许地山与家人拍摄于北京颐和园石舫

1935 年司徒乔作许地山肖像素描

作者手迹

出版缘起

中国现代文学开启自一百多年前的一场文学革命。从此,与社会现实密切相关,普通大众可以接受、可以欣赏、可以从中得到思想启蒙和艺术享受的新文学,就如雨后春笋般生长,涌现出一篇又一篇、一部又一部影响当时、传之久远的经典作品。自"五四"新文学以来的中国现当代文学发展进程中,散文无疑是耀人眼目的明星。

散文既能直抒胸臆,又能描摹万物,因此被视为自由多样的文体;散文语言贴近日常,最易触动人们的情感,可以直接地陶冶人们的心灵。这也是经典散文被誉为美文、拥有广泛读者、历经岁月更迭仍让人捧读的原因。百余年来的中国现当代散文创作云蒸霞蔚,已莽莽如浩瀚的文学森林,人们若贸然闯入这片森林之中,时有乱花迷眼、茫然难辨之困扰。为了让广大喜爱散文的读者能够更迅捷地读到中国现当代散文的经典性作品,我们精心编选了这套"中国现当代名家散文典藏"丛书。本丛书编选过程中,我们邀请了文学界的专家学者组成编委会,在认真商讨的基础上,汇集、编选了20世纪以来中国现当代散文史上的名家、名作。目的就是方便广大读者感受散文经典的艺术魅力,有利于集中欣赏、比较阅读、收藏,以及进行相关研究。

在研究、讨论过程中,编委会形成了经典性的编选宗旨。卷帙浩繁的现当代散文作品中,以经典作家、经典作品的筛选为编选原则,是为读者提供阅读便利的需要,也是为百余年散文创作所做的某种回顾和总结。我们深知,任何一部文学经典都并非一蹴而就,也非任由某个权威命名而成,文学经典是经过时间的淘洗,经受了社会和读者等各个方面的考验,自然形成的。这个淘洗和考验的过程就是一部文学作品被经典化的过程。经典,是经典化过程的结晶。中国现代文学是中国当代文学的前身,当代文学是活在我们身边的文学,这是一件非常有趣的事,因为这样一来,我们也许就能亲眼看到一部文学作品是如何诞生的,又是如何引起社会的热议、得到不断深入阐释的,我们对一部当代散文的喜爱,往往也是在这一过程中不断地得以强化。经典便是在这样不断被阅读、被热议、被阐释的过程中得到人们的广泛肯定从而成为大家公认的经典。当我们要编选一套现当代散文经典的丛书时,就应该考虑到当代文学的这一特点,要意识到当代文学的经典并不是凝固不变的,它仍处在不断丰富和不断成熟的经典化过程之中。这就确定了我们的基本编辑思路,即我们自觉地将"中国现当代名家散文典藏"的编选和出版,视为参与到现当代散文的经典化过程的一次积极行动。经典化,为我们的编选打通了一条通往经典性的最佳通道。我们从经典化的角度来审视现当代散文,就要更强调发展和辩证的眼光,更需要发现和辨析那些正在茁壮生长中的新现象和新作品;这也提醒我们,在经典标准的确认上不能墨守成规。我们既要关注作为文学史的经典,同时又要更看重历经岁月变幻始终在广大读者中拥有良好口碑的作品。我们认为,读者是经典化过程中不可忽视的参与者,因此也希望这次"中国现当代名家散文典藏"的编选和出版,能够为广大读者参与到现当代散文经典化进程中来提供一次良好的机会。

经典化的编选思路,自然决定了这套丛书有另一特征:开放性。中国现当代文学作为活在我们身边的文学,这就意味着它是一种具有旺盛生命力的,仍在茁壮生长的文学。回望过去的一百余年,现当代散文已经产生了不少的经典性作品;凝视当下的现实,仍有许多正行走在经典化道路上的优秀作品;放眼未来,我们相信,将会有更多的经典脱颖而出。我们这套散文典藏丛书不光要"回望",而且还要有"凝视"和"放眼",也就是说,我们不光要推出已有定论的经典性作品,而且还要把那些正行走在经典化道路上的,以及刚刚萌芽即将脱颖而出的优秀作品也纳入丛书的视野,因此我们必须采取开放性的编选方针。我们不是一次性地编选数十本书就宣布大功告成了,我们还要在此基础上继续延伸下去,把在经典化进程中逐渐成熟了的作家和作品吸纳进来,作为系列丛书、长期工作、"长河"计划而接连不断地出版下去。

本丛书编辑过程中,坚持优中选优原则,同时也充分尊重作家意愿和相关版权要求。在编辑"中国现当代名家散文典藏"过程中,由于版权限制等因素,使得一些名家名作还没有如期纳入丛书当中,我们也将努力创造条件,争取将更多的优秀散文佳作奉献给读者,以呈现中国现当代散文创作的整体成就和总体风貌。

感谢广大作家的支持,感谢广大读者的厚爱。

人民文学出版社
"中国现当代名家散文典藏"编辑委员会

目 录

- *1* 导读

- *1* 空山灵雨
- *62* 读《芝兰与茉莉》因而想及我底祖母
- *76* 无法投递之邮件
- *99* 窥园先生诗传
- *111* 旅印家书
- *141* 上景山
- *145* 先农坛
- *148* 忆卢沟桥
- *152* 无法投递之邮件(续)
- *156* 危巢坠简

- *159* 中国经典上底"上帝"
- *168* 宗教的生长与灭亡
- *183* 我们要什么样的宗教?
- *188* 现行婚制之错误与男女关系之将来
- *202* 燕京大学校址小史

209	观音崇拜之由来
213	造成伟大民族底条件
222	读书谈
231	近三百年来底中国女装(节选)
235	民国一世
242	青年节对青年讲话
248	国粹与国学
266	宗教底妇女观
281	牛津的书虫
284	创作底三宝和鉴赏底四依
288	粤讴在文学上底地位(节选)
292	中国美术家底责任
298	印度戏剧之理想与动作
305	《孟加拉民间故事》译叙
313	《印度文学》绪说
316	序《野鸽的话》
319	怡情文学与养性文学
321	老鸦咀
323	论"反新式风花雪月"

导　读

　　许地山（1893—1941），本名许赞堃，字地山，笔名落华生。1921年，他参与发起著名社团文学研究会，是"五四"新文化运动的先驱者之一。撰有《缀网劳珠》《空山灵雨》《解放者》《无法投递之邮件》《杂感集》《危巢坠简》等小说、散文集，以及《印度文学》《达衷集》《道教史（上册）》《国粹与国学》《佛藏子目引得》等学术著作。

　　许地山的《空山灵雨》作为系列散文小品，最初连载于1922年的《小说月报》。1925年上海商务印书馆将其作为"文学研究会丛书"之一出版。像许地山起步较早且创作出系列散文小品的新文学作家，在当时还是不多见的。阿英在《落华生小品序》中评价称，这本散文集是"现代小品文的最初成册的书"，并认为"落华生的小品，在小品文运动史上，是将永久存在的"。

　　许地山早期散文小品的"特异"之处，在于有宗教的思维视角和神秘色彩。关于这一点，沈从文在《论落华生》中指出："在中国，以异教特殊民族生活，作为创作基本，以佛经中邃智明辨笔墨，显示散文的美与光，色香中不缺少诗，落华生为最本质的使散文发展到一个和谐的境界的作者之一。"1920年，许地山从燕京大学文学院毕业，留校任教。他随后回到福建漳州接妻子林月森进京,哪想中途妻子忽染重病,不幸去世。突如其来的打击,使他陷入前所未有的悲痛之中。于是,他在《空山灵雨》的《弁言》中,慨叹"生本不乐",因为"自入世以来,屡遭变难,四方流离,未尝宽怀就枕"。所有的这一切,使其体会到人世的艰辛和生命的无常。他说:"在睡不着时,将心中似忆似想的事,随感随记;在睡着时,偶得趾离过爱,引领我到回忆之乡,过那游离的日子,更不得不随醒随记。"可以说,这组打开记忆之门的散文小品,均是一些关于"妻子""情爱"与"美底牢狱"的话题,是他一生中甚为伤感、极具深度的文字,也让后人读之唏嘘不已。

不过,沉浸在"回忆之乡"的许地山,其内心却拥有"一条达到极乐园底路",而这条路,是与他生命的另一半——亡妻林月森的互动和引领分不开的。在他笔下,妻子不仅是一个可爱温柔、善解人意的佳人,更是一位智慧超群的女性。在《香》中,妻子犹如一个开讲坛的布道者。"你且说,什么是佛法罢。"妻子诠释说:"佛法么?——色,——声,——香,——味,——触,——造作,——思维,都是佛法。"在妻子眼中,佛法无边,似乎世间的一切都可以找到印证的依据。然而,她针对丈夫好闻香的脾性,却道出:"惟有爱闻香底爱不是佛法。""因为你一爱,便成为你底嗜好;那香在你闻觉中,便不是本然的香了。"妻子的睿智明辨的思维,确实让作为丈夫的"我"自愧弗如。在《愿》一文中,妻子以"树荫"为譬喻,启发丈夫"应当作荫"而"不应当受荫"的道理，并以此升华一种宏愿："我愿你作无边宝华盖，能普荫一切世间诸有情。愿你为如意净明珠，能普照一切世间诸有情……"妻子祈求的宏愿，其实是一种慈悲的境界，而其出发点还是为了"一切世间诸有情"。无疑，在这条通往"极乐园"的路上，妻子的聪颖过人的思维艺术和巧譬设喻的启悟方式，无不时时激励和提升丈夫的精神层次。

许地山还揭示世间情爱的丰富内涵，即"爱"常与"苦""罚"形影相随。他并没有因为"爱的痛苦"或者"爱的牢狱"，而抛开"有情的世间"。如果说佛教要求行者舍弃家庭，力戒女色，根绝人间情爱，而反过来，俗世的人们不就要懂得珍惜人与人之间的恩爱情义?!许地山在《鬼赞》中，借一群幽魂的合唱，表达了对尘世的生活(自然亦包括尘世的"情爱")所应持的态度："人哪，你在当生、来生底时候，有泪就得尽量流；有声就得尽量唱；有苦就得尽量尝；有情就得尽量施；有欲就得尽量取；有事就得尽量成就。等到你疲劳，等到你歇息底时候，你就有福了！"

而与《空山灵雨》风格类似，还有书信体散文《无法投递之邮件》。这一类散文体现许地山喜欢聚焦于男女情爱话题，诚如他所说："我自信我是有情人，虽不能知道爱情底神秘，却愿多多地描写爱情生活。"因而，他早期的散文创作走一条诗化的抒情小品之路。然而，随着政局的动荡和阅历的增多，他的目光开始转向更为宽广的社会人生，他后期的散文创作趋于现实和冷静，表现出文化批评的睿智与锋芒。诚如，他在《怡情文学与养性文学》一文中，将文学的"种类"分为两种："一是怡情文学；二是养性文学。"所谓"怡情文学"，是属于"静止的""超现实作品"，文章的内容基于"想象"，"美化了男女相悦或英雄事迹"；而"养性文学"，则是"活动的"，是"对于人间种种的不平所发出底轰天雷，作者着实地把人性在受窘压底状态底下怎样挣扎底情形写出来，为的是教读者能把更坚定的性格培养出来"。如果以此说法划分，那么，他前期的散文大致属于"怡情文学"，而后期的散文则更像是"养性文学"。

许地山后期散文以《杂感集》代表，其文章大致可分为三种类型：

其一，时评政论。20世纪30年代后，许地山走出书斋，积极投入民族的救亡斗争中去。他奔走于港九闹市，在群众大会上演讲，为流亡青年补课，发表了一批激扬民气、针砭时弊的文章。他在《造成伟大民族底条件》中认为："人类底命运是被限定的，但在这被限定底范围里当有向上底意志。所谓向上是求全知全能底意向，能否得到且不管它，只是人应当努力去追求。"激励青年人要有"向上"追求和坚强的意志。他在《青年节对青年讲话》中指摘"亡国"的五种征候，大声疾呼"伟大民族不是天生成的，须要劣根性排除，自己努力栽培自己使他习惯成自然"。他在《〈硬汉〉序》中敏锐地批判当时国民政府和社会乱象，号召人们掀起一场"打狗轰猫"运动。

其二，游记散文。许地山撰写了《上景山》《先农坛》《忆卢沟桥》三篇游记。景山、先农坛和卢沟桥均是北京著名的名胜古迹。登景山，可以鸟瞰北京全景，作者选择坐在景山山巅的万春亭上，自由自在地放飞自己的思绪。由皇宫严整建筑所沐浴的"薰风"和"暖日"，联想到政治社会里是否有过这样的"薰风"和"暖日"；由神武门上的大字，联想到李斯是强盗的老师，而皇帝则是个白痴强盗；由议论景山的"大煤堆"说，再到嘲笑不如来一堆"米山"更实惠……对于先农坛，许地山的观感集中在它的"破败"之景象：大殿被大兵占据，门窗被拆作柴火烧；坛里原有一座新建筑"四面钟"，如今仅剩一座空洞的高台；星云坛比狱渎坛更破烂，干蒿败艾满布于砖缝瓦罅间。然而，他从夕照下那些默默屹立在先农坛里的老松身上得到别样的启悟："中国人爱松并不尽是因为它长寿，乃是因它当飘风飞雪底时节能够站得住，生机不断，可发荣底时间一到，便又青绿起来。……千年百年是那么立着，藤萝缠它，薜荔黏它，都不怕，反而使它更优越，更秀丽。"像这类激发民气的文字表达，也体现在他对卢沟桥的解读上，在他看来，卢沟桥既是历年内战戎马往来的要冲，也是"七七"事变引发全民族抗日的爆火点。因此，他不禁慨叹道："中国底大石桥每能使人叹为鬼役神工，卢沟桥底伟大与那有名的泉州洛阳桥和漳州虎渡桥有点不同。论工程，它没有这两道桥底宏伟，然而在史迹上,它是多次系着民族安危。纵使你把桥拆掉,卢沟桥底神影是永不会被中国人忘记底。"可以说,这三篇游记既保留作者创作惯有的哲思玄想的特点,又一洗过去神秘缥缈的文风格调,而显得更接地气、更有力量。

其三,文化随笔。许地山是一位兴趣广泛的文化学者,尤其擅长以随笔形式涉猎宗教文化领域。他早期撰写过《中国经典上底"上帝"》《宗教的生长与灭亡》《我们要什么样的宗教?》等文,后期也有《观音崇拜之由来》《宗教底妇女观》等随笔。如果说早期的这类文章,体现他知识的广博与独异,那么后期则更增添一份思想的睿智与通达。《观音崇拜之由来》,他从梵语的诠释和崇拜的源头说起,勾勒观音如何传入古代中国,并形成了七种不同的文化现象。文章篇幅不大,但作者却能举重若轻,要言不烦。《宗教底妇女观》,他将宗教歧视妇女问题放在学理的平台上进行一番客观的解读与剖析,认为我们应该要"原谅宗教",因为"宗教是超人生活"。另外,许地山对于民俗和民间文化表现出浓厚的兴趣。他在《近三百年来底中国女装》,以"中国女装"的变迁作为切入视角,敏锐观察服饰变迁的背后,其实关联的是"社会生活与经济政治"的变动。在《民国一世》一文中,他认为:"风俗是民族底理想与习尚底反映,若不明了这一层,对于政治底进展底观察只能见到皮相。"因此,他梳理民国三十年来的风俗变迁史,不仅指摘种种混乱的文化乱象,更是直指背后的国人精神问题。他撰写的《粤讴在文学上底地位》，反映他对广东民间文学粤讴的喜爱与关注。这是一种用粤方言表现的民间歌谣，最初起源于清道光年间招子庸创作的《粤讴》。许地山将此体裁介绍给文坛，意在引导人们对此加以重视，从而更好地保护这种独特的地方文学。

总之，许地山不仅创作出像《空山灵雨》这类别具一格的抒情小品，丰富新文学的表现领域，而且也撰写了一批激扬民气的时评政论、游记文章和极富学理色彩的文化随笔。可以说，他以独一无二的鲜明个性而在中国现代散文史上占有一席重要之地。

黄科安

空山灵雨

弁　言

　　生本不乐，能够使人觉得稍微安适的，只有躺在床上那几小时，但要在那短促的时间中希冀极乐，也是不可能的事。

　　自入世以来，屡遭变难，四方流离，未尝宽怀就枕。在睡不着时，将心中似忆似想的事，随感随记；在睡着时，偶得趾离过爱，引领我到回忆之乡，过那游离的日子，更不得不随醒随记。积时累日，成此小册。以其杂沓纷纭，毫无线索，故名《空山灵雨》。

十一年一月二十五日　落华生

心有事（开卷底歌声）

　　心有事，无计问天。
　　　心事郁在胸中，教我怎能安眠？
　　我独对着空山，眉更不展；
　　　我魂飘荡，犹如出岫残烟。
　　想起前事，我泪就如珠脱串。
　　　独有空山为我下雨涟涟。
　　我泪珠如急雨，急雨犹如水晶箭；
　　　箭折，珠沉，融作山溪泉。

做人总有多少哀和怨；
　　积怨成泪，泪又成川！
今日泪、雨交汇入海，海涨就要沉没赤县；
　　累得那只抱恨的精卫拼命去填。
呀，精卫！你这样做，虽经万劫也不能遂愿。
　　不如咒海成冰，使他像铁一样坚。
那时节，我要和你相依恋，
　　各人才对立着，沉默无言。

蝉

　　急雨之后，蝉翼湿得不能再飞了。那可怜的小虫在地面慢慢地爬，好容易爬到不老的松根上头。松针穿不牢底雨珠从千丈高处脱下来，正滴在蝉翼上。蝉嘶了一声，又从树底露根摔到地上了。
　　雨珠，你和他开玩笑么？你看，蚂蚁来了！野鸟也快要看见他了！

蛇

　　在高可触天底桃榔树下，我坐在一条石磴上，动也不动一下。穿彩衣底蛇也蟠在树根上，动也不动一下。多会让我看见他，我就害怕得很，飞也似地离开那里，蛇也和飞箭一样，射入蔓草中了。
　　我回来，告诉妻子说："今儿险些不能再见你的面！"
　　"什么原故？"
　　"我在树林见了一条毒蛇；一看见他，我就速速跑回来；蛇也逃走了。……到底是我怕他，还是他怕我？"

妻子说："若你不走，谁也不怕谁。在你眼中，他是毒蛇；在他眼中，你比他更毒呢。"

但我心里想着，要两方互相惧怕，才有和平。若有一方大胆一点，不是他伤了我，便是我伤了他。

笑

我从远地冒着雨回来。因为我妻子心爱底一样东西让我找着了；我得带回来给她。

一进门，小丫头为我收下雨具，老妈子也借故出去了。我对妻子说："相离好几天，你闷得慌吗？……呀，香得很！这是从那里来底？"

"窗棂下不是有一盆素兰吗？"

我回头看，几箭兰花在一个汝窑钵上开着。我说："这盆花多会移进来底？这么大雨天，还能开得那么好，真是难得啊！……可是我总不信那些花有如此底香气。"

我们并肩坐在一张紫檀榻上，我还往下问："良人，到底是兰花底香，是你底香？"

"到底是兰花底香，是你底香？让我闻一闻。"她说时，亲了我一下。小丫头看见了，掩着嘴笑，翻身揭开帘子，要往外走。

"玉耀，玉耀，回来。"小丫头不敢不回来，但，仍然抿着嘴笑。

"你笑什么？"

"我没有笑什么。"

我为她们排解说:"你明知道她笑什么,又何必问她呢,饶了她罢。"

妻子对小丫头说:"不许到外头瞎说。去罢,到园里给我摘些瑞香来。"小丫头抿着嘴出去了。

三 迁

花嫂子着了魔了!她只有一个孩子,舍不得教他入学。她说:"阿同底父亲是因为念书念死的。"

阿同整天在街上和他底小伙伴玩:城市中应有的游戏,他们都玩过。他们最喜欢学警察、人犯、老爷、财主、乞丐。阿同常要做人犯,被人用绳子捆起来,带到老爷跟前挨打。

一天,给花嫂子看见了,说:"这还了得!孩子要学坏了。我得找地方搬家。"

她带着孩子到村庄里住。孩子整天在阡陌间和他底小伙伴玩:村庄里应有的游戏,他们都玩过。他们最喜欢做牛、马、牧童、肥猪、公鸡。阿同常要做牛,被人牵着骑着,鞭着他学耕田。

一天,又给花嫂子看见了,就说:"这还了得!孩子要变畜生了。我得找地方搬家。"

她带孩子到深山底洞里住。孩子整天在悬崖断谷间和他底小伙伴玩。他底小伙伴就是小生番、小狝猴、大鹿、长尾三娘、大蛱蝶。他最爱学鹿底跳跃,狝猴底攀缘,蛱蝶底飞舞。

有一天,阿同从悬崖上飞下去了。他底同伴小生番来给花嫂子报信,花嫂子说:"他飞下去么?那么,他就有本领了。"

呀,花嫂子疯了!

香

妻子说:"良人,你不是爱闻香么?我曾托人到鹿港去买上好的沉香线;现在已经寄到了。"她说着,便抽出妆台底抽屉,取了一条沉香线,燃着,再插在小宣炉中。

我说:"在香烟绕缭之中,得有清谈。给我说一个生番故事罢。不然,就给我谈佛。"

妻子说:"生番故事,太野了。佛更不必说,我也不会说。"

"你就随便说些你所知道底罢。横竖我们都不大懂得;你且说,什么是佛法罢。"

"佛法么?——色,——声,——香,——味,——触,——造作,——思维,都是佛法;惟有爱闻香底爱不是佛法。"

"你又矛盾了!这是什么因明?"

"不明白么?因为你一爱,便成为你底嗜好;那香在你闻觉中,便不是本然的香了。"

愿

南普陀寺里的大石,雨后稍微觉得干净,不过绿苔多长一些。天涯底淡霞好像给我们一个天晴底信。树林里底虹气,被阳光分成七色。树上,雄虫求雌底声,凄凉得使人不忍听下去。妻子坐在石上,见我来,就问:"你从那里来?我等你许久了。"

"我领着孩子们到海边检贝壳咧。阿琼检着一个破贝,虽不完全,里面却像藏着珠子底样子。等他来到,我教他拿出来给你看一看。

"在这树荫底下坐着，真舒服呀！我们天天到这里来，多么好呢！"

妻说："你那里能够……？"

"为什么不能？"

"你应当作荫，不应当受荫。"

"你愿我作这样底荫么？"

"这样底荫算什么！我愿你作无边宝华盖，能普荫一切世间诸有情。愿你为如意净明珠，能普照一切世间诸有情。愿你为降魔金刚杵，能破坏一切世间诸障碍。愿你为多宝盂兰盆，能盛百味，滋养一切世间诸饥渴者。愿你有六手，十二手，百手，千万手，无量数那由他如意手，能成全一切世间等等美善事。"

我说："极善，极妙！但我愿做调味底精盐，渗入等等食品中，把自己底形骸融散，且回复当时在海里底面目，使一切有情得尝咸味，而不见盐体。"

妻子说："只有调味，就能使一切有情都满足吗？"

我说："盐底功用，若只在调味，那就不配称为盐了。"

山　响

群峰彼此谈得呼呼地响。他们底话语，给我猜着了。

这一峰说："我们底衣服旧了，该换一换啦。"

那一峰说："且慢罢，你看，我这衣服好容易从灰白色变成青绿色，又从青绿色变成珊瑚色和黄金色，——质虽是旧的，可是形色还不旧。我们多穿一会罢。"

正在商量底时候,他们身上穿底,都出声哀求说:"饶了我们,让我歇歇罢。我们底形态都变尽了。再不能为你们争体面了。"

"去罢,去罢,不穿你们也算不得什么。横竖不久我们又有新的穿。"群峰都出着气这样说。说完之后,那红的、黄的彩衣就陆续褪下来。

我们都是天衣,那不可思议的灵,不晓得甚时要把我们穿着得非常破烂,才把我们收入天橱。愿他多用一点气力,及时用我们,使我们得以早早休息。

愚 妇 人

从深山伸出一条蜿蜒的路,窄而且崎岖。一个樵夫在那里走着,一面唱:

仓鹒,仓鹒,来年莫再鸣!
　仓鹒一鸣草又生。
草木青青不过一百数十日,
到头来,又是樵夫担上薪。

仓鹒,仓鹒,来年莫再鸣!
　仓鹒一鸣虫又生。
百虫生来不过一百数十日,
　到头来,又要纷纷扑红灯。

仓鹒，仓鹒，来年莫再鸣！
…………

他唱时，软和的晚烟已随他底脚步把那小路封起来了，他还要往下唱，猛然看见一个健壮的老妇人坐在溪涧边，对着流水哭泣。

"你是谁？有什么难过的事？说出来，也许我能帮助你。"

"我么？唉我……！不必问了。"

樵夫心里以为她一定是个要寻短见底人，急急把担卸下，进前几步，想法子安慰她。他说："妇人，你有什么难处，请说给我听，或者我能帮助你。天色不早了，独自一人在山中是很危险的。"

妇人说："我从来就不知道什么叫做难过。自从我父母死后，我就住在这树林里。我底亲戚和同伴都叫我做石女。"她说到这里，眼泪就融下来了。往下她底话语就支离得怪难明白。过一会，她才慢慢说："我……我到这两天才知道石女底意思。"

"知道自己名字底意思，更应当喜欢，为何倒反悲伤起来？"

"我每年看见树林里底果木开花，结实；把种子种在地里，又生出新果木来。我看见我底亲戚，同伴们不上二年就有一个孩子抱在她们怀里。我想我也要像这样——不上二年就可以抱一个孩子在怀里。我心里这样说，这样盼望，到如今，六十年了！我不明白，才打听一下。呀，这一打听，叫我多么难过！我没有抱孩子底希望了，……然而，我就不能像果木，比不上果木么？"

"哈，哈，哈！"樵夫大笑了。他说："这正是你底幸运哪！抱孩子底人，比你难过得多，你为何不往下再向她们打听一下呢？我告诉你，不曾怀过胎底妇人是有福的。"

一个路傍素不相识底人所说底话,那里能够把六十年底希望——迷梦——立时揭破呢?到现在,她底哭声,在樵夫耳边,还可以约略地听见。

蜜蜂和农人

雨刚晴,蝶儿没有蓑衣,不敢造次出来,可是瓜棚底四围,已满唱了蜜蜂底工夫诗:

彷彷,徨徨!徨徨,彷彷!
　生就是这样,徨徨,彷彷!
趁机会把蜜酿。
　大家帮帮忙;
　　别误了好时光。
彷彷,徨徨!徨徨,彷彷!

蜂虽然这样唱,那底下坐着三四个农夫却各人担着烟管在那里闲谈。

人底寿命比蜜蜂长,不必像他们那么忙么?未必如此。不过农夫们不懂他们底歌就是了。但农夫们工作时,也会唱底。他们唱底是:

村中鸡一鸣,
　阳光便上升。
　　太阳上升好插秧。

禾秧要水养，

　　各人还为踏车忙。

东家莫截西家水；

西家不借东家粮。

　　各人只为各人忙——

　　"各人自扫门前雪，

　　不管他人瓦上霜。"

"小俄罗斯"底兵

　　短篱里头，一棵荔枝，结实累累。那朱红的果实，被深绿的叶子托住，更是美观；主人舍不得摘他们，也许是为这个缘故。

　　三两个漫游武人走来，相对说："这棵红了，熟了，就在这里摘一点罢。"他们嫌从正门进去麻烦，就把篱笆拆开，大摇大摆地进前。一个上树，三个在底下接；一面摘，一面尝，真高兴呀！

　　屋里跑出一个老妇人来，哀声求他们说："大爷们，我这棵荔枝还没有熟哩；请别作践他，等熟了，再送些给大爷们尝尝。"

　　树上底人说："胡说，你不见果子已经红了么？怎么我们吃就是作践你底东西？"

　　"唉，我一年底生计，都看着这棵树。罢了，罢……"

　　"你还敢出声么？打死你算得什么；待一会，看把你这棵不中吃底树砍来做柴火烧，看你怎样。有能干，可以叫你们底人到广东吃去。我们那里也有好荔枝。"

　　唉，这也是战胜者，强者底权利么？

爱底痛苦

在绿荫月影底下，朗日和风之中，或急雨飘雪底时候，牛先生必要说他底真言，"啊，拉夫斯偏！"他在三百六十日中，少有不说这话底时候。

暮雨要来，带着愁容底云片，急急飞避；不识不知的蜻蜓还在庭园间遨游着。爱诵真言底牛先生闷坐在屋里，从西窗望见隔院底女友田和正抱着小弟弟玩。

姊姊把孩子底手臂咬得吃紧；擘他底两颊；摇他底身体；又掌他底小腿。孩子急得哭了。姊姊才忙忙地拥抱住他，推着笑说："乖乖，乖乖，好孩子，好弟弟，不要哭。我疼爱你，我疼爱你！不要哭。"不一会孩子底哭声果然停了。可是弟弟刚现出笑容，姊姊又该咬他、擘他、摇他、掌他咧。

檐前底雨好像珠帘，把牛先生眼中底对象隔住。但方才那种印象，却萦回在他眼中。他把窗户关上，自己一人在屋里踱来踱去。最后，他点点头，笑了一声，"哈，哈！这也是拉夫斯偏！"

他走近书桌子，坐下，提起笔来，像要写什么似地。想了半天，才写上一句七言诗。他念了几遍，就摇头，自己说："不好，不好。我不会做诗，还是随便记些起来好。"

牛先生将那句诗涂掉以后，就把他底日记拿出来写。那天他要记底事情格外多，日记里应用底空格，他在午饭后，早已填满了。他裁了一张纸，写着：

"黄昏,大雨。田在西院弄她底弟弟,动起我一个感想;就是:人都喜欢见他们所爱者底愁苦;要想方法教所爱者难受。所爱者越难受,爱者越喜欢,越加爱。

"一切被爱底男子,在他们底女人当中,直如小弟弟在田底膝上一样。他们也是被爱者玩弄底。

"女人底爱最难给,最容易收回去。当她把爱收回去底时候,未必不是一种游戏的冲动;可是苦了别人哪。

"唉,爱玩弄人底女人,你何苦来这一下!愚男子,你底苦恼,又活该呢?"

牛先生写完,复看一遍,又把后面那几句涂去,说:"写得太过了,太过了!"他把那张纸付贴在日记上,正要起身,老妈子把哭着底孩子抱出来,一面说:"姊姊不好,爱欺负人。不要哭,咱们找牛先生去。"

"姊姊打我!"这是孩子所能对牛先生说底话。

牛先生装作可怜的声音,忧郁的容貌,回答说:"是么?姊姊打你么?来,我看看打到那步田地?"

孩子受他底抚慰,也就忘了痛苦,安静过来了。现在吵闹底,只剩下外间急雨底声音。

信仰底哀伤

在更阑人静底时候,伦文就要到池边对他心里所立底乐神请求说:"我怎能得着天才呢?我底天才缺乏了,我要表现的,也不能尽地表现了!天才可以像油那样,日日添注入我这盏小灯么?若是能，求你为我，注入些少。"

"我已经为你注入了。"

伦先生听见这句话，便放心回到自己底屋里。他舍不得睡，提起乐器来，一口气就制成一曲。自己奏了又奏，觉得满意，才含着笑，到卧室去。

第二天早晨，他还没有盥漱，便又把昨晚上底作品奏过几遍；随即封好，教人邮到歌剧场去。

他底作品一发表出来，许多批评随着在报上登载八九天。那些批评都很恭维他；说他是这一派，那一派。可是他又苦起来了！

在深夜底时候，他又到池边去，垂头丧气地对着池水，从口中发出颤声说："我所用底音节，不能达我底意思么？呀，我底天才丢失了！再给我注入一点罢。"

"我已经为你注入了。"

他屡次求，心中只听得这句回答。每一作品发表出来，所得底批评，每每使他忧郁不乐。最后，他把乐器摔碎了，说："我信我底天才丢了，我不再作曲子了。唉，我所依赖底，枉费你眷顾我了。"

自此以后，社会上再不能享受他底作品；他也不晓得往那里去了。

暗　途

"我底朋友，且等一等，待我为你点着灯，才走。"

吾威听见他底朋友这样说，便笑道："哈哈，均哥，你以我为女人么？女人在夜间走路才要用火；男子，又何必呢？不用张罗，我空手回去罢，——省得以后还要给你送灯回来。"

吾威底村庄和均哥所住底地方隔着几重山，路途崎岖得很厉害。若是夜间要走那条路，无论是谁，都得带灯。所以均哥一定不让他暗中摸索回去。

均哥说："你还是带灯好。这样底天气，又没有一点月影，在山中，难保没有危险。"

吾威说："若想起危险，我就回去不成了。……"

"那么，你今晚上就住在我这里，如何？"

"不，我总得回去，因为我底父亲和妻子都在那边等着我呢。"

"你这个人，太过执拗了。没有灯，怎么去呢？"均哥一面说，一面把点着底灯切切地递给他；他仍是坚辞不受。

他说："若是你定要叫我带着灯走，那教我更不敢走。"

"怎么呢？"

"满山都没有光，若是我提着灯走，也不过是照得三两步远；且要累得满山底昆虫都不安。若凑巧遇见长蛇也冲着火光走来，可又怎办呢？再说，这一点的光可以把那照不着底地方越显得危险，越能使我害怕。在半途中，灯一熄灭，那就更不好办了。不如我空着手走，初时虽觉得有些妨碍，不多一会，什么都可以在幽暗中辨别一点。"

他说完，就出门。均哥还把灯提在手里，眼看着他向密林中那条小路穿进去，才摇摇头说："天下竟有这样怪人！"

吾威在暗途中走着，耳边虽常听见飞虫、野兽底声音，然而他一点害怕也没有。在蔓草中，时常飞些萤火出来，光虽不大，可也够了。他自己说："这是均哥想不到，也是他所不能为我点底灯。"

那晚上他没有跌倒；也没有遇见毒虫野兽；安然地到他家里。

你为什么不来

在夭桃开透,浓阴欲成底时候,谁不想伴着他心爱的人出去游逛游逛呢?在密云不飞,急雨如注底时候,谁不愿在深闺中等她心爱的人前来细谈呢?

她闷坐在一张睡椅上,紊乱的心思像窗外底雨点——东抛,西织,来回无定。在有意无意之间,又顺手拿起一把九连环慵懒懒地解着。

丫头进来说:"小姐,茶点都预备好了。"

她手里还是慵懒懒地解着,口里却发出似答非答底声:"——他为什么还不来?"

除窗外底雨声,和她手中轻微的银环声以外,屋里可算静极了!在这幽静的屋里,忽然从窗外伴着雨声送来几句优美的歌曲:

> 你放声哭,
> 　　因为我把林中善鸣的鸟笼住么?
> 你飞不动,
> 　　因为我把空中底雁射杀么?
> 你不敢进我底门,
> 　　因为我家养狗提防客人么?
> 因为我家养猫捕鼠,
> 　　你就不来么?
> 因为我底灯火没有笼罩,
> 　　烧死许多美丽的昆虫

你就不来么？

你不肯来，

因为我有……？

"有什么呢？"她听到末了这句，那紊乱的心就发出这样的问。她心中接着想：因为我约你，所以你不肯来；还是因为大雨，使你不能来呢？

海

我底朋友说："人底自由和希望，一到海面就完全失掉了！因为我们太不上算，在这无涯浪中无从显出我们有限的能力和意志。"

我说："我们浮在这上面，眼前虽不能十分如意，但后来要遇着底，或者超乎我们底能力和意志之外。所以在一个风狂浪骇底海面上，不能准说我们要到什么地方就可以达到什么地方；我们只能把性命先保持住，随着波涛颠来播去便了。"

我们坐在一只不如意的救生船里，眼看着载我们到半海就毁坏底大船渐渐沉下去。

我底朋友说："你看，那要载我们到目的地底船快要歇息去了！现在在这茫茫的空海中，我们可没有主意啦。"

幸而同船底人，心忧得很，没有注意听他底话。我把他底手摇了一下说："朋友，这是你纵谈底时候么？你不帮着划桨么？"

"划桨么？这是容易的事。但要划到那里去呢？"

我说："在一切的海里，遇着这样的光景，谁也没有带着主意下来,谁也脱不了在上面泛来泛去。我们尽管划罢。"

梨 花

她们还在园里玩,也不理会细雨丝丝穿入她们底罗衣。池边梨花底颜色被雨洗得更白净了。但朵朵都懒懒地垂着。

姊姊说:"你看,花儿都倦得要睡了!"

"待我来摇醒他们。"

姊姊不及发言,妹妹底手早已抓住树枝摇了几下。花瓣和水珠纷纷地落下来,铺得银片满地,煞是好玩。

妹妹说:"好玩啊,花瓣一离开树枝,就活动起来了!"

"活动什么?你看,花儿底泪都滴在我身上哪。"姊姊说这话时,带着几分怒气,推了妹妹一下。她接着说:"我不和你玩了;你自己在这里罢。"

妹妹见姊姊走了,直站在树下出神。停了半晌,老妈子走来,牵着她,一面走着,说:"你看,你底衣服都湿透了;在阴雨天,每日要换几次衣服,教人到那里找太阳给你晒去呢?"

落下来底花瓣,有些被她们底鞋印入泥中;有些黏在妹妹身上,被她带走;有些浮在池面,被鱼儿衔入水里。那多情的燕子不歇把鞋印上底残瓣和软泥一同衔在口中,到梁间去,构成他们底香巢。

难解决的问题

我叫同伴到钓鱼矶去赏荷,他们都不愿意去,剩我自己走着。

我走到清佳堂附近，就坐在山前一块石头上歇息。在瞻顾之间，小山后面一阵唧咕的声音夹着蝉声送到我耳边。

谁愿意在优游的天日中故意要找出人家底秘密呢？然而宇宙间底秘密都从无意中得来。所以在那时候，我不离开那里，也不把两耳掩住，任凭那些声浪在耳边荡来荡去。

劈头一声，我便听得："这实是一个难解决的问题。……"

既说是难解决，自然要把怎样难底理由说出来。这理由无论是局内、局外人都爱听底。以前的话能否钻入我耳里，且不用说，单是这一句，使我不能不注意。

山后底人接下去说："在这三位中，你说要那一位才合式？……梅说要等我十年；白说要等到我和别人结婚那一天；区说非嫁我不可，——她要终身等我。"

"那么，你就要区罢。"

"但是梅底景况，我很了解。她底苦衷，我应当原谅。她能为了我牺牲十年底光阴，从她底境遇看来，无论如何，是很可敬底。设使梅居区底地位，她也能说，要终身等我？"

"那么，梅、区都不要，要白如何？"

"白么？也不过是她底环境使她这样达观。设使她处着梅底景况，她也只能等我十年。"

会话到这里就停了。我底注意只能移到池上，静观那被轻风摇摆底芰荷。呀，叶底那对小鸳鸯正在那里歇午哪！不晓得他们从前也曾解决过方才的问题没有？不上一分钟，后面底声音又来了。

"那么，三个都要如何？"

"笑话，就是没有理性底兽类也不这样办。"

又停了许久。

16 岁时的许地山

1912年摄于漳州八卦楼,漳州是许地山最初教书的地方

"不经过那些无用的礼节,各人快活地同过这一辈子不成吗?"

"唔……唔……唔……。这是后来的话,且不必提,我们先解决目前底困难罢。我实不肯故意辜负了三位中底一位。我想用拈阄底方法瞎挑一个就得了。"

"这不更是笑话么?人间那有这么新奇的事!她们三人中谁愿意遵你底命令,这样办呢?"

他们大笑起来。

"我们私下先拈一拈,如何?你权当做白,我自己权当做梅,剩下是区底分。"

他们由严重的密语化为滑稽的谈笑了。我怕他们要闹下坡来,不敢逗留在那里,只得先走。钓鱼矶也没去成。

爱就是刑罚

"这什么时候了,还埋头在案上写什么?快同我到海边去走走罢。"

丈夫尽管写着,没站起来,也没抬头对他妻子行个"注目笑"底礼。妻子跑到身边,要抢掉他手里底笔;他才说:"对不起,你自己去罢。船,明天一早就要开,今晚上我得把这几封信赶出来;十点钟还要送到船里底邮箱去。"

"我要人伴着我到海边去。"

"请七姨子陪你去。"

"七妹子说我嫁了,应当和你同行;她和别的同学先去了。我要你同我去。"

"我实在对不起你，今晚不能随你出去。"他们争执了许久，结果还是妻子独自出去。

丈夫低着头忙他底事体，足有四点钟工夫。那时已经十一点了。他没有进去看看那新婚的妻子回来了没有，披起大衣大踏步地出门去。

他回来，还到书房里检点一切，才进入卧房。妻子已先睡了。他们底约法：睡迟底人得亲过先睡者底嘴才许上床。所以这位少年走到床前，依法亲了妻子一下。妻子急用手在唇边来回擦了几下。那意思是表明她不受这个接吻。

丈夫不敢上床，呆呆地站在一边。一会，他走到窗前，两手支着下颔，点点底泪滴在窗棂上。他说："我从来没受过这样刑罚！……你底爱，到底在那里？"

"你说爱我，方才为什么又刑罚我，使我孤另？"妻子说完，随即起来，安慰他说，"好人，不要当真，我和你闹玩哪。爱就是刑罚，我们能免掉么？"

债

他一向就住在妻子家里，因为他除妻子以外，没有别的亲戚。妻家底人爱他底聪明，也怜他底伶仃，所以万事都尊重他。

他底妻子早已去世，膝下又没有子女。他底生活就是念书、写字，有时还弹弹七弦；他决不是一个书呆子，因为他常要在书内求理解，不像书呆子只求多念。

妻子底家里有很大的花园供他游玩；有许多奴仆听他使令。但他从没有特意到园里游玩；也没有呼唤过一个仆人。

在一个阴郁的天气里，人无论在什么地方都不舒服底。岳母叫他到屋里闲谈，不晓得为什么缘故就劝起他来。岳母说："我觉得自从俪儿去世以后，你就比前格外客气。我劝你毋须如此，因为外人不知道都要怪我。看你穿成这样，还不如家里底仆人，若有生人来到，叫我怎样过得去？倘或有人欺负你，说你这长那短，尽可以告诉我，我责罚他给你看。"

"我那里懂得客气？不过我只觉得我欠底债太多，不好意思多要什么。"

"什么债？有人问你算帐么？唉，你太过见外了！我看你和自己底子侄一样，你短了什么，尽管问管家底要去；若有人敢说闲话；我定不饶他。"

"我所欠底是一切的债，我看见许多贫乏人、愁苦人，就如该了他们无量数的债一般。我有好的衣食，总想先偿还他们。世间若有一个人吃不饱足，穿不暖和，住不舒服，我也不敢公然独享这具足的生活。"

"你说得太玄了！"她说过这话，停了半晌才接着点头说："很好，这才是读书人'先天下之忧而忧'底精神。……然而你要什么时候才还得清呢？你有清还底计画没有？"

"唔……唔……"他心里从来没有想到这个，所以不能回答。

"好孩子，这样的债，自来就没有人能还得清，你何必自寻苦恼？我想，你还是做一个小小的债主罢。说到具足生活，也是没有涯岸底：我们今日所谓具足，焉知不是明日底缺陷？你多念一点书就知道生命即是缺陷底苗圃，是烦恼底秧田；若要补修缺陷，拔除烦恼，除弃绝生命外，没有别条道路。然而，我们那能办得到？个个人都那么怕死！你不要作这种非非想，还是顺着境遇做人

21

空山灵雨

去罢。"

"时间，……计画，……做人……"这几个字从岳母口里发出，他底耳鼓就如受了极猛烈的椎击。他想来想去，已想昏了。他为解决这事，好几天没有出来。

那天早晨，女佣端粥到他房里，没见他，心中非常疑惑。因为早晨，他没有什么地方可去：海边呢？他是不轻易到底。花园呢？他更不愿意在早晨去。因为丫头们都在那个时候到园里争摘好花去献给她们几位姑娘。他最怕见底是人家毁坏现成的东西。

女佣四围一望，蓦地看见一封信被留针刺在门上。她忙取下来，给别人一看，原来是给老夫人底。

她把信拆开，递给老夫人。上面写着：

亲爱的岳母：

你问我底话，教我实在想不出好回答。而且，因你这一问，使我越发觉得我所负底债更重。我想做人若不能还债，就得避债，决不能教债主把他揪住，使他受苦。若论还债，依我底力量、才能，是不济事底。我得出去找几个帮忙底人。如果不能找着，再想法子。现在我去了，多谢你栽培我这么些年。我底前途，望你记念；我底往事，愿你忘却。我也要时时祝你平安。

婿容融留字

老夫人念完这信，就非常愁闷。以后，每想起她底女婿，便好几天不高兴。但不高兴尽管不高兴，女婿至终没有回来。

暾将出兮东方

在山中住,总要起得早,因为似醒非醒地眠着,是山中各样的朋友所憎恶底。破晓起来,不但可以静观彩云底变幻;和细听鸟语底婉转;有时还从山巅,树表,溪影,村容之中给我们许多不可说不可说的愉快。

我们住在山压担牙阁里,有一次,在曙光初透底时候,大家还在床上眠着,耳边恍惚听见一队童男女底歌声,唱道:

>榻上人,应觉悟!
>　晓鸡频催三两度。
>君不见——
>　"暾将出兮东方",
>　微光已透前村树?
>　榻上人,应觉悟!

往后又跟着一节和歌:

>暾将出兮东方!
>暾将出兮东方!
>　会见新曦被四表,
>　　使我乐兮无央。

那歌声还接着往下唱,可惜离远了,不能听得明白。

啸虚对我说:"这不是十年前你在学校里教孩子唱底么?怎么会跑到这里唱起来?"

我说:"我也很诧异;因为这首歌,连我自己也早已忘了。"

"你底暮气满面,当然会把这歌忘掉。我看你现在要用赞美光明底声音去赞美黑暗哪。"

我说:"不然,不然。你何尝了解我?本来,黑暗是不足诅咒,光明是毋须赞美底。光明不能增益你什么,黑暗不能妨害你什么,你以何因缘而生出差别心来?若说要赞美底话:在早晨就该赞美早晨;在日中就该赞美日中;在黄昏就该赞美黄昏;在长夜就该赞美长夜;在过去、现在、将来一切时间,就该赞美过去、现在、将来一切时间。说到诅咒,亦复如是。"

那时,朝曦已射在我们脸上,我们立即起来,计画那日底游程。

鬼　赞

你们曾否在凄凉的月夜听过鬼赞?有一次,我独自在空山里走,除远处寒潭底鱼跃出水声略可听见以外,其余种种,都被月下底冷露幽闭住。我底衣服极其润湿,我两腿也走乏了。正要转回家中,不晓得怎样就经过一区死人底聚落。我因疲极,才坐在一个祭坛上少息。在那里,看见一群幽魂高矮不齐,从各坟墓里出来。他们仿佛没有看见我,都向着我所坐底地方走来。

他们从这墓走过那墓,一排排地走着,前头唱一句,后面应一句,和举行什么巡礼一样。我也不觉得害怕,但静静地坐在一旁,听他们底唱和。

第一排唱:"最有福底是谁?"

往下各排挨着次序应。

"是那曾用过视官,而今不能辨明暗底。"

"是那曾用过听官,而今不能辨声音底。"

"是那曾用过嗅官,而今不能辨香味底。"

"是那曾用过味官,而今不能辨苦甘底。"

"是那曾用过触官,而今不能辨粗细、冷暖底。"

各排应完,全体都唱:"那弃绝一切感官底有福了!我们底髑髅有福了!"

第一排底幽魂又唱:"我们底髑髅是该赞美底。我们要赞美我们底髑髅。"

领首底唱完,还是挨着次序一排排地应下去。

"我们赞美你,因为你哭底时候,再不流眼泪。"

"我们赞美你,因为你发怒底时候,再不发出紧急的气息。"

"我们赞美你,因为你悲哀底时候再不绉眉。"

"我们赞美你,因为你微笑底时候,再没有嘴唇遮住你底牙齿。"

"我们赞美你,因为你听见赞美底时候再没有血液在你底脉里颤动。"

"我们赞美你,因为你不肯受时间底播弄。"

全体又唱:"那弃绝一切感官底有福了!我们底髑髅有福了!"

他们把手举起来一同唱:

"人哪,你在当生、来生底时候,有泪就得尽量流;有声就得尽量唱;有苦就得尽量尝;有情就得尽量施;有欲就得尽量取;有事就得尽量成就。等到你疲劳,等到你歇息底时候,你就有福了!"

他们诵完这段,就各自分散。一时,山中睡不熟底云直望下压,远地底丘陵都给埋没了。我险些儿也迷了路途,幸而有断断续续的鱼跃出水声从寒潭那边传来,使我稍微认得归路。

万物之母

在这经过离乱底村里,荒屋破篱之间,每日只有几缕零零落落的炊烟冒上来;那人口底稀少可想而知。你一进到无论那个村里,最喜欢遇见底,是不是村童在阡陌间或园圃中跳来跳去;或走在你前头,或随着你步后模仿你底行动?村里若没有孩子们,就不成村落了。在这经过离乱底村里,不但没有孩子,而且有向你要求孩子!

这里住着一个不满三十岁底寡妇,一见人来,便要求,说:"善心善行的人,求你对那位总爷说,把我底儿子给回。我那穿虎纹衣服,戴虎儿帽底便是我底儿子。"

她底儿子被乱兵杀死已经多年了。她从不会忘记:总爷把无情的剑拔出来底时候,那穿虎纹衣服底可怜儿还用双手招着,要她搂抱。她要跑去接底时候,她底精神已和黄昏底霞光一同麻痹而熟睡了。唉,最惨的事岂不是人把寡妇怀里底独生子夺过去,且在她面前害死吗?要她在醒后把这事完全藏在她记忆底多宝箱里,可以说,比剖芥子来藏须弥还难。

她底屋里排列了许多零碎的东西;当时她儿子玩过底小团也在其中。在黄昏时候,她每把各样东西抱在怀里说:"我底儿,母亲岂有不救你,不保护你底?你现在在我怀里咧。不要作声,看一会人来又把你夺去。"可是一过了黄昏,她就立刻醒悟过来,知道那所抱底不是她底儿子。

那天,她又出来找她底"命"。月底光明着她,使她在不知不觉间进入村后底山里。那座山,就是白天也少有人敢进去,何况在盛夏底夜间,杂草把樵人底小径封得那么严!她一点也不害怕,攀着小树,缘着茑萝,慢慢地上去。

她坐在一块大石上歇息,无意中给她听见了一两声底儿啼。她不及判别,便说:"我底儿,你藏在这里么?我来了,不要哭啦。"

她从大石下来,随着声音底来处,爬入石下一个洞里。但是里面一点东西也没有。她很疲乏,不能再爬出来,就在洞里睡了一夜。

第二天早晨,她醒时,心神还是非常恍惚。她坐在石上,耳边还留着昨晚上底儿啼声。这当然更要动她底心,所以那方从霭云被里钻出来底朝阳无力把她脸上和鼻端底珠露晒干了。她在瞻顾中,才看出对面山岩上坐着一个穿虎纹衣服底孩子。可是她看错了!那边坐着底,是一只虎子;他底声音从那边送来很像儿啼。她立即离开所坐底地方,不管当中所隔底谷有多么深,尽管攀缘着,向那边去。不幸早露未干,所依附底都很湿滑,一失手,就把她溜到谷底。

她昏了许久才醒回来。小伤总免不了,却还能够走动。她爬着,看见身边暴露了一付小髑髅。

"我底儿,你方才不是还在山上哭着么?怎么你母亲来得迟一点,你就变成这样?"她把髑髅抱住,说:"呀,我底苦命儿,我怎能把你医治呢?"悲苦尽管悲苦,然而,自她丢了孩子以后,不能不算这是她第一次底安慰。

空山灵雨

从早晨直到黄昏,她就坐在那里,不但不觉得饿,连水也没喝过。零星几点,已悬在天空,那天就在她底安慰中过去了。

她忽想起幼年时代,人家告诉她底神话,就立起来说:"我底儿,我抱你上山顶,先为你摘两颗星星下来,嵌入你底眼眶,教你看得见;然后给你找香象底皮肉来补你底身体。可是你不要再哭,恐怕给人听见,又把你夺过去。"

"敬姑,敬姑。"找她底人们在满山中这样叫了好几声,也没有一点影响。

"也许她被那只老虎吃了。"

"不,不对。前晚那只老虎是跑下来捕云哥圈里底牛犊被打死底。如果那东西把敬姑吃了,决不再下山来赴死。我们再进深一点找罢。"

唉,他们底工夫白费了!纵然找着她,若是她还没有把星星抓在手里,她心里怎能平安,怎肯随着他们回来?

春底林野

春光在万山环抱里,更是泄漏得迟。那里底桃花还是开着;漫游底薄云从这峰飞过那峰,有时稍停一会,为底是挡住太阳,教地面底花草在他底荫下避避光焰底威吓。

岩下底荫处和山溪底旁边满长了薇蕨和其他凤尾草。红、黄、蓝、紫的小草花点缀在绿茵上头。

天中底云雀,林中底金莺,都鼓起他们底舌簧。轻风把他们底声音挤成一片,分送给山中各样有耳无耳底生物。桃花听得入神,禁不住落了几点粉泪,一片一片凝在地上。小草花听得大醉,也和着声音底节拍一会倒一会起,没有镇定底时候。

林下一班孩子正在那里检桃花底落瓣哪。他们检着,清儿忽嚷起来,道:"嗄,邕邕来了!"众孩子住了手,都向桃林底尽头盼望。果然邕邕也在那里摘草花。

清儿道:"我们今天可要试试阿桐底本领了。若是他能办得到,我们都把花瓣穿成一串璎珞围在他身上,封他为大哥如何?"

众人都答应了。

阿桐走到邕邕面前道:"我们正等着你来呢。"

阿桐底左手盘在邕邕底脖上,一面走一面说:"今天他们要替你办嫁妆,教你做我底妻子。你能做我底妻子么?"

邕邕狠视了阿桐一下,回头用手推开他,不许他底手再搭在自己脖上。孩子们都笑得支持不住了。

众孩子嚷道:"我们见过邕邕用手推人了!阿桐赢了!"

邕邕从来不会拒绝人,阿桐怎能知道一说那话,就能使她动手呢?是春光底荡漾,把他这种心思泛出来呢?或者,天地之心就是这样呢?

你且看:漫游底薄云还是从这峰飞过那峰。

你且听:云雀和金莺底歌声还布满了空中和林中。在这万山环抱底桃林中,除那班爱闹的孩子以外,万物把春光领略得心眼都迷了。

花香雾气中底梦

在覆茅涂泥底山居里,那阻不住底花香和雾气从疏帘窜进来,直扑到一对梦人身上。妻子把丈夫摇醒,说:"快起罢,我们底被褥快湿透了。怪不得我总觉得冷,原来太阳被囚在浓雾底监狱里不能出来。"

那梦中底男子,心里自有他底温暖,身外底冷与不冷他毫不介意。他没有睁开眼睛便说:"嗳呀,好香!许是你桌上底素馨露洒了罢?"

"那里?你还在梦中哪。你且睁眼看帘外底光景。"

他果然揉了眼睛,拥着被坐起来,对妻子说:"怪不得我净梦见一群女子在微雨中游戏。若是你不叫醒我,我还要往下梦哪。"

妻子也拥着她底绒被坐起来说:"我也有梦。"

"快说给我听。"

"我梦见把你丢了。我自己一人在这山中遍处找寻你,怎么也找不着。我越过山后,只见一个美丽的女郎挽着一篮珠子向各树底花叶上头乱撒。我上前去向她问你底下落,她笑着问我:'他是谁,找他干什么?'我当然回答,他是我底丈夫,——"

"原来你在梦中也记得他!"他笑着说这话,那双眼睛还显出很滑稽的样子。

妻子不喜欢了。她转过脸背着丈夫说:"你说什么话!你老是要挑剔人家底话语,我不往下说了。"她推开绒被,随即呼唤丫头预备脸水。

丈夫速把她揪住,央求说:"好人,我再不敢了。你往下说罢,以后若再饶舌,情愿挨罚。"

"谁希罕罚你?"妻子把这次底和平押画了。她往下说:

"那女人对我说,你在山前柚花林里藏着。我那时又像把你忘了。……"

"哦,你又……不,我应许过不再说什么底;不然,我就要挨罚了。你到底找着我没有?"

"我没有向前走,只站在一边看她撒珠子。说来也很奇怪:那些珠子黏在各花叶上都变成五彩的零露,连我底身体也沾满了。我忍不住,就问那女郎。女郎说:'东西还是一样,没有变化,因为你底心思前后不同,所以觉得变了。你认为珠子,是在我撒手之前,因为你想我这篮子决不能盛得露水。你认为露珠时,在我撒手之后,因为你想那些花叶不能留住珠子。我告诉你:你所认底不在东西,乃在使用东西底人和时间。你所爱底,不在体质,乃在体质所表底情。你怎样爱月呢?是爱那悬在空中已经老死底暗球么?你怎样爱雪呢?是爱他那种砭人肌骨底凛冽么?'

"她一说到雪,我打了一个寒噤,便醒起来了。"

丈夫说:"到底没有找着我。"

妻子一把抓住他底头发,笑说:"这不是找着了吗?……我说,这梦怎样?"

"凡你所梦都是好的。那女郎底话也是不错。我们最愉快底时候岂不是在接吻后,彼此底凝视吗?"他向妻子痴笑,妻子把绒被拿起来,盖在他头上,说:"恶鬼!这会可不让你有第二次底凝视了。"

荼 蘼

我常得着男子送给我底东西,总没有当他们做宝贝看。我底朋友师松却不如此,因为她从不曾受过男子底赠与。

自鸣钟敲过四下以后,山上礼拜寺底聚会就完了。男男女女像出圈底羊,争要下到山坡觅食一般,那边有一个男学生跟着我们走,他底正名字我忘记了,我只记得人家都叫他做"宗之"。他手里拿着一枝荼蘼,且行且嗅。荼蘼本不是香花,他嗅着,不过是一种无聊举动便了。

"松姑娘,这枝荼蘼送给你。"他在我们后面嚷着。松姑娘回头看见他满脸堆着笑容递着那花,就速速伸手去接。她接着说:"很多谢,很多谢。"宗之只笑着点点头,随即从西边底山径转回家去。

"他给我这个,是什么意思?"

"你想他有什么意思,他就有什么意思。"我这样回答她。走不多远,我们也分途各自家去了。

她自下午到晚上不歇把弄那枝荼蘼。那花像有极大的魔力,不让她撒手一样。她要放下时,每觉得花儿对她说:"为什么离夺我?我不是从宗之手里递给你,交你照管底吗?"

呀,宗之底眼、鼻、口、齿、手、足、动作,没有一件不在花心跳跃着,没有一件不在她眼前底花枝显现出来!她心里说:"你这美男子,为甚缘故送给我这花儿?"她又想起那天经坛上底讲章,就自己回答说:"因为他顾念他使女底卑微,从今而后,万代要称我为有福。"

这是她爱荼蘼花,还是宗之爱她呢?我也说不清,只记得有一天我和宗之正坐在榕根谈话底时候,他家底人跑来对他说:"松姑娘吃了一朵什么花,说是你给她底,现在病了。她家底人要找你去问话咧。"

他吓了一跳,也摸不着头脑,只说:"我那时节给她东西吃?这真是……!"

我说:"你细想一想。"他怎么也想不起来。我才提醒他说:

"你前个月在斜道上不是给了她一朵荼䕷吗?"

"对呀,可不是给了她一朵荼䕷!可是我那里教她吃了呢?"

"为什么你单给她,不给别人?"我这样问他。

他很直截地说:"我并没有什么意思,不过随手摘下,随手送给别人就是了。我平素送了许多东西给人,也没有什么事;怎么一朵小小的荼䕷就可使她着了魔?"

他还坐在那里沉吟,我便促他说:"你还能在这里坐着么?不管她是误会,你是有意,你既然给了她,现在就得去看她一看才是。"

"我那有什么意思?"

我说:"你且去看看罢。蚌蛤何尝立志要生珠子呢?也不过是外间的沙粒偶然渗入他底壳里,他就不得不用尽工夫分泌些黏液把那小沙裹起来罢了。你虽无心,可是你底花一到她手里,管保她不因花而爱起你来吗?你敢保她不把那花当做你所赐给爱底标识,就纳入她底怀中,用心里无限的情思把他围绕得非常严密吗?也许她本无心,但因为你那美底沙无意中掉在她爱底贝壳里,使她不得不如此。不用踌躇了,且去看看罢。"

宗之这才站起来,绉一绉他那副冷静的脸庞,跟着来人从林菁底深处走出去了。

七宝池上底乡思

弥陀说:"极乐世界底池上,
　　何来凄切的泣声?
　　迦陵频迦,你下去看看

是谁这样猖狂。"
于是迦陵频迦鼓着翅膀,
　　飞到池边一棵宝树上,
　　还歇在那里,引颈下望:
"咦,佛子,你岂忘了这里是天堂?
　　你岂不爱这里底宝林成行;
　　　　树上底花花相对,
　　　　　　叶叶相当?
　　你岂不闻这里有等等妙音充耳;
　　岂不见这里有等等庄严宝相?
　　住这样具足的乐土,
　　　　为何尽自悲伤?"
坐在宝莲上底少妇还自啜泣,合掌回答说:
"大士,这里是你底家乡,
　　在你,当然不觉得有何等苦况。
　　　我底故土是在人间,
　　　　怎能教我不哭着想?

"我要来底时候,
　　我全身都冷却了。
　　　但我底夫君,还用他温暖的手将我搂抱;
　　　　　　用他融溶的泪滴在我额头。

"我要来底时候,
　　我全身都挺直了;

但我底夫君,还把我底四肢来回曲挠。

"我要来底时候,
　　我全身底颜色,已变得直如死灰;
　　但我底夫君还用指头压我底两颊,
　　看看从前的粉红色能否复回。

"现在我整天坐在这里,
　　不时听见他底悲啼。
唉,我额上底泪痕,
　　我臂上底暖气,
　　我脸上底颜色,
　　我全身底关节,
　　　都因着我夫君底声音,
　　　　烧起来,溶起来了!
　　　　　我指望来这里享受快乐,
　　　　现在反憔悴了!

"呀,我要回去,
　　我要回去,
　　我要回去止住他底悲啼。
　　我巴不得现在就回去止住他底悲啼。"

迦陵频迦说:
"你且静一静,

我为你吹起天笙，
把你心中愁闷的垒块平一平；
　　　且化你耳边底悲啼为欢声。
你且静一静，
　　我为你吹这天笙。"

"你底声不能变为爱底喷泉，
　　　　不能灭我身上一切爱痕底烈焰；
　　　也不能变为忘底深渊，
　　　　　　使他将一切情愫投入里头，
　　　　　　　不再将人惦念，
我还得回去和他相见，
　　　去解他底眷恋。"

"呵，你这样有情，
　　　谁还能对你劝说
　　　　　向你拦禁？
回去罢，须记得这就是轮回因。"

弥陀说："善哉，迦陵！
　　你乃能为她说这大因缘！
纵然碎世界为微尘，
　　这微尘中也住着无量有情。
所以世界不尽，有情不尽；
　　有情不尽，轮回不尽；

轮回不尽，济度不尽；

济度不尽，乐土乃能显现不尽。"

话说完，莲瓣渐把少妇裹起来，再合成一朵菡萏低垂着。微风一吹，他荏弱得支持不住，便堕入池里。

迦陵频迦好像记不得这事，在那花花相对，叶叶相当底林中，向着别的有情歌唱去了。

银翎底使命

黄先生约我到狮子山麓阴湿的地方去找捕蝇草。那时刚过梅雨之期，远地青山还被烟霞蒸着，惟有几朵山花在我们眼前淡定地看那在溪涧里逆行底鱼儿喋着他们底残瓣。

我们沿着溪涧走。正在找寻底时候，就看见一朵大白花从上游顺流而下。我说："这时候，那有偌大的白荷花流着呢？"

我底朋友说："你这近视鬼！你准看出那是白荷花么？我看那是……"

说时迟，来时快，那白的东西已经流到我们跟前。黄先生急把采集网拦住水面；那时，我才看出是一只鸽子。他从网里把那死的飞禽取出来，诧异说："是谁那么不仔细，把人家底传书鸽打死了！"他说时，从鸽翼下取出一封来长底小信来。那信已被水浸透了；我们慢慢把他展开，披在一块石上。

"我们先看看这是从那里来，要寄到那里去底，然后给他寄去，如何？"我一面说，一面看着。但那上头不特地址没有，甚至上下底款识也没有。

黄先生说:"我们先看看里头写底是什么,不必讲私德了。"

我笑着说:"是,没有名字底信就是公的;所以我们也可以披阅一遍。"

于是我们一同念着:

你教昆儿带银翎,翠翼来,吩咐我,若是他们空着回去,就是我还平安底意思。我恐怕他知道,把这两只小宝贝寄在霞妹那里;谁知道前天她开笼搁饲料底时候,不提防把翠翼放走了!

嗳,爱者,你看翠翼没有带信回去,定然很安心,以为我还平安无事。我也很盼望你常想着我底精神和去年一样。不过现在不能不对你说底,就是过几天人就要把我接去了!我不得不叫你速速来和他计较。你一来,什么事都好办了。因为他怕底是你和他讲理。

嗳,爱者,你见信以后,必得前来,不然,就见我不着;以后只能在累累荒塚中读我底名字了,这不是我不等你,时间不让我等你哟!

我盼望银翎平平安安地带着他底使命回去。

我们念完,黄先生道:"这是怎么一回事?"

"谁能猜呢?反正是不幸的事罢了。现在要紧的,就是怎样处置这封信。我想把他贴在树上,也许有知道这事底人经过这里,可以把他带去。"我摇着头,且轻轻地把信揭起。

黄先生说:"不如拿到村里去打听一下,或者容易找出一点线索。"

我们商量之下，就另钞一张起来，仍把原信系在鸽翼底下。黄先生用采掘锹子在溪边挖了一个小坑，把鸽子葬在里头。回头为他立了一座小碑，且从水中淘出几块美丽的小石压在墓上。那墓就在山花盛开底地方，我一翻身，就把些花瓣摇下来，也落在这使者底墓上。

美底牢狱

求正在镜台边理她底晨妆，见她底丈夫从远地回来，就把头拢住，问道："我所需要底你都给带回来了没有？"

"对不起！你虽是一个建筑师，或泥水匠，能为你自己建筑一座'美底牢狱'；我却不是一个转运者，不能为你搬运等等材料。"

"你念书不是念得越糊涂，便是越高深了！怎么你底话，我一点也听不懂？"

丈夫含笑说："不懂么？我知道你开口爱美，闭口爱美，多方地要求我给你带等等装饰回来；我想那些东西都围绕在你底体外，合起来，岂不是成为一座监禁你底牢狱吗？"

她静默了许久，也不做声。她底丈夫往下说："妻呀，我想你还不明白我底意思：我想所有美丽的东西，只能让他们散布在各处，我们只能在他们底出处爱他们；若是把他们聚拢起来，搁在一处，或在身上，那就不美了……"

她睁着那双柔媚的眼，摇着头说："你说得不对。你说得不对。若不剖蚌，怎能得着珠玑呢？若不开山，怎能得着金刚、玉石、玛瑙等等宝物呢？而且那些东西，本来不美，必得人把他们琢磨出来，加以装饰，才能显得美丽咧。若说我要装饰，就是建筑一所美底牢狱，且把自己监在里头，且问谁不被监在这种牢狱里头呢？如果世间真有美底牢狱，像你所说，那么，我们不过是造成那牢狱底一沙一石罢了。"

"我底意思就是听其自然，连这一沙一石也毋须留存。孔雀何为自己修饰羽毛呢？芰荷何尝把他底花染红了呢？"

"所以说他们没有美感！我告诉你，你自己也早已把你底牢狱建筑好了。"

"胡说！我何曾？"

"你心中不是有许多好的想象；不是要照你底好理想去行事么？你所有底，是不是从古人曾经建筑过底牢狱里检出其中底残片！或是在自己的世界取出来底材料呢？自然要加上一点人为才能有意思。若是我底形状和荒古时候的人一样，你还爱我吗？我准敢说，你若不好好地住在你底牢狱里头，且不时时把牢狱底墙垣垒得高高地，我也不能爱你。"

刚愎的男子，你何尝佩服女子底话？你不过会说："就是你会说话！等我思想一会儿，再与你决战。"

补破衣底老妇人

她坐在檐前，微微的雨丝飘摇下来，多半聚在她脸庞底皱纹上头。她一点也不理会，尽管收拾她底筐子。

在她底筐子里有很美丽的零剪绸缎；也有很粗陋的麻头、布尾。她从没有理会雨丝在她头、面、身体之上乱扑；只提防着筐里那些好看的材料沾湿了。

那边来了两个小弟兄。也许他们是学校回来。小弟弟管叫她做"衣服底外科医生"；现在见她坐在檐前，就叫了一声。

1917年任教于福建省立第二师范附小的许地山

许地山与三哥赞祥(后排左)

她抬起头来，望着这两个孩子笑了一笑。那脸上底皱纹虽皱得更厉害，然而生底痛苦可以从那里挤出许多，更能表明她是一个享乐天年底老婆子。

小弟弟说："医生，你只用筐里底材料在别人底衣服上，怎么自己底衣服却不管了？你看你肩脖补底那一块又该掉下来了。"

老婆子摩一摩自己底肩脖，果然随手取下一块小方布来。她笑着对小弟弟说："你底眼睛实在精明！我这块原没有用线缝住；因为早晨忙着要出来，只用浆子暂时糊着，盼望晚上回去弥补；不提防雨丝替我揭起来了！……这揭得也不错。我，既如你所说，是一个衣服底外科医生，那么，我是不怕自己底衣服害病底。"

她仍是整理筐里底零剪绸缎，没理会雨丝零落在她身上。

哥哥说："我看爸爸底手册里夹着许多的零剪文件；他也是像你一样：不时地翻来翻去。他……"

弟弟插嘴说："他也是另一样的外科医生。"

老婆子把眼光射在他们身上，说："哥儿们，你们说得对了。你们底爸爸爱惜小册里底零碎文件，也和我爱惜筐里底零剪绸缎一般。他凑合多少地方底好意思；等用得着时，就把他们编连起来，成为一种新的理解。所不同底，就是他用底头脑；我用底只是指头便了。你们叫他做……"

说到这里，父亲从里面出来，问起事由，便点头说："老婆子，你底话很中肯要。我们所为，原就和你一样，东搜西罗，无非是些绸头、布尾，只配用来补补破衲袄罢了。"

父亲说完，就下了石阶，要在微雨中到葡萄园里，看看他底葡萄长芽了没有。这里孩子们还和老婆子争论着要号他们底爸爸做什么样医生。

光 底 死

　　光离开他底母亲去到无量无边，一切生命世界上。因为他走底时候脸上常带着很忧郁的容貌，所以一切能思维、能造作底灵体也和他表同情；一见他，都低着头容他走过去；甚至带着泪眼避开他。

　　光因此更烦闷了。他走得越远，力量越不足；最后，他躺下了。他躺下底地方，正在这块大地。在他旁边有几位聪明的天文家互相议论说："太阳底光，快要无所附丽了，因为她冷死底时期一天近似一天了。"

　　光垂着头，低声诉说："唉，诸大智者，你们为何净在我母亲和我身上担忧？你们岂不明白我是为饶益你们而来么？你们从没有在我面前做过我曾为你们做底事。你们没有接纳我，也没有……"

　　他母亲在很远的地方，见他躺在那里叹息，就叫他回去说："我底命儿，我所爱底你回来罢。我一天一天任你自由地离开我，原是为众生底益处，他们既不承受，你何妨回来？"

　　光回答说："母亲我不能回去了。因为我走遍了一切世界，遇见一切能思维、能造作底灵体，到现在还没有一句话能够对你回报底。不但如此，这里还有人正咒诅我们哪！我那有面目回去呢？我就安息在这里罢。"

　　他底母亲听见这话，一种幽沉的颜色早已现在脸上。他从地上慢慢走到海边，带着自己底身体、威力，一分一厘地浸入水里。母亲也跟着晕过去了。

再 会

靠窗棂坐着那位老人家是一位航海者,刚从海外归来底。他和萧老太太是少年时代底朋友,彼此虽别离了那么些年,然而他们会面时,直像忘了当中经过底日子。现在他们正谈起少年时代底旧话。

"蔚明哥,你不是二十岁底时候出海底么?"她屈着自己底指头,数了一数才用那双被阅历染浊了底眼睛看着她底朋友说:"呀,四十五年就像我现在数着指头一样地过去了!"

老人家把手捋一捋胡子,很得意地说:"可不是!……记得我到你家辞行那一天,你正在园里饲你那只小鹿;我站在你身边一棵正开着花底枇杷树下。花香和你头上底油香杂窜入我底鼻中,当时,我底别绪也不晓得要从那里说起;但你只低头抚着小鹿。我想你那时也不能多说什么,你竟然先问一句'要等到什么时候我们再能相见呢?'我就慢答道:'毋须多少时候。'那时,你……"

老太太截着说:"那时候底光景我也记得很清楚。当你说这句底时候,我不是说'要等再相见时,除非是黑墨有洗得白底时节。'哈哈!你去时,那缕漆黑的头发现在岂不是已被海水洗白了么?"

老人家摩摩自己底头顶,说:"对啦!这也算应验哪!可惜我见不着芳哥,他过去多少年了?"

"唉,久了!你看我已经抱过四个孙儿了。"她说时,看着窗外几个孩子在瓜棚下玩,就指着那最高的孩子说:"你看鼎儿已经十二岁了,他公公就在他弥月后去世底。"

他们谈话时,丫头端了一盘牡蛎煎饼来。老太太举手让着蔚明哥说:"我定知道你底嗜好还没有改变,所以特地为你做这东西。

　　"你记得我们少时,你母亲有一天做这样的饼给我们吃。你拿一块,吃完了才嫌饼里底牡蛎少,助料也不如我底多,闹着要把我底饼抢去。当时,你母亲说了一句话,教我常常忆起,就是:'好孩子,算了罢。助料都是搁在一起渗匀底。做底时候,谁有工夫把分量细细去分配呢?这自然是免不了有些多,有些少底;只要饼底气味好就够了。你所吃底原不定就是为你做底,可是你已经吃过,就不能再要了。'蔚明哥,你说末了这话多么感动我呢!拿这个来比我们底境遇罢:境遇虽然一个一个排列在面前,容我们有机会选择,有人选得好,有人选得歹,可是选定以后,就不能再选了。"

　　老人家拿起饼来吃,慢慢地说:"对啦!你看我这一生净在海面生活,生活极其简单,不像你这么繁复,然而我还是像当时吃那饼一样——也就饱了。"

　　"我想我老是多得便宜。我底'境遇底饼'虽然多一些助料,也许好吃一些,但是我底饱足是和你一样底。"

　　谈旧事是多么开心底事!看这光景,他们像要把少年时代底事迹一一回溯一遍似地。但外面底孩子们不晓得因什么事闹起来,老太太先出去做判官;这里留着一位铄的航海者静静地坐着吃他底饼。

桥　边

　　我们住底地方就在桃溪溪畔。夹岸遍是桃林:桃实、桃叶映入水中,更显出溪边底静谧。真想不到仓皇出走底人还能享受这明媚的景色！我们日日在林下游玩；有时踱过溪桥，到朋友底蔗园里找新生的甘蔗吃。

这一天，我们又要到蔗园去，刚踱过桥，便见阿芳——蔗园底小主人——很忧郁地坐在桥下。

"阿芳哥，起来领我们到你园里去。"他举起头来，望了我们一眼，也没有说什么。

我哥哥说："阿芳，你不是说你一到水边就把一切的烦闷都洗掉了吗？你不是说，你是水边底蜻蜓么？你看歇在水荭花上那只蜻蜓比你怎样？"

"不错。然而今天就是我第一次底忧闷。"

我们都下到岸边，围绕住他，要打听这回事。他说："方才红儿掉在水里了！"红儿是他底腹婚妻，天天都和他在一块儿玩底。我们听了他这话，都惊讶得很。哥哥说："那么，你还能在这里闷坐着吗？还不赶紧去叫人来？"

"我一回去，我妈心里底忧郁怕也要一颗一颗地结出来，像桃实一样了。我宁可独自在此忧伤，不忍使我妈妈知道。"

我底哥哥不等说完，一股气就跑到红儿家里。这里阿芳还在皱着眉头，我也眼巴巴地望着他，一声也不响。

"谁掉在水里啦？"

我一听，是红儿底声音，速回头一望，果然哥哥携着红儿来了！她笑眯眯地走到芳哥跟前，芳哥像很惊讶地望着她。很久，他才出声说："你底话不灵了么？方才我贪着要到水边看看我底影儿，把他搁在树上，不留神轻风一摇，把他摇落水里，他随着流水往下流去；我回头要抱他，他已不在了。"

红儿才知道掉在水里底是她所赠与底小囝。她曾对阿芳说那小团也叫红儿,若是把他丢了,便是丢了她。所以芳哥这么谨慎看护着。

芳哥实在以红儿所说底话是千真万真的,看今天底光景,可就教他怀疑了。他说:"哦,你底话也是不准的!我这时才知道丢了你底东西不算丢了你,真把你丢了才算。"

我哥哥对红儿说:"无意的话倒能教人深信:芳哥对你底信念,头一次就在无意中给你打破了。"

红儿也不着急,只优游地说:"信念算什么?要真相知才有用哪。……也好,我借着这个就知道他了。我们还是到蔗园去罢。"

我们一同到蔗园去,芳哥方才的忧郁也和糖汁一同吞下去了。

头　发

这村里底大道今天忽然点缀了许多好看的树叶,一直达到村外底麻栗林边。村里底人,男男女女都穿得很整齐。像举行什么大节期一样。但六月间没有重要的节期,婚礼也用不着这么张罗,到底是为甚事?

那边底男子们都唱着他们底歌,女子也都和着。我只静静地站在一边看。

一队兵押着一个壮年的比丘从大道那头进前。村里底人见他来了,歌唱得更大声。妇人们都把头发披下来,争着跪在道傍,把头发铺在道中。从远一望,直像整匹底黑练摊在那里。那位比丘从容地从众女人底头发上走过;后面底男子们都嚷着:"可赞美的孔雀旗呀!"

他们这一嚷就把我提醒了。这不是倡自治底孟法师入狱底日子吗？我心里这样猜，赶到他离村里底大道远了，才转过篱笆底西边。刚一拐弯，便遇着一个少女摩着自己底头发，很懊恼地站在那里。我问她说："小姑娘，你站在此地，为你们底大师伤心么？"

"固然。但是我还咒诅我底头发为什么偏生短了，不能摊在地上，教大师脚下底尘土留下些少在上头。你说今日村里底众女子，那一个不比我荣幸呢？"

"这有什么荣幸？若你有心恭敬你底国土和你底大师就够了。"

"咦！静藏在心里底恭敬是不够底。"

"那么，等他出狱底时候，你底头发就够长了。"

女孩子听了，非常喜欢，至于跳起来说："得先生这一祝福，我底头发在那时定能比别人长些。多谢了！"

她跳着从篱笆对面底流连子园去了。我从西边一直走，到那麻栗林边。那里底土很湿，大师底脚印和兵士底鞋印在上头印得很分明。

疲倦的母亲

那边一个孩子靠近车窗坐着：远山，近水，一幅一幅，次第嵌入窗户，射到他底眼中。他手画着，口中还咿咿哑哑地，唱些没字曲。

在他身边坐着一个中年妇人，支着头瞌睡。孩子转过脸来，摇了她几下，说："妈妈，你看看，外面那座山很像我家门前底呢。"

母亲举起头来，把眼略睁一睁；没有出声，又支着颐睡去。

过一会，孩子又摇她，说："妈妈，'不要睡罢，看睡出病来了。'你且睁一睁眼看看外面八哥和牛打架呢。"

空山灵雨

母亲把眼略略睁开,轻轻打了孩子一下;没有做声,又支着头睡去。

孩子鼓着腮,很不高兴。但过一会,他又唱起来了。

"妈妈,听我唱歌罢。"孩子对着她说了,又摇她几下。

母亲带着不喜欢的样子说:"你闹什么?我都见过,都听过,都知道了,你不知道我很疲乏,不容我歇一下么?"

孩子说:"我们是一起出来底;怎么我还顶精神,你就疲乏起来?难道大人不如孩子么?"

车还在深林平畴之间穿行着。车中底人,除那孩子和一二个旅客以外,少有不像他母亲那么鼾睡底。

处女的恐怖

深沉院落,静到极地;虽然我底脚步走在细草之上,还能惊动那伏在绿丛里底蜻蜓。我每次来到庭前,不是听见投壶底音响,便是闻得四弦底颤动;今天,连窗上铁马底轻撞声也没有了!

我心里想着这时候小坡必定在里头和人下围棋;于是轻轻走着,也不声张,就进入屋里。出乎主人底意想,跑去站在他后头,等他蓦然发觉,岂不是很有趣?但我轻揭帘子进去时,并不见小坡,只见他底妹子伏在书案上假寐。我更不好声张,还从原处蹑出来。

走不远,方才被惊底蜻蜓就用那碧玉琢成底千只眼瞧着我。一见我来,他又鼓起云母的翅膀飞得飒飒作响。可是破岑寂底,还是屋里大踏大步底声音。我心知道小坡底妹子醒了,看见院里有客,紧紧要回避,所以不敢回头观望,让她安然走入内衙。

"四爷，四爷，我们太爷请你进来坐。"我听得是玉笙底声音，回头便说："我已经进去了；太爷不在屋里。"

"太爷随即出来，请到屋里一候。"她揭开帘子让我进去。果然他底妹子不在了！丫头刚走到衙内院子底光景，便有一股柔和而带笑的声音送到我耳边说："外面伺候底人一个也没有；好在是西衙底四爷，若是生客，教人怎样进退？"

"来底无论生熟，都是朋友，又怕什么？"我认得这是玉笙回答她小姐底话语。

"女子怎能不怕男人，敢独自一人和他们应酬么？"

"我又何尝不是女子？你不怕，也就没有什么。"

我才知道她并不曾睡去，不过回避不及，装成那样底。我走近案边，看见一把画未成底纨扇搁在上头。正要坐下，小坡便进来了。

"老四，失迎了。舍妹跑进去，才知道你来。"

"岂敢，岂敢。请原谅我底莽撞。"我拿起纨扇问道，"这是令妹写底？"

"是。她方才就在这里写画。笔法有什么缺点，还求指教。"

"指教倒不敢；总之，这把扇是我检得底，是没有主底，我要带他回去。"我摇着扇子这样说。

"这不是我底东西，不干我事。我叫她出来与你当面交涉。"小坡笑着向帘子那边叫："九妹，老四要把你底扇子拿去了！"

他妹子从里面出来；我忙趋前几步——陪笑，行礼。我说："请饶恕我方才底唐突。"她没做声，尽管笑着。我接着说："令兄应许把这扇送给我了。"

小坡抢着说："不！我只说你们可以直接交涉。"

她还是笑着，没有做声。

我说："请九姑娘就案一挥，把这画完成了，我好立刻带走。"

但她仍不做声。她哥哥不耐烦，促她说："到底是允许人家是不允许，尽管说，害什么怕？"妹子抟了他一眼，说："人家就是这么害怕。"她对我说："这是不成东西底，若是要，我改天再奉上。"

我速速说："够了，我不要更好的了。你既然应许，就将这一把赐给我罢。"于是她仍旧坐在案边，用丹青来染那纨扇。我们都在一边看她运笔。小坡笑着对妹子说："现在可不怕人了。"

"当然。"她含笑对着哥哥。自这声音发出以后，屋里，庭外，都非常沉寂；窗前也没有铁马底轻撞声。所能听见底只有画笔在笔洗里拨水底微响，和颜色在扇上底运行声。

我　想

我想什么？

我心里本有一条达到极乐园地底路，从前曾被那女人走过底，现在那人不在了，这条路不但是荒芜，并且被野草、闲花、棘枝、绕藤占据得找不出来了！

我许久就想着这条路，不单是开给她走底，她不在，我岂不能独自来往？

但是野草、闲花这样美丽、香甜，我怎舍得把他们去掉呢？棘枝、绕藤又那样横逆、蔓延，我手里又没有器械，怎敢惹他们呢？我想独自在那路上徘徊，总没有实行底日子。

日子一久，我连那条路底方向也忘了。我只能日日跑到路口那个小池底岸边静坐，在那里怅望，和沉思那草掩、藤封底道途。

狂风一吹，野花乱坠，池中锦鱼道是好饵来了，争着上来喋喋。我所想底，也浮在水面被鱼喋入口里；复幻成泡沫吐出来，仍旧浮回空中。

鱼还是活活泼泼地游；路又不肯自己开了；我更不能把所想底撇在一边呀！

我定睛望着上下游泳底锦鱼；我底回想也随着上下游荡。

呀，女人！你现在成为我"记忆底池"中底锦鱼了。你有时浮上来，使我得以看见你；有时沉下去，使我费神猜想你是在某片落叶底下！或某块沙石之间。

但是那条路底方向我早忘了，我只能每日坐在池边，盼望你能从水底浮上来。

乡曲底狂言

在城市住久了，每要害起村庄底相思病来。我喜欢到村庄去，不单是贪玩那不染尘垢底山水；并且爱和村里底人攀谈。我常想着到村里听庄稼人说两句愚拙的话语，胜过在都邑里领受那些智者底高谈大论。

这日，我们又跑到村里拜访耕田底隆哥。他是这小村底长者，自己耕着几亩地，还艺一所菜园。他底生活倒是可以羡慕底。他知道我们不愿意在他矮陋的茅茆里，就让我们到篱外底瓜棚底下坐坐。

横空底长虹从前山底凹处吐出来，七色底影印在清潭底水面。

我们正凝神看着，蓦然听得隆哥好像对着别人说："冲那边走罢，这里有人。"

"我也是人，为何这里就走不得？"我们转过脸来，那人已站在我们跟前。那人一见我们，应行底礼，他也懂得。我们问过他底姓名，请他坐。隆哥看见这样，也就不做声了。

我们看他不像平常人；但他有什么毛病，我们也无从说起。他对我们说："自从我回来，村里底人不晓得当我做个什么？我想我并没有坏意思，我也不打人，也不叫人吃亏，也不占人便宜，怎么他们就这般地欺负我——连路也不许我走？"

和我同来底朋友问隆哥说："他底职业是什么？"隆哥还没作声，他便说："我有事做，我是有职业底人。"说着，便从口袋里掏出一本小折子来，对我底朋友说："我是做买卖底。我做了许久了，这本折子里所记底帐不晓得是人该我底，还是我该人底，我也记不清楚，请你给我看看。"他把折子递给我底朋友，我们一同看，原来是同治年间底废折！我们忍不住大笑起来，隆哥也笑了。

隆哥怕他招笑话，想法子把他哄走。我们问起他底来历，隆哥说他从少在天津做买卖，许久没有消息，前几天刚回来底。我们才知道他是村里新回来底一个狂人。

隆哥说："怎么一个好好的人到城市里就变成一个疯子回来？我听见人家说城里有什么疯人院，是造就这种疯子底。你们住在城里，可知道有没有这回事？"

我回答说："笑话！疯人院是人疯了才到里边去；并不是把好好的人送到那里教疯了放出来底。"

"既然如此，为何他不到疯人院里住，反跑回来，到处骚扰？"

"那我可不知道了。"我回答时，我底朋友同时对他说："我们也是疯人，为何不到疯人院里住？"

隆哥很诧异地问："什么？"

我底朋友对我说："我这话，你说对不对？认真说起来，我们何尝不狂？要是方才那人才不狂呢。我们心里想什么，口又不敢说，手也不敢动，只会装出一副脸孔；倒不如他想说什么便说什么，想做什么就做什么，那分诚实，是我们做不到底。我们若想起我们那些受拘束而显出来底动作，比起他那真诚的自由行动，岂不是我们倒成了狂人？这样看来，我们才疯，他并不疯。"

隆哥不耐烦地说："今天我们都发狂了，说那个干什么？我们谈别的罢。"

瓜棚底下闲谈，不觉把印在水面长虹惊跑了。隆哥底儿子赶着一对白鹅向潭边来。我底精神又贯注在那纯净的家禽身上。鹅见着水也就发狂了。他们互叫了两声，便拍着翅膀趋入水里，把静明的镜面踏破。

生

我底生活好像一棵龙舌兰，一叶一叶，慢慢地长起来。某一片叶在一个时期曾被那美丽的昆虫做过巢穴；某一片叶曾被小鸟们歇在上头歌唱过。现在那些叶子都落掉了！只有瘢楞的痕迹留在干上。人也忘了某叶某叶曾经显过底样子；那些叶子曾经历过底事迹惟有龙舌兰自己可以记忆得来，可是他不能说给别人知道。

我底生活好像我手里这管笛子。他在竹林里长着底时候，许多好鸟歌唱给他听；许多猛兽长啸给他听；甚至天中底风雨雷电都不时教给他发音底方法。

他长大了,一切教师所教底都纳入他底记忆里。然而他身中仍是空空洞洞,没有什么。

做乐器者把他截下来,开几个气孔,搁在唇边一吹,他从前学底都吐露出来了。

公理战胜

那晚上要举行战胜纪念第一次底典礼,不曾尝过战苦底人们争着要尝一尝战后底甘味。式场前头底人,未到七点钟,早就挤满了。

那边一个声音说:"你也来了!你可是为庆贺公理战胜来底?"这边随着回答道:"我只来瞧热闹,管他公理战胜不战胜。"

在我耳边恍惚有一个说话带乡下土腔底说:"一个洋皇上生日倒比什么都热闹!"

我底朋友笑了。

我郑重地对他说:"你听这愚拙的话,倒很入理。"

"我也信——若说战神是洋皇帝底话。"

人声,乐声,枪声,和等等杂响混在一处,几乎把我们底耳鼓震裂了。我底朋友说:"你看,那边预备放烟花了,我们过去看看罢。"

我们远远站着,看那红黄蓝白诸色火花次第地冒上来。"这真好,这真好!"许多人都是这样颂扬。但这是不是颂扬公理战胜?

旁边有一个人说:"你这灿烂的烟花,何尝不是地狱底火焰?若是真有个地狱,我想其中的火焰也是这般好看。"

我底朋友低声对我说:"对呀,这烟花岂不是从纪念战死底人而来底?战死底苦我们没有尝到,由战死而显出来底地狱火焰我们倒看见了。"

我说:"所以我们今晚的来,不是要趁热闹,乃是要凭吊那班愚昧可怜的牺牲者。"

谈论尽管谈论,烟花还是一样地放。我们底声音常是沦没在腾沸的人海里。

面 具

人面原不如那纸制底面具哟!你看那红的,黑的,白的,青的,喜笑的,悲哀的,目眦怒得欲裂底面容,无论你怎样褒奖,怎样弃嫌,他们一点也不改变。红的还是红,白的还是白;目眦欲裂底还是目眦欲裂。

人面呢?颜色比那纸制底小玩意儿好而且活动,带着生气。可是你褒奖他底时候,他虽是很高兴,脸上却装出很不愿意底样子,你指摘他底时候,他虽是懊恼,脸上偏要显出勇于纳言底颜色。

人面到底是靠不住呀!我们要学面具,但不要戴他,因为面具后头应当让他空着才好。

落 花 生

我们屋后有半亩隙地。母亲说:"让他荒芜着怪可惜,既然你们那么爱吃花生,就辟来做花生园罢。"我们几姊弟和几个小丫头都很喜欢——买种底买种,动土底动土,灌园底灌园;过不了几个月，居然收获了！

妈妈说："今晚我们可以做一个收获节，也请你们爹爹来尝尝我们底新花生，如何？"我们都答应了。母亲把花生做成好几样底食品，还吩咐这节期要在园里底茅亭举行。

那晚上底天色不大好，可是爹爹也到来，实在很难得！爹爹说："你们爱吃花生么？"

我们都争着答应："爱！"

"谁能把花生底好处说出来？"

姊姊说："花生底气味很美。"

哥哥说："花生可以制油。"

我说："无论何等人都可以用贱价买他来吃；都喜欢吃他。这就是他底好处。"

爹爹说："花生底用处固然很多；但有一样是很可贵的。这小小的豆不像那好看的苹果、桃子、石榴，把他们底果实悬在枝上，鲜红嫩绿的颜色，令人一望而发生羡慕底心。他只把果子埋在地底，等到成熟，才容人把他挖出来，你们偶然看见一棵花生瑟缩地长在地上，不能立刻辨出他有没有果实，非得等到你接触他才能知道。"

我们都说："是的。"母亲也点点头。爹爹接下去说："所以你们要像花生，因为他是有用的，不是伟大、好看的东西。"我说："那么，人要做有用的人，不要做伟大、体面的人了。"爹爹说："这是我对于你们底希望。"

我们谈到夜阑才散，所有花生食品虽然没有了，然而父亲底话现在还印在我心版上。

别　话

　　素辉病得很重，离她停息底时候不过是十二个时辰了。她丈夫坐在一边，一手支颐，一手把着病人底手臂，宁静而恳挚的眼光都注在他妻子底面上。

　　黄昏底微光一分一分地消失，幸而房里都是白的东西，眼睛不至于失了他们底辨别力。屋里底静默，早已布满了死底气色，看护妇又不进来，她底脚步声只在门外轻轻地蹀过去，好像告诉屋里底人说："生命底步履不望这里来，离这里渐次远了。"

　　强烈的电光忽然从玻璃泡里底金丝发出来。光底浪把那病人底眼睑冲开。丈夫见她这样，就回复他底希望，恳挚地说："你——你醒过来了！"

　　素辉好像没听见这话，眼望着他，只说别的。她说："嗳，珠儿底父亲，在这时候，你为什么不带她来见见我。"

　　"明天带她来。"

　　屋里又沉默了许久。

　　"珠儿底父亲哪，因为我身体软弱，多病底缘故，教你牺牲许多光阴来看顾我，还阻碍你许多比服事我更要紧的事。我实在对你不起。我底身体实不容我……"

　　"不要紧的，服事你也是我应当做底事。"

　　她笑。但白的被窝中所显出来底笑容并不是欢乐底标识。她说："我很对不住你，因为我不曾为我们生下一个男儿。"

　　"那里底话！女孩子更好。我爱女的。"

　　凄凉中底喜悦把素辉身中预备要走底魂拥回来。她底精神似乎

空山灵雨

比前强些,一听丈夫那么说,就接着道:"女的本不足爱;你看许多人——连你——为女人惹下多少烦恼!……不过是——人要懂得怎样爱女人,才能懂得怎样爱智慧。不会爱或拒绝爱女人底,纵然他没有烦恼,他是万灵中最愚蠢的人。珠儿底父亲,珠儿底父亲哪,你佩服这话么?"

这时,就是我们——旁边底人——也不能为珠儿底父亲想出一句答辞。

"我离开你以后,切不要因为我!就一辈子过那鳏夫底生活。你必要为我底缘故,依我方才的话爱别的女人。"她说到这里把那只几乎动不得底右手举起来,向枕边摸索。

"你要什么?我替你找。"

"戒指。"

丈夫把她底手扶下来,轻轻在她枕边摸出一只玉戒指来递给她。

"珠儿底父亲,这戒指虽不是我们订婚用底,却是你给我底;你可以存起来,以后再给珠儿底母亲,表明我和她底连属。除此以外,不要把我底东西给她,恐怕你要当她是我;不要把我们底旧话说给她听,恐怕她要因你底话就生出差别心,说你爱死的妇人甚于爱生的妻子。"她把戒指轻轻地套在丈夫左手底无名指上。丈夫随着扶她底手与他底唇边略一接触。妻子对于这番厚意,只用微微睁开底眼睛看着他。除掉这样的回报,她实在不能表现什么。

丈夫说:"我应当为你做底事,都对你说过了。我再说一句,无论如何,我永久爱你。"

"咦,再过几时,你就要把我底尸体扔在荒野中了!虽然我不常住在我底身体内，可是人一离开，再等到什么时候，在什么地方才能互通我们恋爱底消息呢？若说我们将要住在天堂底话，我想我也永无再遇见你底日子，因为我们底天堂不一样。你所要住底，必不是我现在要去底。何况我还不配住在天堂？我虽不信你底神，我可信你所信底真理。纵然真理有能力，也不为我们这小小的缘故就永远把我们结在一块。珍重罢，不要爱我于离别之后。"

丈夫既不能说什么话，屋里只可让死的静寂占有了。楼底下恍惚敲了七下底自鸣钟。他为尊重医院底规则，就立起来，握着素辉底手说："我底命，再见罢，七点钟了。"

"你不要走，我还和你谈话。"

"明天我早一点来，你累了，歇歇罢。"

"你总不听我底话。"她把眼睛闭了，显出很不愿意底样子。丈夫无奈，又停住片时，但她实在累了，只管躺着，也没有什么话说。

丈夫轻轻蹑出去。一到楼口，那脚步又退后走，不肯下去。他又蹑回来，悄悄到素辉床边，见她显着昏睡的形态，枯涩的泪点滴不下来，只挂在眼睑之间。

爱流汐涨

月儿底步履已踏过嵇家底东墙了。孩子在院里已等了许久，一看见上半弧底光刚射过墙头，便忙忙跑到屋里叫道："爹爹，月儿上来了，出来给我燃香罢。"

屋里坐着一个中年的男子，他底心负了无量的愁闷。外面底月亮虽然还像去年那么圆满，那么光明，可是他对于月亮底情绪就大不如去年了。当孩子进来叫他底时候,他就起来,勉强回答说:"宝璜,今晚上不必拜月,我们到院里对着月光吃些果品,回头再出去看看别人底热闹。"

孩子一听见要出去看热闹,更喜得了不得。他说:"为什么今晚上不拈香呢?记得从前是妈妈点给我底。"

父亲没有回答他。但孩子底话很多,问得父亲越发伤心了。他对着孩子不甚说话。只有向月不歇地叹息。

"爹爹今晚上不舒服么?为何气喘得那么厉害?"

父亲说:"是,我今晚上病了。你不是要出去看热闹么?可以教素云姐带你去,我不能去了。"

素云是一个年长底丫头,主人底心思、性地,她本十分明白,所以家里无论大小事几乎是她一人主持。她带宝璜出门,到河边看看船上和岸上各样底灯色;便中就告诉孩子说:"你爹爹今晚不舒服了,我们得早一点回去才是。"

孩子说:"爹爹白天还好好地,为何晚上就害起病来?"

"唉,你记不得后天是妈妈底百日吗?"

"什么是妈妈底百日?"

"妈妈死掉,到后天是一百天底工夫。"

孩子实在不能理会那"一百日"底深密意思,素云只得说,"夜深了,咱们回家去罢。"

素云和孩子回来底时候,父亲已经躺在床上,见他们回来,就说:"你们回来了。"她跑到床前回答说:"二舍,我们回来了。晚上大哥儿可以和我同睡,我招呼他,好不好?"

父亲说:"不必。你还是睡你底罢。你把他安置好,就可以去歇息,这里没有什么事。"

1918年许地山在汇文大学就读,年初回福建厦门与林月森举行婚礼

1923年许地山于纽约哥伦比亚大学

这个七岁底孩子就睡在离父亲不远底一张小床上。外头底鼓乐声,和树梢底月影,把孩子撩得不能睡觉。在睡眠底时候,父亲本有命令,不许说话;所以孩子只得默听着,不敢发出什么声音。

乐声远了,在近处底杂响中,最激刺孩子底,就是从父亲那里发出来底啜泣声。在孩子底思想里,大人是不会哭底。所以他很诧异地问:"爹爹,你怕黑么?大猫要来咬你么?你哭什么?"他说着就要起来,因为他也怕大猫。

父亲阻止他说:"爹爹今晚上不舒服,没有别底事。不许起来。"

"咦,爹爹明明哭了!我每哭底时候,爹爹说我底声音像河里水声地响;现在爹爹底声音也和那个一样。呀,爹爹;别哭了。爹爹一哭,教宝璜怎能睡觉呢?"

孩子越说越多,弄得父亲底心绪更乱。他不能用什么话来对付孩子,只说:"璜儿,我不是说过,在睡觉时不许说话么?你再说时,爹爹就不疼你了。好好地睡罢。"

孩子只复说一句:"爹爹要哭,教人怎样睡得着呢?"以后他就静默了。

这晚上底催眠歌就是父亲底抽噎声。不久,孩子也因着这声就发出微细的鼾息;屋里只有些杂响伴着父亲发出哀音。

(选自《空山灵雨》,上海商务印书馆 1932 年 9 月出版)

读《芝兰与茉莉》因而想及我底祖母

正要到哥仑比亚底检讨室里校阅梵籍，和死和尚争虚实，经过我底邮筒，明知每次都是空开底，还要带着希望姑且开来看看。这次可得着一卷东西，知道不是一分钟可以念完底。遂插在口袋里，带到检讨室去。

我正研究唐代佛教在西域衰灭底原因，翻起史太因在和阗所得底唐代文契，一读马令痣同母党二娘向护国寺僧虎英借钱底私契，妇人许十四典首饰契，失名人底典婢契等等，虽很有趣，但掩卷一想，恨当时的和尚只会营利，不顾转法轮，无怪回纥一入，便尔扫灭无余。

为释迦文担忧，本是大愚：曾不知成、住、坏、空，是一切法性？不看了，掏出口袋里底邮件，看看是什么罢。

《芝兰与茉莉》

这名字很香呀！我把纸笔都放在一边，一气地读了半天工夫——从头至尾，一句一字细细地读。这自然比看唐代死和尚底文契有趣。读后底余韵，常绕缭于我心中；像这样的文艺很合我情绪底胃口似地。

读中国底文艺和读中国底绘画一样。试拿山水——西洋画家叫做"风景画"——来做个例：我们打稿（composition）是鸟瞰的、纵的，所以从近处底溪桥，而山前底村落，而山后底帆影，而远地底云山；西洋风景画是水平的、横的；除水平线上下左右之外，理会不出幽深的、绵远的兴致。所以中国画宜于纵的长方,西洋画宜于横的长方。文艺也是如此:西洋人底取材多以"我"和"我底女人或男子"为主,故属于横的、夫妇的;中华人底取材多以"我"和"我底父母或子女"为主,故属于纵的、亲子的。描写亲子之爱应当是中华人底特长;看近来底作品,究其文心,都含这唯一义谛。

爱亲底特性是中国文化底细胞核,除了他,我们早就要断发短服了!我们将这种特性来和西洋的对比起来,可以说中华民族是爱父母的民族;那边欧西是爱夫妇的民族。因为是"爱父母的",故叙事直贯,有始有终,源源本本,自自然然地说下来。这"说来话长"底特性——很和拔丝山药一样地甜热而黏——可以在一切作品里找出来。无论写什么,总有从盘古以来说到而今底倾向。写孙悟空总得从猴子成精说起;写贾宝玉总得从顽石变灵说起;这写生生因果底好尚是中华文学底文心,是纵的,是亲子的,所以最易抽出我们底情绪。

八岁时,读《诗经·凯风》和《陟岵》,不晓得怎样,眼泪没得我底同意就流下来?九岁读《檀弓》到"今丘也,东西南北之人也"一段,伏案大哭。先生问我,"今天底书并没给你多上,也没生字,为何委曲?"我说,"我并不是委曲,我只伤心这'东西南北'四字。"第二天,接着念"晋献公将杀其世子申生"一段,到"天下岂有无父之国哉?"又哭,直到于今,这"东西南北"四个字还能使我一念便伤怀。我尝反省这事,要求其使我哭泣底缘故。不错,爱父母的民族底理想生活便是在这里生、在这里长、在这里聚族、在这里埋葬,东西南北地跑当然是一种可悲的事了。因为离家、离父母、离国是可悲的,所以能和父母、乡党过活底人是可羡的。无论什么也都以这事为准绳：做文章为这一件大事做，讲爱情为这一件大事讲，我才理会我底"上坟瘾"不是我自己所特有，是我所属底民族自盘古以来遗传给我底。你如自己念一念"可爱的家乡啊！我睡眼朦胧里，不由得不乐意接受你欢迎的诚意。"和"明儿……你真要离开我了么？"应作如何感想？

爱夫妇的民族正和我们相反。夫妇本是人为，不是一生下来就铸定了彼此的关系。相逢尽可以不相识，只要各人带着，或有了各人底男女欲，就可以。你到什么地方，这欲跟到什么地方；他可以在一切空间显其功用，所以在文心上无需溯其本源，究其终局，干干脆脆，Just a word，也可以自成段落。爱夫妇的心境本含有一种舒展性和侵略性，所以乐得东西南北，到处地跑。夫妇关系可以随地随时发生，又可以强侵软夺，在文心上当有一种"霸道""喜新""乐得""为我自己享受"底倾向。

总而言之，爱父母的民族底心地是"生"；爱夫妇的民族底心地是"取"。生是相续的；取是广延的。我们不是爱夫妇的民族，故描写夫妇，并不为夫妇而描写夫妇，是为父母而描写夫妇。我很少见——当然是我少见——中国文人描写夫妇时不带着"父母的"底色彩；很少见单独描写夫妇而描写得很自然的。这并不是我们不愿描写，是我们不惯描写广延性的文学底缘故。从对面看，纵然我们描写了，人也理会不出来。

《芝兰与茉莉》开宗第一句便是"祖母真爱我！"这已把我底心牵引住了。"祖父爱我"，当然不是爱夫妇的民族所能深味，但他能感我和《檀弓》差不了多少。"垂老的祖母，等得小孩子奉甘旨么？"子女生活是为父母底将来，父母底生活也是为着子女，这永远解不开底结，结在我们各人心中。触机便发表于文字上。谁没有祖父母、父母呢？他们底折磨、担心，都是像夫妇一样有个我性底么？丈夫可以对妻子说，"我爱你，故我要和你同住"；或"我不爱你，你离开我罢"。妻子也可以说，"人尽可夫，何必你？"但子女对于父母总不能有这样的天性。所以做父母底自自然然要为子女担忧受苦，做子女底也为父母之所爱而爱，为父母而爱为第一件事。爱既不为我专有，"事之不能尽如人意"便为此说出来了。从爱父母的民族眼中看夫妇底爱是为三件事而起，一是继续这生生底线；二是往溯先人底旧典；三是承纳长幼底情谊。

说起书中人底祖母，又想起我底祖母来了。"事之不能尽如人意者，夫复何言！"我底祖母也有这相同的境遇呀！我底祖母，不说我没见过，连我父亲也不曾见过，因为她在我父亲未生以前就去世了。这岂不是很奇怪的么？不如意的事多着呢！爱祖母底明官，你也愿意听听我说我祖母底失意事么？

八十年前，台湾府——现在的台南——城里武馆街有一家，八个兄弟同一个老父亲同住着，除了第六、七、八底弟弟还没娶以外，前头五个都成家了。兄弟们有做武官底，有做小乡绅底，有做买卖底。那位老四，又不做武官又不做绅士，更不曾做买卖；他只喜欢念书，自己在城南立了一所小书塾名叫窥园，在那里一面读，一面教几个小学生。他底清闲，是他兄弟们所羡慕，所嫉妒底。

这八兄弟早就没有母亲了。老父亲很老，管家底女人虽然是妯娌们轮流着当，可是实在的权柄是在一位大姑手里。这位大姑早年守寡，家里没有什么人，所以常住在外家。因为许多弟弟是她帮忙抱大底，所以她对于弟弟们很具足母亲底威仪。

那年夏天，老父亲去世了。大姑当然是"阃内之长"，要督责一切应办事宜底。早晚供灵底事体,照规矩是媳妇们轮着办底。那天早晨该轮到四弟妇上供了。四弟妇和四弟是不上三年底夫妇,同是二十多岁,情爱之浓是不消说底。

大姑在厅上嚷,"素官,今早该你上供了。怎么这时候还不出来?"

居丧不用粉饰面,把头发理好,也毋需盘得整齐。所以晨妆很省事。她坐在妆台前,嚼槟榔,还吸一管旱烟。这是台湾女人们最普遍的嗜好。有些女人喜欢学土人把牙齿染黑了,她们以为牙齿白得像狗底一样不好看,将槟榔和着叶、熟灰嚼,日子一久,就可以使很白的牙齿变为漆黑。但有些女人是喜欢白牙底,她们也嚼槟榔,不过把灰灭去就可以。她起床,漱口后第一件事是嚼槟榔,为底是使牙齿白而坚固,外面大姑底叫唤,她都听不见,只是嚼着;还吸着烟在那里出神。

四弟也在房里,听见姊姊叫着妻子,便对她说:"快出去罢。姊姊要生气了。"

"等我嚼完这口槟榔,吸完这口烟才出去。时候还早咧。"

"怎么你不听姊姊底话?"

"为什么要听你姊姊底话?你为什么不听我底话?"

"姊姊就像母亲一样。丈夫为什么要听妻子底话?"

"'人未娶妻是母亲养底,娶了妻就是妻子养底。'你不听妻子底话,妻子可要打你好像打小孩子一样。"

"不要脸,那里来得这么大的孩子!我试先打你一下,看你打得过我不。"老四带着嬉笑的样子,拿着拓扇向妻子底头上要打下去。妻子放下烟管,一手抢了扇子,向着丈夫底额头轻打了一下,"这是谁打谁了!"

夫妇们在殡前是要在孝堂前后底地上睡底，好容易到早晨同进屋里略略梳洗一下，借这时间谈谈。他对于享尽天年底老父亲底悲哀，自然盖不过对于婚媾不久的夫妇底欢愉。所以，外头虽然尽其孝思；里面底"琴瑟"还是一样地和鸣。中国底天地好像不许夫妇们在丧期里有谈笑底权利似地。他们在闹玩时，门帘被风一吹，可巧被姊姊看见了。姊姊见她还没出来。正要来叫她，从布帘飞处看见四弟妇拿着拓扇打四弟，那无明火早就高起了一万八千丈。

"那里来底泼妇，敢打她底丈夫！"姊姊生气嚷着。

老四慌起来了。他挨着门框向姊姊说："我们闹玩；没有什么事。"

"这是闹玩底时候么？怎么这样懦弱，教女人打了你，还替她说话？我非问她外家，看看这是什么家教不可。"

他退回屋里，向妻子伸伸舌头，妻子也伸着舌头回答他。但外面越呵责越厉害了。越呵责，四弟妇越不好意思出去上供，越不敢出去越要挨骂，妻子哭了。他在旁边站着。劝也不是，慰也不是。

她有一个随嫁底丫头，听得姑太越骂越有劲，心里非常害怕。十三四岁底女孩，那里会想事情底关系如何？她私自开了后门，一直跑回外家，气喘喘地说，"不好了！我们姑娘被他家姑太骂得很厉害，说要赶她回来咧！"

亲家爷是个商人，头脑也很率直，一听就有了气；说，"怎样说得这样容易——要就取去，不要就扛回来？谁家养女儿是要受别人底女儿欺负底？"他是个杂货行主，手下有许多工人，一号召，都来聚在他面前。他又不打听到底是怎么一回事，对着工人们一气地说，"我家姑娘受人欺负了。你们替我到许家去出出气。"工人一裹，就到了那有丧事底亲家门前，大兴问罪之师。

里面底人个个面对面呈出惊惶的状态。老四和妻子也相对无言，不晓得要怎办才好，外面底人们来得非常横逆，经兄弟们许多解释然后回去。姊姊更气得凶，跑到屋里，指着四弟妇大骂特骂起来。

"你这泼妇，怎么这一点点事情，也值得教外家底人来干涉？你敢是依仗你家里多养了几个粗人，就来欺负我们不成？难道你不晓得我们诗礼之家在丧期里要守制底么？你不孝的贱人，难道丈夫叫你出来上供是不对的，你就敢用扇头打他？你已犯七出之条了，还敢起外家来闹？好，要吃官司，你们可以一同上堂去，请官评评。弟弟是我抱大底，我总可以做抱告。"

妻子才理会丫头不在身边。但事情已是闹大了，自己不好再辩，因为她知道大姑底脾气，越辩越惹气。

第二天早晨，姊姊召集弟弟们在灵前，对他们说，"像这样的媳妇还要得么？我想待一会，就扛她回去。"这大题目一出来，几个弟弟都没有话说；最苦的就是四弟了。他知道"扛回去"就是犯"七出之条"时"先斩后奏"底办法，就颤声地向姊姊求情。姊姊鄙夷他说，"没志气的懦夫，还敢要这样的妇人么？她昨日所说底话我都听见了。女子多着呢，日后我再给你挑个好的。我们已预备和她家打官司，看看是礼教有势，还是她家工人底力量大。"

当事的四弟那时实在是成了懦夫了！他一点勇气也没有，因为这"不守制""不敬夫"底罪名太大了，他自己一时也找不出什么话来证明妻子底无罪，有赦免底余地。他跑进房里，妻子哭得眼都肿了。他也哭着向妻子说，"都是你不好！"

"是，……是……我我……我不好，我对对……不起你！"妻子抽噎着说。丈夫也没有什么话可安慰她，只挨着她坐下，用手抚着她底脖项。

果然姊姊命人雇了一顶轿子，跑进房里，硬把她扶出来，把她头上底白麻硬换上一缕红丝，送她上轿去了。这意思就是说她此后就不是许家底人，可以不必穿孝。

"我有什么感想呢？我该有怎样的感想呢？懦夫呵！你不配颜在人世，就这样算了么？自私的我，却因为不贯彻无勇气而陷到这种地步，夫复何言！"当时他心里也未必没有这样的语言。他为什么懦弱到这步田地？要知道他原不是生在为夫妇的爱而生活底地方呀！

王亲家看见平地里把女儿扛回来，气得在堂上发抖。女儿也不能说什么，只跪在父亲面前大哭。老亲家口口声声说要打官司，女儿直劝无需如此，是她底命该受这样折磨底，若动官司只能使她和丈夫吃亏，而且把两家底仇恨结得越深。

老四在守制期内是不能出来底。他整天守着灵想妻子。姊姊知道他底心事，多方地劝慰他。姊姊并不是深恨四弟妇，不过她很固执，以为一事不对就事事不对，一时不对就永远不对。她看"礼"比夫妇底爱要紧。礼是古圣人定下来，历代的圣贤亲自奉行底。妇人呢？这个不好，可以挑那个。所以夫妇底配合只要有德有貌，像那不德、无礼的妇人，尽可以不要。

出殡后，四弟仍到他底书塾去。从前，他每夜都要回武馆街去底，自妻去后，就常住在窥园。他觉得一到妻子房里冷清清地，一点意思也没有，不如在书房伴着书眠还可以忘其愁苦。唉，情爱被压底人都是要伴书眠底呀！

天色晚，学也散了。他独在园里一棵芒果树下坐着发闷。妻子底随嫁丫头蓝从园门直走进来，他虽熟视着，可像不理会一样。等到丫头叫了他一声"姑爷",他才把着她底手臂如见了妻子一般。他说,"你怎么敢来?……姑娘好么?"

"姑娘命我来请你去一趟。她这两天不舒服,躺在床上哪,她吩咐掌灯后才去,恐怕人家看见你,要笑话你。"

她说完,东张西望,也像怕人看见她来,不一会就走了。那几点钟底黄昏偏又延长了,他好容易等到掌灯时分!他到妻子家里,丫头一直就把他带到楼上,也不敢教老亲家知道。妻子底面比前几个月消疲了,他说,"我底……,"他说不下去了,只改过来说,"你怎么瘦得这个样子!"

妻子躺在床上也没起来,看见他还站着出神,就说,"为什么不坐,难道你立刻要走么?"她把丈夫揪近床沿坐下,眼对眼地看着。丈夫也想不出什么话来说,想分离后第一次相见底话是很难起首底。

"你是什么病?"

"前两天小产了一个男孩子!"

丈夫听这话,直像喝了麻醉药一般。

"反正是我底罪过大,不配有福分,连从你得来底孩子也不许我有了。"

"不要紧的,日后我们还可以有五六个。你要保养保养才是。"

妻子笑中带着很悲哀的神彩,说,"痴男子,既休的妻还能有生子女底荣耀么?"说时,丫头递了一盏龙眼干甜茶来。这是台湾人待生客和新年用底礼茶。

"怎么给我这茶喝;我们还讲礼么?"

"你以后再娶,总要和我生疏底。"

"我并没休你。我们底婚书,我还留着呢。我,无论如何,总要想法子请你回去底；除了你，我还有谁？"

丫头在旁边插嘴说，"等姑娘好了，立刻就请她回去罢。"

他对着丫头说，"说得很快，你总不晓得姑太和你家主人都是非常固执，非常喜欢赌气，很难使人进退底。这都是你弄出来底。事已如此，夫复何言！"

小丫头原是不懂事，事后才理会她跑回来报信底关系重大。她一听"这都是你弄出来底"，不由得站在一边哭起来。妻子哭，丈夫也哭。

一个男子底心志必得听那寡后回家当姑太底姊姊使令么？当时他若硬把妻子留住，姊姊也没奈他何，最多不过用"礼教底棒"来打他而已。但"礼教之棒"又真可以打破人底命运么？那时候，他并不是没有反抗礼教底勇气，是他还没得着反抗礼教底启示。他心底深密处也会像吴明远那样说，"该死该死！我既爱妹妹，而不知护妹妹，我既爱我自己而不知为我自己着想，我负了妹妹，我误了自己！事原来可以如人意，而我使之不能，我之罪恶岂能磨灭于万一，然而赴汤蹈火，又何足偿过失于万一呢？你还敢说：'事已如此，夫复何言'么？"

四弟私会出妻底事，教姊姊知道，大加申斥。说他没志气。不过这样的言语和爱情没有关系。男女相待遇本如大人和小孩一样。若是男子爱他底女人，他对于她底态度语言、动作，都有父亲对女儿底倾向；反过来说，女人对于她所爱底男子也具足母亲对儿子底倾向。若两方都是爱者，他们同时就是被爱者，那是说他们都自视为小孩子故彼此间能吐露出真性情来。小孩们很愿替他们底好朋友担忧、受苦、用力；有情的男女也是如此。所以姊姊底申斥不能隔断他们底私会。

妻子自回外家后，很悔她不该贪嚼一口槟榔，贪吸一管旱烟，致误了灵前底大事。此后，槟榔不再入她底口，烟也不吸了。她要为自己底罪过忏悔，就吃起长斋来。就是她亲爱底丈夫有时来到，很难得的相见时，也不使他挨近一步，恐怕玷了她底清心。她只以念经绣佛为她此生唯一的本分，夫妇的爱不由得不压在心意底崖石底下。

十几年中，他只是希望他岳丈和他姊姊底意思可以挽回于万一。自己底事要仰望人家，本是很可怜的。亲家们一个是执拗，一个是赌气，因之光天化日底时候难以再得。

那晚上，他正陪姊姊在厅上坐着，王家底人来叫他。姊姊不许，说："四弟，不许你去。"

"姊姊，容我去看她一下罢。听说她这两天病得很厉害，人来叫我，当然是很要紧的，我得去看看。"

"反正你一天不另娶，是一天忘不了那泼妇底。城外那门亲给你讲了好几年，你总是不介意。她比那不知礼的妇人好得多——又美、又有德。"

这一次，他觉得姊姊底命令也可以反抗了。他不听这一套，径自跑进屋里，把长褂子一披，匆匆地出门。姊姊虽然不高兴，也没法揪他回来。

到妻子家，上楼去。她躺在床上，眼睛半闭着，病状已很凶恶。他哭不出来，走近前，摇了她一下。

"我底夫婿，你来了！好容易盼得你来！我是不久的人了，你总要为你自己的事情打算；不要像这十几年，空守着我，于你也没有益处。我不孝已够了，还能使你再犯不孝之条么？——'不孝有三，无后为大。'"

"孝不孝是我底事；娶不娶也是我底事。除了你，我还有谁？"

这时丫头也站在床沿。她已二十多岁，长得越妩媚、越懂事了。她底反省，常使她起一种不可言喻的伤心，使她觉得她永远对不起面前这位垂死的姑娘和旁边那位姑爷。

垂死的妻子说："好罢，我们底恩义是生生世世的。你看她，"她撮嘴指着丫头，用力往下说，"她长大了。事情既是她弄出来底，她得替我偿还。"她对着丫头说，"你愿意么？"丫头红了脸，不晓得要怎样回答。她又对丈夫说，"我死后，她就是我了。你如记念我们旧时的恩义，就请带她回去，将来好替我……"

她把丈夫底手拉去，使他揸住丫头底手，随说，"唉，子女是要紧的，她将来若能替我为你养几个子女，我就把她从前的过失都宽恕了。"

妻子死后好几个月，他总不敢向姊姊提起要那丫头回来。他实在是很懦弱的，不晓怎样怕姊姊会怕到这地步！

离王亲家不远住着一位老妗婆。她虽没为这事担心，但她对于事情底原委是很明了底。正要出门，在路上遇见丫头，穿起一身素服，手挽着一竹篮东西，她问，"蓝，你要到那里去？"

"我正要上我们姑娘底坟去。今天是她底百日。"

老妗婆一手扶着杖，一手捏着丫头底嘴巴，说，"你长得这么大了，还不回武馆街去么？"丫头低了头，没回答她。她又问，"许家没意思要你回去么？"

从前的风俗对于随嫁底丫头多是预备给姑爷收起来做二房底，所以妗婆问得很自然。丫头听见"回去"两字，本就不好意思，她双眼望着地上，摇摇头，静默地走了。

妗婆本不是要到武馆街去底，自遇见丫头以后，就想她是个长辈之一，总得赞成这事。她一直来投她底甥女，也叫四外甥来告诉他应当办底事体。姊姊被妗母一说，觉得再没有可固执底了；说，"好罢，明后天预备一顶轿子去扛她回来就是。"

四弟说："说得那么容易？要总得照着娶继室底礼节办；她底神主还得请回来。"

姊姊说："笑话，她已经和她底姑娘一同行过礼了，还行什么礼？神主也不能同日请回来底。"

老妗母说："扛回来时，请请客，当做一桩正事办也是应该底。"

他们商量好了，兄弟也都赞成这样办。"这种事情，老人家最喜欢不过，"老妗母在办事底时候当然是一早就过来了。

这位再回来底丫头就是我底祖母了。所以我有两个祖母，一个是生身祖母，一个是常住在外家底"吃斋祖母"——这名字是母亲给我们讲祖母底故事时所用底题目。又"丫头"这两个字是我家底"圣讳"，平常是不许说底。

我又讲回来了。这种父母的爱底经验，是我们最能理会底。人人经验中都有多少"祖母的心""母亲""祖父""爱儿"等等事迹，偶一感触便如悬崖泻水，从盘古以来直说到于今。我们底头脑是历史的，所以善用这种才能来描写一切的故事。又因这爱父母底特性，故在作品中，任你说到什么程度，这一点总抹杀不掉。我爱读《芝兰与茉莉》，因为他是源源本本地说，用我们经验中极普遍的事实触动我。我想凡是有祖母底人，一读这书，至少也会起一种回想底。

书看完了，回想也写完了，上课底钟直催着。现在的事好像比往事要紧；故要用工夫来想一想祖母底经历也不能了！大概她以后底境遇也和书里底祖母有一两点相同罢。

写于哥仑比亚图书馆四一三号，检讨室，
十三年，二月，十日。

（选自1924年5月10日《小说月报》第15卷第5期）

无法投递之邮件

弁　言

　　有话说不出是苦；说出来没有人听，更苦。有信不能投递是不幸；递而递不到，更不幸。这样的苦与不幸，稍有人间经验底人没有一个不尝过。

　　一个惯在巴黎歌剧场鉴赏歌舞底人到北京底茶园去听昆曲，也许会捧腹大笑，说"这是什么音乐？"这样的人，我们可以说他不懂昆曲。一只百灵在笼里嘤鸣，养它底主人虽然听不懂它底意思，却也能羡赏它底声音，或误会它，以为它向着自己献媚。一只蜩蝉藏在阴森的丛叶底下，不断地长鸣，也是为求它底伴侣，可是有时把声音叫嘶了，还是求不着。在笼里底鸟不能因为自己不自由，或被人误会而不唱。在叶底底蝉不能因求伴不得而不叫唤。说话与写信也是如此。听不懂，看不懂，未必不能再说，再写。至若辞不达意，而读者能够理会，就更可以写；辞能达意，明知读者要误会，亦不能不写。写在我，读在人，理会与误会，我可以不管。投在我，递在人，有法投递与无法投递，我也可以不管。只要写了，投了，我心就安慰而满足了。只要我底情意表示出来，虽递不到，我也算它递到了。

十六年十一月落华生自叙于面壁斋

给诵幼

不能投递之情形——地址不明，退发信人写明再递。

诵幼，我许久没见你了。我近来患失眠症。梦魂呢，又常困在躯壳里，飞不到你身边，心急得狠。但世间事本无容人着急底余地，越着急越不能到；我只得听其自然罢了。你总不来我这里，也许你怪我那天藏起来，没有出来帮你忙底缘故。呀，诵幼，若你因那事怪了我，可就冤枉极了！我在那时，全身已泡在烦恼的海中，自救尚且不暇，何能顾你？今天接定慧底信，说你已经被释放了，我实在欢喜得狠！诵幼，此后须要小心和男子相往来。你们女子常说"男子坏的狠多"，这话诚然不错。但我以为男子底坏，并非他生来就是如此，是跟女子学来底。诵幼，我说这话，请你不要怪我。你底事且不提，我拿文锦底事来说罢。他对于尚素本来是狠诚实的，但尚素要将她和文锦底交情变为更亲密的交情，故不得胡乱献些殷勤。女人的殷勤，就是使男子变坏的砒石哟！我并不是说女子对于男子要狠森严，冷酷，像怀霄待人一样，不过说没有智慧的殷勤是危险的罢了。

我盼望你今后的景况像湖心底白鹄一样。

给贞蕤

不能投递之情形——此人已离广州。

自走马营一别，至今未得你底消息。知道你底生活和行脚僧一样，所以没有破旅愁底书信给你念。昨天从天处听见你底近况，且知道你现在住在这里，不由得我不写这几句话给你。

我底朋友，你想北极底冰洋上能够长出花菖蒲，或开得像亚马逊河边底王莲来么？我劝你就回家去罢。放着你清凉而恬淡的生活不享；飘零着找那不知心的知心人，为何自找这等刑罚？纵说是你当时得罪了他，要找着他向他谢罪，可是罪过你已认了，那温润不挠，如玉一般的情好岂能弥补得毫无瑕疵？

我底朋友，我常想着我曾用过一管笔，有一天无意中把笔尖误烧了（因为我要学篆书，听人说烧了尖好写），就不能再用它。但我狠爱那笔，用尽许多法子，也补救不来；就是拿去找笔匠，也不能出什么主意，只是教我再换过一管罢了。我对于那天天接触底小宝贝，虽舍不得扔掉，也不能不把它藏在笔囊里。人情虽不能像这样换法，然而，我们若在不能换之中，姑且当做能换，也就安慰多了。你有心牺牲你底命运，他却无意成就你底愿望，你又何必？我劝你早一点回去罢，看你年少的容貌快要从镜中逃走；在你背后底黑影快要闯入你底身里，把你青春一切活泼的风度赶走，把你光艳的躯壳夺去了。

我再三叮咛你，不知心的知心人，纵然找着了，只是加增懊恼，毫无用处底。

答劳云

不能投递之情形——劳云已投金光明寺，在岭上，不能递。

中夜起来，月还在座，渴鼠蹑上桌子偷我笔洗里底墨水喝，我一下床它就吓跑了。它惊醒我，我吓跑它，也是公道的事情。到窗边坐下，且不点灯，回想去年此夜，我们正在了因底园里共谈，你说我们在万本芭蕉底下直像草根底下斗鸣底小虫。唉，今夜那园里底小虫必还在草根底下叫着，然而我们呢？本要独自出去一走，争奈院里鬼影历乱，又没有侣伴，只得作罢了。睡不着，偏想茶喝。到后房去，见我底小丫头被憊睡锁得狠牢固，不好解放她。喝茶底念头，也得作罢了。回到窗边坐下，摩摩窗棂，无意摩着你前月底信，就仗着月灯再念了一遍。可幸你底字比我写得还要粗大，念时，尚不费劲。在这时候，只好给你写这封回信。

劳云，我对了因所说，那得天下荒山，重叠围合，做个大监牢——野兽当逻卒，烟云拟桎梏，古树作栅栏，茑萝为索，——闲散地囚尽你这流动人愁怀底诗犯？不想真要自首去了！去也好，但我只怕你一去到，那里便成为诗境，不是诗牢了。

你问我为什么叫你做诗犯，我自己也不知其所以然。我觉得你底诗虽然狠好，可是你心里所有底和手里写出来底总不能适合，不如把笔摔掉，到那只许你心儿领会底诗牢去更妙。遍世间尽是诗境，所以诗人易做。诗人无论遇着什么，总不肯默着，非发出些愁苦的诗不可，真是难解。譬如今夜夜色，若你在时，必要把院里所有的调戏一番，非教他们都哭了，你不甘心。这便是你底过犯。所以我要叫你做诗犯，狠盼望你做个诗犯。

一手按着手电灯，一手写字，狠容易乏，不写了。今夜起来，本不是为给你写回信，然而在不知不觉中，就误了我半小时，不能和我那个"月"默谈。这又是你的罪过！

院里的虫声直如鬼哭，听得我毛发尽竦。还是埋头枕底，让那只小鼠畅饮一场罢。

给 小 峦

不能投递之情形——此人已入疯人院。

绿绮湖边底夜谈，是我们所不能忘掉底。但是，小峦，我要告诉你，迷生决不能和我一样，常常惦念着你，因为他底心多用在那恋爱底遗骸上头。你不是教我探究他底意思吗？我昨天一早到他那里去，在一件事情上，使我理会他还是一个爱底坟墓底守护者。若是你愿意听这段故事，我就可以告诉你。

我一进门时，他垂着头好像狠悲伤的样子，便问："迷生，你又想什么来？"他叹了一声才说："她织给我底领带已经坏了！我身边再也没有她底遗物了！人丢了！她底东西也要陆续地跟着她走，真是难解。"我说："是的，太阳也有破坏底日子，何况一件小小东西，你不许他坏，成么？"

"为什么不成？若是我不用它，就可以保全它。然而我怎能不用？我一用她给我留下底器物，就借那些东西要和她交通，且要得着无量安慰。"他低垂的视线牵着手里底旧领带，接着说，"唉！现在她底手泽都完了！"

小峦，你想他这样还能把你惦记在心里么？你太轻于自信了。我不是使你失望，我狠了解他，也了解你，你们固然是亲戚，但我要提醒你，除疏淡的友谊外，不要多走一步。因为，凡最终的地方，都是在对岸那狠高，狠远，狠暗，且不能用平常舟车达到底。你和迷生的事，据我现在底观察，纵使蜘蛛底丝能够织成帆，蜢螂底甲能够装成船，也不能渡你过第一步要过底心意底洋。你不要再发痴了！还是回向莲台，拜你那低头不语底偶像好。你常说我给麻醉剂你服，不错的！若是我给一毫一厘的兴奋剂你服，恐怕你要起不来了。

给爽君夫妇

不能投递之情形——爽君逃了！不知去向。

你的问题，实在是时代的问题，我不是先知，也不能说出其中底秘奥。但我可以把几位朋友所说底话介绍给你知道，你定然是狠乐意地念一念。

我有一位朋友说："要双方发生误解，才有爱情。"他底意思以为相互的误解是爱情底基础。若有一方面了解，一方面误解，爱也无从悬挂底。若两方都互相了解，只能发生更好的友谊罢了。爱情底发生，因为我不知道你是怎么一回事，你也不知道我是怎么一回事才有底。多会彼此都知道得狠透澈，那时便是爱情底老死期了。

又有一位朋友说："爱情是彼此帮助：凡事不顾自己，只顾人。"这句话，据我看来，未免广泛一点。我想你也知道其中不尽然底地方。

又有一位朋友说："能够把自己的人格忘了，去求两方更高的共同人格，便是爱情。"他以为爱情是无我相底，有"我"底执着便不能爱，所以要把人格丢掉。然而人格在人间生活底期间内是不能抛弃底，为这缘故，就不能不再找一个比自己人格更高尚的东西。他说这要找底便是共同人格。两方因为再找一个共同人格，在某一点上相遇了，便连合起来，成为爱情。

此外有许多陈腐而狠新鲜的论调我也不多说了。总之，爱情是非常神秘，而且是一个人一样底。近时的作家每要夸炫说"我是不写爱情小说，不做爱情诗底"。介绍一个作家，也要说"他是不写爱情的文艺底"。我想这就是我们不能了解爱情本体底原因。爱情就是生活，若是一个作家不会描写，或不敢描写，他便不配写其余的文艺。

我自信我是有情人，虽不能知道爱情底神秘，却愿多多地描写爱情生活。我立愿尽此生，能写一篇爱情生活，便写一篇；能写十篇，便写十篇；能百，千，亿，万篇，便写百，千，亿，万篇。立这悲愿，为底是安慰一般互相误解，不明白的人。你能不骂我是爱情牢狱底广告人么？

这信写来答复爽君。亦雄也可同念。

复诵劭

不能投递之情形——该处并无此人。

"是神造宇宙，造人间，造人，造爱；还是爱造人，造人间，造宇宙，造神？"这实与"是男生女，是女生男"底旧谜一般难决。我总想着人能造底少，而能破底多。同时，这一方面是造，那一方面便是破。世间本没有"无限"。你破璞来造你底玉簪，破贝来造你底珠珥，破木为梁，破石为墙，破蚕，绵，麻，麦，牛，羊，鱼，鳖底生命来造你底日用饮食；乃至破五金来造货币，枪弹，以残害同类，异种底生命；都是破造双成底。要生活就得破。就是你现在的"室家之乐"也从破得来。你破人家亲子之爱来造成你底配偶，又何尝不是破？破是不坏的，不过现代的人还找不出破坏量少而建造量多底一个好方法罢了。

你问我和她底情谊破了不,我要诚实地回答你说:诚然,我们底情谊已经碎为流尘,再也不能复原了。但在清夜中,旧谊底鬼灵曾一度蹑到我记忆底仓库里,悄悄把我伐情的斧——怨恨——拿走。我揭开被褥起来待要追他,他已乘着我眼中底毛轮飞去了。这不易寻觅的鬼灵只留他底踪迹在我底书架上。原来那是伊人底文件!我伸伸腰,揉揉眼,取下来念了又念,伊人底冷面复次显现了。旧的情谊又从字里行间复活起来。相怨后底复和,总解不通从前是怎么一回事,也诉不出其中的甘苦。心面上底青紫惟有用泪洗濯而已。有涩泪可流底人还算不得是悲哀者。所以我还能把壁上底琵琶抱下来弹弹,一破清夜底岑寂。你想我对着这归来底旧好必要弹些高兴的调子。可是我那夜弹来弹去只是一阕《长相忆》,总弹不出《好事近》!奈何,奈何?我理会从记忆底坟里复现底旧谊,多少总有些分别。但玉在她底信里附着几句短词嘲我说:

　　噫,说到相怨总是表面事,
　　心里的好人仍是旧相识。
　　是爱是憎本不容你做主。

　　你到底是个爱恋底奴隶!她嘲我底未免太过。然而那夜底境遇实是我破从前一切情愫所建造底。此后,纵然表面上极淡的交谊也没有,而我们心心底理会仍可以来去自如。

　　你说爱是神所造,劝我不要拒绝,我本没有拒绝,然而憎也是神所造,我又怎能不承纳呢?我心本如香水海,只任轻浮的慈惠船载着喜爱底花果在上面游荡。至于满载痴石,噴火底筏终要因她底危险和沉重而消没净尽,焚毁净尽。爱憎既不由我自主,那破造更无消说了。因破而造，因造而破，缘因更迭，你那能说这是好，那是坏？至于我底心迹连我自己也不知道，你又怎能名其奥妙？人到无求，心自清宁，那时，既无所造作，亦无所破坏。我只觉我心还有多少欲念除不掉，自当勇敢地破灭它至于无余。

你，女人，不要和我讲哲学。我不讲哲学。我劝你也不要希望你脑中有百"论"，千"说"，亿万"主义"，那由他"派别"，辩来论去，逃不出鸡子方圆底争执。纵使你能证出鸡子是方的，又将如何？你还是给我讲音乐好。近来造了一阕《暖云烘寒月》琵琶谱，顺抄一份寄给你。这也是破了许多工夫造得来底。

复 真 龄

不能投递之情形——真龄去国，未留住址。

自与那人相怨后，更觉此生不乐。不过旧时的爱好如洁白的寒鹭三两时间飞来歇在我心中泥泞的枯塘之岸，有时漫涉到将干未干的水中央，还能使那寂静的平面随着她底步履起些微波。

唉，爱姊姊和病弟弟总是孪生的呵！我已经百夜没睡了，我常说，我底爱如香洌的酒，已经被人喝尽了，我哀伤的金罍里只剩些残冰底融液，既不能醉人，又足以冻我齿牙。你试想，一个百夜不眠底人，若渴到极地，就禁得冷饮么？

"为爱恋而去底人终要循着心境底爱迹归来。"我老是这样地颠倒梦想。但两人之中，谁是为爱恋先走开底？我说那人，那人说我。谁也不肯循着谁底爱迹归来。这委是一件胡卢事！玉为这事也和你一样写信来呵责我。她真和她眼中底瞳子一样，不用镜就照不着自己。所以我给她寄一面小镜去。她说"女人总是要人爱底"，

1924年许地山在英国牛津大学剪影

1925年许地山拍摄于英国牛津大学

难道男子就不是要人爱底？她当初和球一自相怨后也是一样蒙起各人底面具，相逢直如不相识。他们两个复和，还是我底工夫，我且写给你看。

那天，我知道球要到帝室之林去赏秋叶，就怂恿她与我同去。我远地看见球从溪边走来，借故撇开她，留她在一棵树底下坐着，自己藏在一边静观。人在落叶上走是秘不得底。球底足音，谅她听得着。球走近树边二丈相离底地方也就不往前进了。他也在一根横卧底树根上坐下，抬起枯枝只顾挥拨地上底败叶。她偷偷地看球，不做声，也不到那边去。球底双眼有时也从假意低着底头斜斜地望她。他一望，玉又假做看别的了。谁也不愿意表明谁看着谁来。你知道这是很平常的事。由爱至怨，由怨至于假不相识，由假不相识也许能回到原来的有情境地。我见如此，故意走回来，向她说："球在那边哪！"她回答："看见了。"你想这话若多两个字"钦此"，岂不成了娘娘底懿旨？我又大声嚷球。他底回答也是一样地庄严，几乎也带上"钦此"二字。我跑去把球揪来，对他们说："你们彼此相对道道歉，如何？"到底是男子容易劝。球到她跟前说："我也不知道我怎样得罪你。他迫着我向你道歉，我就向你道歉罢。"她望着球，心里愉悦之情早破了她底双颊冲出来。她说："人为什么不能自主到这步田地？连道个歉也要朋友迫着来。"好了，他们重新说起话来了！

她是要男子爱底，所以我能给她办这事。我是要女人爱底，故毋需去瞅睬那人。我在情谊底道上非常诚实，也没有变动，是那人先离开ես。谁离开，谁得循着自己心境底爱迹归来。我那能长出千万翅膀飞入苍茫里去找她？再者，他们是醉于爱底人，故能一说再合。我又无爱可醉，犯不着去讨当头一棒底冷话。您想是不是？

给 怀 霄

不能投递之情形——此信遗在道旁，由陈斋夫拾回。

好几次写信给你都从火炉里捎去。我希望当你看见从我信笺上化出来那几缕烟在空中飘扬底时候，我底意见也能同时印入你底网膜。

怀，我不愿意写信给你底缘故，因为你只当我是有情的人，不当我是有趣的人。我尝对人说，你是可爱，不过你游戏天地底心比什么都强，人们还够不上爱你。朋友们都说我爱你，连你也是这样想，真是怪事！你想男女得先定其必能相爱，然后互相往来么？好人甚多，怎能对于个个人发生爱恋。我底朋友，在爱底田园中，当然免不了三风四雨。从来没有不变化的天气能教一切花果开得斑烂，结得磊砢底。你连种子还没下，就想得着果实，更是办不到底。我告诉你，真能下雨底云是一声也不响底。不掉点儿底密云，雷电反发射得弥满天地。所以人家底话，不一定就是事实，请你放心。

男子愿意做女人底好伴侣或好朋友，可不愿意当她们底奴才，供她们使令。他愿意帮助她们，可不喜欢奉承谄媚她们。男子就是男子；媚是女人的事。你若把"女王""女神"底尊号暂时收在镜囊里，一定要得着许多能帮助你底朋友。我知道你底性地很冷酷，你不但不愿意得几位新的好友，或极疏淡的学问之交，连旧的你也要一个一个弃绝掉。嫁了底女朋友和做了官底男相识都是不念旧好底。与他们见面时，常竟如路人。你还未嫁，还未做官，不该施行那样的事情。我不是呵责你，也不是生气。就使你侮辱我到极点，我也不生气。我不过尽我底情劝告你罢了。说到劝告，也是不得已的。这封信也是在万不得已的境遇底下写底。写完了，我还是盼望你收不到。

复少觉

不能投递之情形——受信人地址为墨所污，无法投递。

　　同年的老弟：我知道怀多病，故月来未尝发信问候，恐惹起她底悲怨。她自说："我有心事万缕，总不愿写出，说出；到无可奈何时节，只得由他化作血丝飘出来。"所以她也不写信告诉我她到底是害什么病。我想她现时正躺在病榻上呢。

　　唉，怀底病是难以治好底。一个人最怕有"理想"。理想不但能使人病，且能使人放弃他底性命。她甚至抱着理想的理想，怎能不每日病透二十四小时？她常对我说："有而不完全，宁可不有。"你想"完全"真能在人间找得出来底么？就是遍游亿万尘沙世界；经过庄严劫，星宿劫，也找不着呀！不完全的世界怎能有完全的男子？纵使世间真有一个完全的男子，与她理想的理想一样，那男子对她未必就能起敬起爱。罢了！这又是一种渴鹿趋阳焰底事，即令它有千万蹄，每蹄各具千万翅膀，飞跑到旷野尽处，也不能得点滴的水；何况它还盼望得到绿洲来做它底憩息饮食处？朋友们说她是"愚拙的聪明人"，诚然！她真是一个万事伶俐，一事懵懂底女人。她总没想到"完全"是由天魔画空而成，本来无东西，何能捉得住？多才，多艺，多色，多意想底人最容易犯理想病。因为有了这些，魔便乘隙于她心中画等等极乐；饰等等庄严；造等等偶像；使她这本来辛苦底身心更受造作安乐底刑罚，这刑罚，除了世人以为愚拙的人以外，谁也不能免掉。如果她知道这是魔底诡计，她就泅近解脱底岸边了。

"理想"和毒花一样，眼看是美，却摩不得。三家村女也知道开美丽的花底多是毒草，总不敢兴起受用底念头。她偏去采那摩触不得底毒花来做肴馔，可见真正聪明人还数不到她。自求辛螫底人除用自己底泪来调反省底药饵以外，再没有别样灵方。医生说她外表似冷，内里却中了很深的繁花毒。由毒生热恼，恼极成劳，故呕心有血。我早知她底病原在此，只恨没有神变威力，幻作大白香象，到阿耨达池去，吸取些清凉水来与她灌顶，使她表里俱冷。虽然如此，我还尽力向她劝说，希望她自己能调伏她理想底热毒。

我写到这里，接朋友底信说她病得很凶，我得赶紧去看看她。

给 琰 光

不能投递之情形——琰光南归就婚，嘱所有男友来书均退回。

你在我心中始终是一个生面人，彼此间再也不能有什么微妙深沉的认识了。这也是难怪底。白孔雀和白熊虽是一样清白，而性情底冷暖各不相同，故所住底地方也不一样。我看出来了！你是白熊，只宜徘徊于古冰嵘底岩壑间，当然不能与我这白孔雀一同飞翔于缨藤缕缕，繁花树树底森林里。可惜我从前对你所有的意绪，到今日只落得寸断毫分，流离到踪迹都无。我终恨我不是创造者呀！怎么连这刹那等速的情爱时间也做不来了？

我热极了，躺在病床上，只是同冰作伴。你底情愫也和冰一样，我愈热，你愈融，结果只使我戴着一头冷水。就是在手中底，也消融尽了。人间第一痛苦就是无情的人偏会装出多情的模样，有情的倒是箴口束手，无所表示！启芳说我是汎爱者，劳生说我是兼爱者，但我自己却以我是困爱者。我诚实地对你说，我自己实不敢作，也不能作爱恋业，为困于爱，故镇日颠倒于这甜苦的重围中，不能自行救度。爱底沉沦是一切救主所不能救底。爱底迷蒙是一切天人师所不能训诲开示底。爱底刚愎是一切调御丈夫所不能降服底。

病中总希望你来看看我，不想你影儿不露，连信也不来！似游丝的情绪只得因着记忆底风挂搭在西园西篱，晚霞现处。那里站着我儿时曾爱，现在犹爱底邕。她是我这一生第一个女伴。二十四年底别离，我已成年，而心象中底邕还是两股小辫垂在绿衫儿上。毕竟是别离好呵。别离的人总不会老的。你不来也就罢了，因为我更喜欢在旧梦中寻找你。

你去年对我说那句话，这四百日中，我未尝忘掉要给你一个解答。你说爱是你底，你要予便予，要夺便夺。又说要得你底爱须付代价。咦，你老脱不掉女人的骄傲！无论是谁，都不能有自己的爱。你未生以前，爱恋早已存在，不过你偷了些少来眩惑人罢了。你到底是个爱底小窃；同时是个爱底典质者。你何尝花了一丝一忽底财宝，或费了一言一动底劳力去索取爱恋，你就想便宜得来，高价地售出？人间底第二痛苦就是出无等对的代价去买不用劳力得来底爱恋。我实在告诉你，要代价底爱情，我买不起。

焦把纸笔拿到床边，迫着我写你，不得已才写了一套话。我心里告诉我说，从诚实心表见出来底言语，永不致于得罪人，所以我想上头所说底不致于动你底怒。

给憬然三姑

  不能投递之情形——本宅并无"憬然三姑"称谓，恐怕是投错了。

  我来找你，并不是不知道你已嫁了，怎么你总不敢出来和我叙叙旧话？我一定要认识你底"天"以后才可以见你么？三千里底海山，十二年底隔绝此间：每年，每月，每个时辰，每一念中都盼着要再会你。一踏入你家底大门，我心便摆得如秋千一般，几乎把心房上底大脉振断了。谁知坐了半天，你总不出来！好容易见你出来，客气话说了，又跑去坐在我背后。那时许多人要与我谈话，我怎好意思回过脸去向着你？

  合卺酒是女人底孟婆汤，一喝便把儿女旧事都忘了；所以你一见了我，只似曾相识，似怕人知道我们曾相识，两意三心，把旧时的好话都撇在一边。

  那一年底深秋，我们同在昌华小榭赏残荷。我底手误触在竹栏边底仙人掌上，竟至流血不止。你从你底镜囊取些粉纸，又拔下两根你香柔而黑甜的头发，为我裹缠伤处。你记得那时所说底话么？你说："这头发虽然不如弦底韧，用来缠伤，足能使得，就是用来系爱人底爱也未必不能胜任。"你含羞说出底话真果把我底心系住，可是你底记忆早与我底伤痕一同丧失了。

  又是一年底秋天，我们同在屋顶放一只心形纸鸢。你扶着我底肩膀看我把线放尽了。纸鸢腾得很高，因为风力过大，扯得线儿欲断不断。你记得你那时所说底话么？你说："这也不是'红线'，容它断了罢。"我说："你想我舍得把我偷闲做底'心'放弃掉么？

纵然没有红线，也不能容它流落。"你说："放掉假心，还有真心呢。"你从我手里把白线夺过去，一撒手，纸鸢便翻了无数的筋斗，带着堕线飞去挂在皇觉寺塔顶，那破心底纤维也许还存在塔上，可是你底记忆早与当时底风一样地不能追寻了。

有一次，我们在流花桥上听鹧鸪，你底白袜子给道旁底曼陀罗花汁染污了。我要你脱下来，让我替你洗净。你记得当时你说什么来？你说："你不怕人笑话么？岂有男子给女人洗袜子底道理？你忘了我方才栀子花蒂在你掌上写了我底名字么？一到水里，可不把我底名字从你手心洗掉，你怎舍得？"唉，现在你底记忆也和写在我掌上底名字一同消灭了！

真是！合卺酒是女人底孟婆汤，一喝便把儿女旧事都忘了。但一切往事在我心中都如残机底线，线线都相连着，一时还不能断尽。我知道你现在很快活，因为有了许多子女在你膝下。我一想起你，也是和你对着儿女时一样地喜欢。

给 伊 红

不能投递之情形——欠资，留局多日，受信人不来取。

你还许我用你底旧名称呼你么？我很不愿意你被那无端无绪的人事天时作践了。年前偶过瑞禾旧宅，得了你底死信，心中底悲苦乃如眼见爱人被强盗掳去一般。不想死亡底强盗还没来，你反给虚荣和假情底妖魔哄上了。你今日的身世直如你家门前那个井槛，恁好一块云石，翔凤飞龙底雕纹虽存在，可是当时可实可贵的碑文都剥蚀尽了。到那里汲水底人，谁还知道那曾是一座纪功碑呢？我这些话，你必能了解。

我昨天才知道你们办这事,是早已有了成约底。伊红,你太把自己轻看了!人本不是为知识而生,知识也不是为装饰虚荣而有底。若是你非得到知识不可底话,也得把安全的计画计画出来。怎好草率到这步田地——与人家订了这样沉痛的私约?你看只供给你几年,就可以公然占据你;将来的生活实在不堪设想了。我想我应当激动你,叫你知道这不是合理的事。纵使人有无碍的辩才,也不能为你申明,给"你是急于求知,无力支持,因而许人为妾"底原谅话。一个好女子宁可死也不说做人妾,不是妾底制度行不得,是妾当不得。自然你不承认是他底妾,但事实上他是以妾待你,你理会么?我希望你也不要拿什么"主义"来做护符,因为"主义"不能做人品保障。

假使将来的世间没有夫妇底说法,好男女还不致于践踏爱情去换愉快。求知不得,固然是苦,然而苦楚底病绝不是愉快所能医治底。你现在所处底地位想也愉快不得啊。医治苦楚底病,只是不骄傲地寻求真理,服从真理。你常说,一个"君子"或艺术家不是寻求真理,服从真理者,乃是创造真理,指挥真理者;因为真理在他底手里,不是在他底脑里。是的,可惜现在世间容不得许多君子或艺术家;我想以后也不会多容底。因为这世间是平庸人和鉴赏家底世间,你要做指挥者或创造者也不要紧,只不要超过他们心识中所能领会底境界之外。若是他们不能理解,你也无从创造,无从指挥了。现在存在底"真理"已够做人生的桎梏了,你再造作些出来,岂不像个囚犯要为自己加些镣扣么?你自己的事情自然与我无关,但我万不忍见你受多数"平庸人"底侮辱,少数"君子"底赞美。须知要平庸人不咒诅你,才可以减去你底苦痛。在人生底戏台上,我们固然不要做制度底傀儡,但也不要做不负责任底角色。

我们底一举一动都与全剧底意义有关系。

复 劳 生

不能投递之情形——错投。

　　来书劝我不要为那人至愿遁世为巫，去做那丧心病狂的事。又教我当为众生病，不要一人病。劳生，你底善意，我当受持。我实在告诉你，自霜死后，屡要舍身，但以此心还有牵挂，不能实行。我底病也只在这"牵挂"中，总没摆脱得掉。所谓"为众生病"不过是好听的说话罢了。于此世间，只有为众生而死底；凡病都是为一人而发作底啊！

　　现在鹄岭将养，医生命我每日常于林荫之下静坐片时，修止观法，参止动禅。在万叶底下底落华生俨如做着内观心性，外观自在底工夫，但这能知的心有时直如顽石，——风来不觉冷，雨去不知晴。能够常如这样也是好的；因为一到这境地，不说是病状，连病根，病芽，病枝叶病因缘也没处找去了。

　　人到底不是顽石。于落叶，断翎，冷雨，软云，撞入我底襟怀时，那变动不息的心情于是呈现。时一张眼低瞰，见田原上底鹁鸰摇着长尾在那里找它们底食料，悲心一现，自在可观不得了。一时又见斑鸠成对躲在枝深密处，正在比翼交噪，蓦地飞来一只暴鹰把雄的掠去，悲心一现，自在又观不得了。

　　前日又到林下，坐不到一刻，见一个爱玩的牧女骑着黄牛从崖边底小径来；牛角上挂着许多摘得底山花。悬崖底树上正开着些藤花，她在牛背上一手攀着树枝，一手伸去把花揪过来。那好看的花刚到她底鼻端，蓦然一下枪声，惊滑了牛蹄，悲心一现，不动禅更参不得了。这时不晓得怎样就忘了我是病人,立刻起来,飞跑到崖下。然而这无情的灾难,谁能挽回呢?罢了!罢了!

冷雨如针,穿我肌骨,可是内里的静明温热心还在乾坤坎离中升降浮沉,终不停止。医生底治法,在我算失败了。我还病着,但要叮咛一句;若是真有"为众生病"这一样病,我还不配犯,我只常为他们痛哭而已。

给 怀 霄

不能投递之情形——发信人忘记写明受信人地址。

今天下午我们又到溪边来。秋水暴涨,顿觉对岸移开了。我坐在那钓矶上,他又跑到岩里找你们底旧迹去。他这几时底精神,越来越迷乱了,什么原故,你总知道。我底朋友,哄哄他罢,纵然他知道那是不可能的事,若得你一句话安慰他,也就够了。不要当他做爱人,当他做小孩子,哄哄他罢。

他没有意思再说什么了。那天对我说:"我再也不哭。我底热泪一滴下来,每觉得被那石人冷笑。连石人也冷笑我,何况其他?男子底泪虽不如妇人那么丰裕,有时可流得没来由。"你知道么,他底"泪"就是他底说话?他实在是为你底前途担忧,怕你在天涯里毫无着落,遍处地飘流,终不是个去处。你时常携着你理想底篮到幻海空山里去,试问曾得什么来?假使在那些地方真有如你所愿求底给你检了,到头来,还是"觅得龟毛,失却兔角",凡有得失,终于空寂!要知道,一尺可量,千里难测,还是回来受他眼前的供养,不要再闹憋扭了。

你离开这里已经好几年了。记得我们底离别正在这时,这地。

我每见对岸底树林便回想到你谴责我底话。它们还是像一群丽人把锦绣的衣裳脱掉要到溪边再一度深秋底晚浴。从远山底松柏透出霞光,直像一只孔雀用尾巴上那一千只眼睛守着她们。若是你在这里又要骂我用邪思计度了。但我总没工夫对你说,凡我所说都是"觉得",并不是"想得"底。那些外境在我眼里底形像便是如此。树上底病鸦于我起这样想像时对着我很啼了几声,也许是替你骂我。

我们种在岩边底野菊花,今年开得格外畅茂。他摘了许多回来,预备晒干后与铁观音一同寄去给你。他怕你喝观音真个变了"铁观音",故要加上些菊英。然而清凉剂常治不了渴热病,有时反使雪人化石。他到底是糊涂啊!

给 槿 妹

不能投递之情形——受信人地址不明。

烟浓雨乱,正苦秋寒,可巧你所赠底寒衣从柏林寄到,我还没有穿上,已觉得遍体暖和了。槿妹,谢谢你,亏你想到我是一个飘零的人,没有人给我做衣服。更亏你把我底住址打听出来。我们不通音信已经好些年了。

我今天发见了在那绒衫底口袋里有你底一封信。拆开一信,又是失望,又是安慰。失望底是你只说一句话;安慰底是你还用我们做孩子时代底名字称呼我。槿妹,自运甓斋见后,到现在,忽已过了二十年。听说你已有了三四孩子了。前年我在亲戚家里,偶然看见你和槐姊底小照。槐姊老得凶,你却与从前的模样差不了多少,只是短一团实髻盘在脑后。

槿妹，我从亲戚家里知道你近来的生活，使我实在安慰。听说妹夫还是带着旧家公子底脾气，然而对于你却十分敬爱，那就很难得了。你哥哥在上海镇日和酒与女人作伴，若在独居底时候，便要长嘘短叹。我们是同年同学，却想不到他底生活与我底相差得这么远。

我想来想去，想不出用什么东西来报答你底盛意。因为凡我所能买底，你都容易要得着。不如将你幼时赠给我底小戒指返赠给你底女儿罢。从前的事我想你必曾对妹夫说过，所以我敢这样做。我想他也不致于诧异。我们见底机会，不晓得在什么时候，你见了那戒指，就可以帮助你回忆我们幼年时代底情意。

复 文 锦

不能投递之情形——受信人随营赴前敌，无法投递。

你来信问我为什么近来将一切的心情都看做淡云薄雾，容它们自生自灭，是不是为那人底缘故。我实在不能回答你这个问题。不过我觉得近来我底心情疏放了许多，一切的爱恋与一切的憎恶都不能教我底精神集中或摇动了。爱既求不着，憎亦无从起，所以近来我每觉得谁都好，谁都不好。世间没有绝对这个理论使我犯了许多罪过，是我要承认底。

你问萝底事情，我正要告诉你哪。

前个月，我到听蛙池去，远远就听见断续的钢琴和着萝底歌声从榕荫轩送出来。我本要去告诉她乔君底事情不谐了。一转过念头来，觉得她那么高兴在那里奏乐，一告诉她，岂不是使她变弹琴为弹泪，化歌声为哭声么？因此，我没敢进去，只坐在榕根上偷听了一会就走了。

她母亲遗留给她那架旧钢琴,到现在她还指望着乔君给她另买一架新的。但乔君从前应许她底,现在已经转许给别的"有地位的女人"了。他为那女人借了许多债去给她买了一架最好的钢琴。若是他将买那琴底价钱去买他应许为萝买底,倒可以买出四架来,还毋须借债。他以为萝不能满足他底幸福欲和艳福欲,所以舍弃她。我不是要批评乔君,因为人情难免如此。就是萝自己自认识乔君以后也曾抛弃过别人。我们还要为谁叫什么委曲呢?想起这事,每使我把一切的心情解放,由它们如淡云薄雾一样地自生自灭。

你在这样的事情上,一起头就很满足,很顺遂,没有那样的经验,所以容易怀疑人家做事不彻底。其实世间的事情,永远不能探究到底,又何必妄生是非底见解?

给 慧 思

不能投递之情形——该处停邮,退回原寄邮局招领。

爱人,在这里心闷极了。连日跑到趵突泉去听杜大桂唱鼓词,别的听不见,只听见她手上犁铧底声音如同小石头一块一块投入我耳底深潭,丁东地响着。这教我回到那天我们坐在井栏上,一同探头看我们底倒影,你忽然把小石子投入井里,把我们底影儿掷破,默无一言就走了。爱人,人面实在很脆弱,纵然不经小石子底一掷,终久也是要破底。我想,要等到人面破了,我们底心也要与那天井底底影儿因搅破而混合起来。

可是,混合起来,又有什么意思?悲哀的事情不但不能因此减去毫厘,还要将各人底秘密与弱点都发现出来。你底离开,到底是卓见。相眷相恋底事容水边底蜻蜓和树上底蜩蝉去做罢,苦闷的人是不配做么。我也疲倦了,很想自己一个人到幽静的岩谷去。

意君摘了几朵莲花要赠给婵,把它们放在床头,自己因为疲乏底缘故也就躺下睡着了。不料早晨起来,花瓣一片一片散落在枕席上头,爱情底寄托,使花也憔悴了!

(选自《无法投递之邮件》,北京文化学社 1928 年 6 月出版)

窥园先生诗传

　　华人移居台湾最早的，据日本所传，有秦始皇二十八年徐福率童男女移住夷州和亶州底事情。夷州是台湾；亶州是小吕宋。自秦以后，汉底东，隋底琉球、掖玖，唐底流鬼、澎湖，元底求、澎湖、波罗公，都是指台湾而言，但历代移民底有无，则不得而知。唐元和间，施肩吾有咏澎湖底诗，为澎湖见于艺文底第一次。有人说施肩吾率领家人移住澎湖，确与不确，也无从证明。宋元以来，闽粤人渡海移居台湾底渐多。明初因为防御海盗和倭寇，曾令本岛居民悉移漳泉二州，但居留人数并未见得减少。当嘉靖四十二年，俞大猷追海盗入台湾以前，七鲲身、鹿耳门沿岸底华民已经聚成村落。这些从中国到台湾底移民，大概可以分为五种：一是海盗，二是渔户，三是贾客，四是规避重敛底平民，五是海盗或倭寇底俘虏。嘉靖中从广东揭阳移到赤嵌（台南）居住底许超便是窥园先生底入台一世祖。这家底职业，因为旧家谱于清道光年间毁掉，新谱并未载明，故不得而知。从家庭底传说，知道一世祖是蒙塾底师傅。若依上头移民底种类看来，他或者是属于第四或第五种人。自荷兰人占据以后，名台湾为丽都岛（花摩娑），称赤嵌为毗舍那（或作毗舍耶），建城筑堡，辟港刊林，政治规模略具，人民生活渐饶。许氏一家，自移殖以来到清嘉庆年间，宗族还未分居，并且各有职业。窥园先生底祖父永喜公是个秀才，因为兄弟们都从事生产，自己便教育几个学生，过他底书生生活。他前后三娶，生子八人。子侄们，除廷乐公业农，特斋公（讳廷璋）业儒以外，其余都是商人。道光中叶，许家兄弟共同经营了四间商店，是金珠，布匹，鞋帽和鸦片烟馆。不幸一夜底大火把那几间店子烧得精光，连家谱地契都毁掉。家产荡尽，兄弟们才闹分居。特斋公因此分得西定坊武馆街烬余底鞋店为业。咸丰五年十月初五日，特斋公在那破屋里得窥园先生。因为那间房子既不宜居住，更不宜做学塾底用处，在先生六岁时候，特斋公便将武馆街旧居卖掉，另置南门里延平郡王祠边马公庙住宅，建学舍数楹。舍后空地数亩，任草木自然滋长，名为窥园，取董子下帷讲诵，三年不窥园底意思。特斋公自在宅中开馆授徒。不久便谢世，遗下窥园给他底四个儿子。

　　窥园先生讳南英，号蕴白或允白。窥园主人，留发头陀，龙马书生，毗舍耶客，春江冷宦，都是他底自号。自特斋公殁后，家计专仗少数田产，蓝太恭人善于调度，十数年来，诸子底学费都由她一人支持。先生排行第三，十九岁时，伯兄梓修公为台湾府吏，仲兄炳耀公在大穆降办盐务，以所入助家用。因为兄弟们都已成人，家用日绌，先生也想跟他二兄学卖盐去。谢宪章先生力劝他勉强继续求学，于是先生又跟谢先生受业。先生所往来底都是当时教大馆底塾师，学问因此大进。吴樵山先生也是在这几年间认识底。当时在台湾城教学底前辈对于先生底品格学问都很推许。二十四岁，先生被聘去教家塾，不久，自己又在窥园里设一个学塾，名为闻樨学舍。当时最常往来底亲友是吴樵山（子云），陈卜五，王泳翔，施云舫（士洁），丘仙根（逢甲），汪杏泉（春源），陈省三（望曾），陈梧冈（日翔）诸先生。他底诗人生活，也是从这个时候起。

　　自二十四到三十五岁，先生都以教学为业。光绪丙戌初到北京会试，因对策陈述国家危机所在，文章过于伤感，考官不敢录取。己丑再赴试，又因评论政治得失被放。隔年，中恩科会魁，授兵部车驾清吏司主事职。先生底志向本不在做官,只望成了名,可以在本乡服役。他对于台湾底风物知道很多,绅民对他也很有信仰,所以在十二月间他便回籍服役。

先生二十三岁时,遵吴樵山先生底遗嘱,聘他底第三女(讳慎),越三年,完婚。夫妇感情,直到命终,极其融洽。在三十三岁左右,偶然认识台南一个歌伎吴湘玉,由怜生爱,屡想为她脱籍。两年后,经过许多困难,至终商定纳她为妾。湘玉喜过度,不久便得病。她底母亲要等她痊愈才肯嫁她。在抑郁着急底心境中,使她病加剧,因而夭折。她死后,先生将遗骸葬在荔支宅。湘玉底母亲感激他底情谊,便将死者底婢女吴逊送给他。他并不爱恋那女子,只为湘玉底缘故收留她。本集里底情词多半是怀念湘玉底作品。

台湾于光绪十一年改设行省,以原台湾府为台南府,台湾县为安平县。自设省后,所有新政逐渐推行。先生对于新设施都潜心研究,每以为机器、矿务或其它实业都应自己学会了自己办,异族绝靠不住。自庚寅从北京回籍,台南绅官举他管理圣庙乐局事务。安平陈县令聘他做蓬壶书院山长,辞未就,因为他愿意帮助政府办理垦土化番底事业。他每深入番社,山里底番汉人多认识他。甲午年春,唐巡抚聘他当台湾通志局协修,凡台南府属底沿革风物都由他汇纂。中日开战,省府改台南采访局为团练局,以先生充统领领两营兵。黄海之败,中枢当局以为自改设台湾行省以来,五六年间,所有新政都要经费,不但未见利益,甚且要赔垫许多币金。加以台湾民众向有反清复明底倾向,不易统治,这或者也是决意割让底一个原因。那时人心惶惶,希望政府不放弃台湾,而一些土棍便想乘着官吏与地权交代底机会从中取利。有些唱"跟父也是吃饭,跟母也是吃饭"底论调，意思是归华归日都可以。因此，民主国底建设虽然酝酿着，而人心并未一致。住近番地底汉人与番人又乘机混合起来扰乱。台南附近有刘乌河底叛变。一重溪，菜寮，拔马，锡猴，木冈，南庄，半平桥，八张犁，诸社都不安静。先生领兵把匪徒荡平以后，分兵屯防诸社。

乙未三月，中日和约签定。依约第二条，台湾及澎湖群岛都割归日本。台湾绅民反对无效，因是积极筹建民主国，举唐巡抚为大伯理玺天德，以元武旗（蓝地黄虎）为国旗。军民诸政先由刘永福，丘逢甲诸人担任，等议院开后再定国策。那时，先生任筹防局统领，仍然屯兵番社附近诸隘。日本既与我国交换约书于芝罘，遂任桦山资纪为台湾总督，会见我全权李经方于基隆港外，接收全岛及澎湖群岛。七月，基隆失守，唐大伯理玺天德乘德轮船逃厦门，日人遂入台北。当基隆告急时，先生率台南防兵北行，到阿里关，听见台北已失，乃赶回台南。刘永福自己到安平港去布防，令先生守城。先生所领底兵本来不多，攻守都难操胜算。当时人心张皇，意见不一，故城终未关，任人逃避。先生也有意等城内人民避到乡间以后，再请兵固守。八月，嘉义失守，刘永福不愿死战，致书日军求和，且令台南解严，先生只得听命。和议未成，打狗，凤山相继陷，刘永福遂挟兵饷官帑数十万乘德船逃回中国。旧历九月初二日，安平炮台被占，大局已去，丘逢甲也弃职，民主国在实际上已经消灭。城中绅商都不以死守为然，力劝先生解甲。因为兵饷被刘提走，先生便将私蓄现金尽数散给部下，几个弁目把他送出城外。九月初三日，日人入台南。本集里，辛丑所作《无题》，便是记当日刘帅逃走和他不能守城底愤恨。又，乙未《寄台南诸友》也是表明他底心迹底作品。

民主国最后根据地台南被占领后，日人悬像遍索先生。乡人不得已，乃于九月初五日送先生到安平港，渔人用竹筏载他上船。窥园词中《忆旧》是叙这次底事。日人登船搜索了一遍，也没把他认出来。先生到厦门少住，便转向汕头，投宗人子荣子明二位先生底乡里，距浦不远底桃都。子荣先生劝先生归宗，可惜旧家谱不存，入台一世祖与揭阳宗祠底关系都不得而知，这事只得罢论。子荣昆季又劝先生到南洋去换换生活，先生底旅费都是他们赠与。他们又把先生全家从台湾接到桃都，安置在宗祠边底别庄里。从此以后，先生底子孙便住在中国，其余都留在台湾。现在把先生底世系略记于下，表示住在台湾底族人还很多。原文此后附有"世系表"和简短的"说明"文字，本书从略。——编者注

先生在新嘉坡，曼谷诸地漫游，足够两年。囊金荡尽，迫着他上了宦途。但回到兵部当差既不可能，于是"自贬南交为末吏"去了。先生到北京投供吏部，自请开去兵部职务，降换广东即用知县，加同知衔。他愿意到广东，一因是祖籍，二因朋友多。又因漳州与潮州比邻，语言风俗多半相同，于是寄籍为龙溪县人。从北京南下，到桃都把家眷带到广州，住药王庙兴隆坊。丁酉戊戌两年中，帮广州周知府与番禺裴县令评阅府县试卷。己亥，委随潮州镇总兵黄金福行营到惠潮嘉一带办理清乡事务。庚子，广州陈知府委总校广州府试卷。不久，又委充佛山汾水税关总办。辛丑，由税关调省，充乡试阅卷官。试毕，委署徐闻县知县。这是他当地方官底第一遭。

徐闻在雷州半岛南端，民风醇朴。先生到任后，全县政事只用一位刑名师爷助理，其余会计钱粮诸事，都是自己经理。每旬放告，轻的是偷鸡剪钮，重的也不过是争田赖债，杀人越货，罕有所

闻。"讼庭春草荫层层，官长真如退院僧"，实在是当时光景。贵生书院山长杨先生退任，先生改书院为徐闻小学堂，选县中生员入学。邑绅见先生热心办学，乃公聘先生为掌教，每旬三六九日到堂讲经史二时。有清以来，县官兼书院掌教实是罕见。先生时到小学堂，与学生多有接触，因此对于县中人情风俗很能了解。先生每以"生于忧患，死于晏安"警策学生。又说："人当奋勉，寸晷不懈，如耽逸乐，则放僻邪侈，无所不为。到那时候，身心不但没用，并且遗害后世。"他又以为人生无论做大小事，当要有些建树，才对得起社会，"生无建树死嫌迟"也是他常说底话。案头除案卷外，时常放一册白纸本子，如于书中见有可以警发深思德行底文句便钞录在上头，名为补过录，每年完二三百页。可惜三十年来浮家处处，此录丧失几尽，我身边只存一册而已。县衙早已破毁，前任县官假借考棚为公馆，先生又租东邻三官祠为儿辈书房。公余有暇，常到书房和徐展云先生谈话，有时也为儿辈讲国史。先生在徐闻约一年，全县绅民都爱戴他。

　　光绪二十九年，广东乡试，先生被调入内帘。试毕，复委赴钦州查办重案。回省消差后，大吏以先生善治盗，因阳春阳江连年闹匪，乃命他缓赴三水县本任，调署阳春县知县。到阳春视事仅六个月，对于匪盗剿抚兼施，功绩甚著，乃调任阳江军民同知兼办清乡事务。在阳江三年，与阳江游击柯壬贵会剿土匪，屡破贼巢。柯公以功授副将，加提督衔，先生受花翎四品顶戴底赏。阳江新政自光绪三十年由先生逐渐施行，最重要的是遣派东洋留学生造专门人材，改濂溪书院为阳江师范传习所以养成各乡小学教员，创办地方巡警及习艺所。

　　光绪三十二年秋，改阳江为直隶州，领恩平、阳春二县。七月初五日，习艺所罪犯越狱，劫监仓羁所犯人同逃。那时，先生正下乡公干，何游击于初五早晨也离城往别处去。所长莫君人虽慈祥，却乏干才，平时对于所中犯人不但未加管束，并且任外人随时到所探望。所中犯人多半是礟犯，徒刑重者不过十五年，因此所长并没想到他们会反监。初五日下午，所中犯人突破狱门，登监视楼，夺守岗狱卒枪械，拥所长出门。游击衙门正在习艺所旁边，逃犯们便拥进去，夺取大堂底枪枝和子弹。过监仓和羁所，复破狱门，迫守卒解放群囚。一时城中秩序大乱，经巡警和同知衙门亲兵力击，匪犯乃由东门逃去，弃置莫君于田间。这事情本应所长及游击负责，因为先生身兼清乡总办，不能常驻城中。照例同知离城，游击便当留守，而何游击竟于初五早离城，致乱事起时，没人负责援救。初六日，先生自乡间赶回，计逃去重犯数十名、轻罪徒犯一百多名。乃将详情申报上司，对于游击及所长渎职事并未声明。部议开去三水本任，撤职留缉。那时所中还有几十名不愿逃走底囚徒，先生由他们知道逃犯底计画和行径，不出三个月，捕回过半。于是捐复翎顶，回省候委。十二月，委办顺德县清乡事务，随即委解京饷。丙午丁未两年间可以说是先生在宦途上最不得意底时候，他因此自号春江冷宦。从北京回广州，过香港，有人告诉他阳江越狱主犯利亚摩与同伴都在本岛当劳工，劝他请省府移文逮捕归案。先生说："上天有好生之德，我所以追捕逃犯，是怕他们出去仍为盗贼害民。现在他们既然有了职业，当要给他们自新底机会，何必再去捕杀他们呢！况且我已为他们担了处分，不忍再借他们底脂血来坚固自己底职位。任他们自由罢。"

光绪三十三年五月，赴三水县任。三年之中，力除秕政。向例各房吏目都在各房办公，时间无定，甚至一件小案，也得迁延时日。先生乃于二堂旁边设县政办公室，每日集诸房吏在室内办公，自己也到室签押。舞弊底事顿减，人民都很愉快。县中巨绅，多有豢养世奴底陋习，先生严禁贩卖人口，且促他们解放群奴，因此与多数绅士不协，办事甚形棘手。县属巨姓械斗，闹出人命，先生秉公办理，两造争献贿赂，皆被严辞谢绝。他一生引为不负国家底两件事，一是除民害，一是不爱钱。《和耐公六十初度》便是他底自白之一。当时左右劝他受两造赂金，既可以求好巨绅，又可以用那笔款去买好缺或过班。贿赂公行是三十年来公开的事情，拜门，钻营，馈赠是官僚升职底唯一途径。先生却恨这些事情，不但不受贿，并且严办说项底人。他做了十几年官，未尝拜过谁底门，也未曾为求差求缺用过一文钱。对于出仕底看法，他并不从富贵着想。他尝说："一个人出仕，不做廊庙宰，当做州县宰。因为廊庙宰亲近朝廷，一国人政容我筹措；州县宰亲近人民，群众利害容我乘除。这两种才是真能为国效劳底宰官。"他既为公事得罪几个巨绅，便想辞职，会授电白县，乃卸事回省。将就新任，而武昌革命军起，一月之间，闽粤响应。先生得漳州友人电召回漳，被举为革命政府民事局长。不久，南北共和，民事局撤销，先生乃退居海澄县属海沧墟，号所居为借沧海居。

住在海沧并非长策，因为先生全家所存现款只剩那用东西向汕头交通银行总办押借底五百元。从前在广州，凡有需要都到子荣先生令嗣梅坡先生行里去融通。在海沧却是举目无亲，他底困难实在难以言喻。陈梧冈先生自授秘鲁使臣后，未赴任，蛰居厦门，因清鼎革，想邀先生落发为僧，或于虎溪岩边筑室隐居。这两事都未成功。梧冈先生不久也谢世了。台湾亲友请先生且回故乡，先生遂带着叔午叔未同行。台南南庄山林尚有一部分是先生底产业。亲友们

青年时期任教于燕京大学的许地山

1928年燕京大学国文系成员,由左至右为:沈士远、马蒙、许地山、冯友兰、吴雷川、周作人、容庚、郭绍虞、黄泽通

劝他遣一两个儿子回台入日籍，领回那一大片土地。叔未本有日籍，因为他是庶出，先生不愿将这产业全交在他底手里，但在华诸子又没有一个愿意回乡入籍。先生于是放弃南庄山林，将所余分给留台族人，自己仍然回到厦门。在故乡时，日与诗社诸友联吟，住在亲戚吴筱霞先生园中。马公庙窥园前曾赁给日本某会社为宿舍，家人仍住前院，这时因为修筑大道，定须拆让。先生还乡，眼见他最爱底梅花被移，旧居被夷为平地，窥园一部分让与他人，那又何等伤心呢！

借沧海居地近市集，不宜居住，家人乃移居龙溪县属石美黄氏别庄。先生自台南回国后，境遇越苦，恰巧同年旧友张元奇先生为福建民政长，招先生到福州。张先生意思要任他为西路观察使，他辞不胜任，请任为龙溪县知事。这仍是他"不做廊庙宰当做州县宰"底本旨。他对民国前途很有希望，但不以武力革命为然。这次正式为民国官吏，本想长做下去，无奈官范民风越来越坏，豪绅劣民动借共和名义，牵制地方行政。就任不久，因为禁止私斗和勒拔烟苗事情为当地豪劣所忌，捏词上控先生侵吞公款，先生因请卸职查办。省府查不确，诸豪劣畏罪，来求先生免予追究，先生于谈笑中表示他底大度。从此以后，先生便决计不再从政了。

卸任后，两袖清风，退居漳州东门外管厝巷。诸子中，有些学业还未完成，有些虽能自给，但也不很丰裕。民国四年，林叔臧先生组织诗社，聘先生为社友，月给津贴若干，以此，先生个人生活稍裕，但家境困难仍未减少。故友中有劝他入京投故旧谋差遣底，有劝他回广东去底。当时广东省长某为先生任阳春知县时所招抚底一人。柯参将幕客彭华绚先生在省公署已得要职，函召先生到广州，说省长必能以高位报他。先生对家人说："我最恨食人之报，何况他从前曾在我部属，今日反去向他讨啖饭地，岂不更可耻吗？"至终不去。

民国五年移居大岸顶。四月，因厦门日本领事底邀请，回台参与台湾劝业共进会，复与旧友周旋数月。因游关岭，轻便车出轨，先生受微伤，在台南休养。那时，苏门答拉棉兰城华侨市长张鸿南先生要聘人给他编辑服官三十五年事略，林叔臧先生荐先生到那里去，先生遂于重阳日南航。这样工作预定两年，而报酬若干并未说明。先生每月应支若干，既不便动问，又因只身远行，时念乡里，以此居恒郁郁，每以诗酒自遣。加以三儿学费，次女嫁资都要筹措，一年之间，精神大为沮丧，扶病急将张君事略编就，希望能够带些酬金回国。不料欧战正酣，南海航信无定，间或两月一期。先生候船久，且无所事，越纵饮，因啖水果过多，得痢疾。民国六年，旧历十一月十一日丑时卒于寓所，寿六十三岁。林健人先生及棉兰友人于市外买地数弓把先生遗骸安葬在那里。

先生生平以梅自况，酷爱梅花，且能为它写照。在他底题画诗中，题自画梅花底诗占五分之三。对人对己并不装道学模样。在台湾时发起崇正社，以崇尚正义为主旨，时时会集于竹溪寺，现在还有许多社友。他底情感真挚，从无虚饰。在本集里，到处可以看出他底深情。生平景仰苏黄，且用"山谷"二字字他底诸子。他对于新学追求甚力，凡当时报章杂志，都用心去读。凡关于政治和世界大势底论文，先生尤有体会底能力。他不怕请教别人，对于外国字有时问到儿辈。他底诗中用了很多当时底新名词，并且时时流露他对于国家前途底忧虑，足以知道他是个富于时代意识底诗人。

这《留草》是从先生底未定本中编录出来。割台以前底诗词多半散失，现存底都是由先生底记忆重写出来，因而写诗底时间不能断定。本书底次序是比较诗底内容和原稿底先后编成底。还有原稿删掉而编者以为可以存底也重行钞入。原稿残缺，或文句不完底，便不录入。原稿更改或拟改底字句便选用其中编者以为最好的。但删补总计不出十首，仍不失原稿底真面目。在这《留草》里，先生历年所作以壬子年为最多，其次为丙辰年。所作最多为七律，计四百七十五首，其次，七绝三百三十五首，五律一百三十二首，五绝三十八首，五古三十五首，七古二十三首，其它二首，总计一千零三十九首。在《留草》后面附上《窥园词》一卷，计五十九阕。词道，先生自以为非所长，所以存底少。现在所存底词都是先生在民国元年以后从旧日记或草稿中选录底，所以也没有次序。次序也是编者定底。

自先生殁后，亲友们便敦促刊行他底诗草。民国九年我回漳州省母，将原稿带上北京来。因为当时所入不丰，不能付印，只钞了一份，将原稿存在三兄敦谷处。民国十五秋，革命军北伐武昌，飞机弹毁敦谷住所，家中一切皆被破坏。事后于瓦砾场中搜出原稿完整如故，我们都非常喜欢。敦谷于十五年冬到上海，在那里，将这全份稿本交给我。这几年来每想精刊全书，可惜限于财力，未能如愿。近因北京频陷于危，怕原稿化成劫灰，不得已，草率印了五百部。出版底时候，距先生殁已十六年，想起来，真对不起他。这部《留草》底刊行，承柯政和先生许多方面的帮助，应当在这里道谢。

作传，在原则上为编者所不主张。但上头底传只为使读者了解诗中底本事与作者底心境而作，并非褒扬先人底行述或哀启。所以前头没有很恭敬的称呼，也没请人"顿首填讳"，后头也不加"泣血稽颡谨述"。至于传中所未举出底,即与诗草内容没有什么关系或诗注中已经详说底事情,读者可以参看先生底《自定年谱》。年谱中底《台湾大事》与《记事》中底存诗统计也是编者加入底。

民国二十二年六月　许赞堃　谨识

(选自许南英撰《窥园留草》,北平和济印书局1933年出版)

旅印家书

1933年燕京大学实行"教授五年一休假"制度。地山利用休假时间，应中山大学邀请前往讲学，俟松同往。半年后，地山由广州去印度考察，俟松回北平。这些家书，就是地山1934年间在印度时写给我的。光阴荏苒，转瞬已五十余年矣！1981年，为地山逝世四十年祭，曾应南京师范学院《文教资料简报》编者之约，谨将部分书信发表，值此《许地山研究集》出版之际，又增选若干篇一并编入，供现代文学史研究者及地山作品的爱好者参考；并以此表示我对地山的一点纪念。

周俟松　1988年4月于南京

（一）

六妹：

那天从蓝沙丹尼下船，和你告别后，看船已出港，便即搭泉州船往澳门。本不想到李家去，想自己去看看，第二天便回广州。可巧在船上就遇见那学生，他一定要我到他家去。他父母极意款待，一连两天，不让我走，每食必火锅，真是过意不去。到走底时候，还给我买船票又送饼食很多，真是却之不恭，受之有愧。澳门地方很有趣味，很像南欧洲城市，商业不盛，政府依赌为生。回省后，又换了十镑做船费，因为船票须三百二十元英洋。你只交一百九十元给我。今日到香港，明天开船，船名Takada，英邮船也。日本船终不可搭。信到时想你已在家，家人安否？祈函知。地址(略)

想你！

夫字　二月三日广州

(二)

六妹：

前天下午四时从香港出海，现在已离香港四百余，但距新加坡还有三日夜底路程。天气渐热起来，在香港已吃到西瓜，今早早餐已开了电风扇。海上仍是阴沉，北风从后面追来，弄得船有些摆荡。船上搭客不多。去年夏天在北京饭店住的，那位匈牙利人华义，亦搭此船，故每日与他闲谈，颇能消寂。此次到香港，除到莫君家去吃饭以外，哪里都没去。船行那天，找不到电报局，也就没打电报，船上每字两块多，大可以不必打。在海上五天，北风很紧，船虽摇荡，于我无伤。船中只看些书，并不能写什么。晚上与同舱二位先生(一位卢，一位刘，都是岭南中学教员)闲谈。卢先生能弹古琴，程度很高，有时也讲爱经。有时与华义谈北京那女古董家。不觉又看见新加坡了。今天是九号，从香港到此为1444浬，足走了五天五夜，大概要后天才能开船到槟榔屿。到仰光还得七天，到时再通知。夜间老睡不着，到底不如相见时争吵来得热闹。下一封信，咱们争吵好不好？即询

全家安好

蕙君来了没有？我也想她。七妹子呢？

老太爷喜欢我底礼物不?不要回信,我到普那当电知。

地山　二月九日

(三)

六妹:

　　昨天下午四点又离开新加坡,还要一天才到槟榔屿。昨天与林元英夫妇到植物园去。前天找了几个旧朋友到游艺场玩。九点半回船,天气已不热,但没有睡好,今天有点头痛,不想吃东西,大概是晚上想事多所致。

　　我们到星洲那天,正值陈嘉庚公司倒闭,因为旧历年关在即,债主不肯通融,不得已要想别的方法,但除宣告破产以外没有别的法子。林元英在此,月薪约合华币一千,但不甚够用。他想回南京去。他已有两个男孩,夫人也老成一点了。

　　离港以前听罗文干说,日俄邦交恐怕在今年六七月间会破裂,北京听见什么消息没有?

　　今天是我生日,大概家里也没有什么举动。船已到了,今晚开到仰光去,三天后才能到埠。现在要上岸去寄这封信,顺便去看几个朋友。这信到时,你便可以写回信到普那去。

地山　二月十四日

(四)

六妹:

　　到仰光第三天,便又上船到上缅甸曼德来去。船走了七天,到昨天才到,现住在一家云南人开底南洋中外旅舍。什么都不方便,因为缅甸古物保存会底主任,为我定了参观底日程,料想得住三天才能回仰光去。这时候是采玉石底季候,从中国来了许多璞商,玉山离此地约有四天路程,市上有些云南人在那里卖,价钱非常便宜。买璞比较磨好底便宜,不过,好不好不管保。我很想买一两块,不晓得会上当不会?心想不买,引诱实在太大,宝山空回,是多么可惜呢!在船上又成了一篇小说,不久誊好寄回去。此地疫症正发,东西又不干净,今天起来有一点不舒服(头痛),大概不要紧。从前没觉得一个人出门难过,自从有了你,心地不觉变了。现在一天都想家,想得厉害,尤其是道中,有一个月没得你底信,心又急。我想赶到普那去,但此地可研究底东西实在多,又舍不得去。离仰光时,必打电给你。

地山　元宵在瓦城

家人都好

Mandalay 是缅甸旧王都,近云南。

(五)

六妹:

昨从瓦城回仰光,要到本星期六,才有船到印度去,所以这信是在缅甸最后发底信了。在瓦城寄上一书说玉石很贱,那玉商非要我买一两件不可,于是我便买四颗翠玉,都是玻璃的,那大的可以镶戒指或扣针,小的做耳环。公遂说,可以用保险信封寄,所以依他底话冒险装在信里,我想你一定很喜欢。我本想买一两件给蕙君与七妹，只怕不好，反为不美，故未敢办。此地旧友很多，原定三月初到印，因为他们一留，现在就要十几才能到了。新功课如何，甚念。北平局势若是不好，就很早想法子。在瓦城时，有旧友林希成君想要些北京底香瓜、梨瓜种籽，他想在缅甸试种。希即到市场替他买几种，要多些，还有怎种，也请详说。林君地址即囊玉的信封上所印的，照写照寄便得。

孩子们都好？哥真想他们，更想你。老太爷顺此问候。小说稿下期寄。

我是你的哥哥　三月七日

（六）

六妹妹：

三月七日寄你一信并在保险信中寄去翠玉四颗，不知收到否？你喜欢吗？

你来信说北师大仍要继续聘请我教历史，记得过去上历史课时，你来到课堂坐在最后一排听我讲课。你后来对我说："你讲课清楚，对历史分析得深透有启发，教得好！"这个评语使我很高兴，也是鼓励吧。来信说："有些青年说历史是远水解不了近渴，不解决当前的问题。"你应对他们说，"你们要好好学习英国科学家培根说过的'读史使人明智'，那是很有见地很有道理的。"因为历史有助于我们清理思想，借鉴历史经验检查过去，指导现实。正可以帮助我们对中国深受帝国主义侵略，沦为殖民地半殖民地的痛苦经验，也对祖国某些方面落后的原因有所了解，从事实对比中吸取教训，提高认识，激发起爱国热情，反对封建反对帝国主义，努力为祖国建设出力。读历史不是可以变得聪明起来，不是可以明智吗？你说我讲的对不对，你也是教师，应对有些青年涉世不深，生活经验缺乏、对历史不了解、容易崇洋迷外，我们当教师的，有责任指导他们。

我的好妹妹、好教师。

地山　三月十二日

（七）

六妹子：

到普那已经四天了，现在还是住在客栈里，一天要十个卢比左右（一卢比合大洋一元二毛）。吃底是洋餐，真难吃，又贵，早茶十二安（一元），早饭 R.1.80（二元五毛），中饭 R.2.00（三元），午后茶 R.0.80（七毛），晚饭 R.3.00（三元六毛），房钱在外，不吃还不成！此地没有别的客栈，是这家专利，栈主拿外国人都当财主，真可恶。明天或后天，巴先生才能给我想法子，搬到学校或印度公仆会宿舍去，那里要用多少，还不知道。总而言之，没有预料的那么省。前几年我住波罗奈城，一个月不过花三十个卢比，那时候卢比贱，三十卢比不过大洋二十一元左右。现在在这里算来，至少也得用八十卢比（依巴先生替我算最省的数），合大洋也得百元左右。我身边现还可以支持两个月（不算学费，我还没找着老师，学费多少，没把握）。如果××先生的款有着，我想在这里留三个月，到六月中离开此地，用一个月功夫游历。我还不敢到处去，许多应到的地方，都候着钱才能动。

到的那天，打了一封电报，就用去十四个卢比。此后信件还是由 Dr. N. B. Parulekar 转，他是 Sakal (报纸名) 底主笔，如打电报汇款，写 Hsotishan, C/o Sakal, Poona gndia 便可达到，Sakal 也是该报底电码。信封可以写详细一点 C/o Dr. N. B. Parulekar, The Sakal, Poona2, gndia。

自己一个人，钱用得真容易。我现在才理会，好妹妹你在身边，是多么大的帮助。我的口袋不能有过五元是真的，真的常常莫名其妙地便用完了。在道上理发，招得耳后长癣，花了些钱买药，现在治好了。常头痛，大概是那原故。你底腿，回家后好了没有? 若不好，还得上协和看看去。自从与你分别后，只看过两次电影，一次在广州，一次在仰光。也没有什么消遣地方可去，所以每天除看书，便是写东西。《春桃》原来想名《咱们底媳妇》，因为偏重描写女人方面，那两男子并不很重要，所以改了。本来想直接寄给东华，但我愿意妹妹先看，我没第二副本，最好另抄一本寄到上海去。

我想你和孩子们，一天老没得好好用功夫，大概是相离这么久，没得你底信所致。老太爷好吗? 过两天把事情安排好了，写封信给他。七妹子和蕙君好，我也想她们。我打算五月到 Goa 去，那是天主教的圣地，头一个到东方来传教的圣方济 (St. Franrisavien) 的墓在那里，圣方济死在澳门附近底上川岛，教徒把他底尸运到印度来。问问她们要求什么，我到墓上替她们求去。

这纸是空邮用的，质量轻薄，名叫 airmail，大概永兴也有得卖，抄稿子最好不过。

这两天抄稿把手都屈痛了，下星期一再写。我想你的第一封信最快还得一个月左右才能到，从北京到孟买得二十五天左右。如果香港有人寄飞机信，一个礼拜可以到，路程是从平飞沪，转飞广州，寄到香港(广州不能飞香港)，再飞递到印度五天左右(香港印度线是从港飞西贡、仰光、加里各搭、孟买)，因为中英空邮未定约，故不能直进。

再谈罢，要去吃晚饭了。

地山　三月十九日

又，Dr. N. B. Paiuciean 不久要同一个法国女士结婚，又得预备礼物。你去买一两个南京锦靠垫寄来好不好？还有王克私先生那里，你去印一张郑成功的像送给他，我不久就有信给他。

在仰光寄去的四粒翠玉，收到了没有？我想你一定喜欢那大一点的。普那底金线银线很有名，要么？

我忽然想起来，我有一个朋友的女儿嫁在香港。你若要寄飞机信，可以写信给她(用文言或英文)请她转寄。不过信皮得写"By Airmail"。从香港飞递到此地得港银五毛(五十先)。她底地址：(略)

地山　三月二十二日

(八)

六妹子：

二月廿一日的信已经收到，仔细看了十多遍。你没告诉我老太爷喜欢那拐杖和印色不喜欢，以后我不再送东西给他，因为他不稀罕。燕京款项已函王克私及司徒二位先生，或者王先生可以帮忙说说。附上两封，一封是给那犹太学生的，他的名字叫 Jacob Rafin-owits。给司徒的信可以由他转，所以你只须加上两个信封便可以。

昨天搬到学校来,此校名 Sir Parashviambhaa College、每月房租大概十卢比左右,吃一天约一卢比,学费二十卢比左右,其余十卢比左右。所以我身边的款还可以支二个月左右(还剩三百卢比)。我已决定6月15左右离开此地。如有钱早些回家;没钱,不回家!你得想法子,××处已写信,也是今天寄飞机去。前信想已接到,如《春桃》稿还没寄,在最后一段,最后一句应加"过不一会,连这微音也沉寂了。"一句。

暑假后如打算搬到海甸,现在便当与谢景升到总务处交涉。祝先生婚事想已成功。

此地吃饭用手,吃不惯,买了一把叉子,一条勺子。没肉吃,个个都是吃素的,坐在地下,没椅也没桌。

地山　三月二十六日

《道教史》合同如签好,可以商量预支版税,还可以去找振铎。《说明书》请转寄。《说明》有些自吹,这便是我恨做买卖的一个原故。

(九)

好妹妹:

相片和信都收到了,寄相片得用硬纸夹住,不然,都折坏了,这次好在没折着你的脸,还可以挂挂。上星期的信,附给司徒雷登先生底,是要放在那犹太学生底信里,由他转,最好你还是去见见司徒。我此地足短二千元左右。近几年来,印度样样东西都贵得厉害,一个香瓜往时一安(合华币一毛六),现在卖到二安(印度一卢比合十六安，每安四铜子，铜子为单位，一铜子合三贝，但不用，1 Rupee＝16annas；1anua＝14anuo）。坐一坐车得四安，真是不得了，吃底东西不好又贵，此校学生，每月膳费十五卢比（合十九元五毛左右），一天两顿，通个月没见半块肉或一条小鱼，净素，每月不改。一盘饭，一小碗加里茄，或南瓜、小椰菜之类，芋叶、香蕉花、苦瓜、黄瓜，算是好东西，不轻易吃得起。衣服一件，洗工一安。连学费算起来，总要百卢比一个月。所以这信到的时候，我底钱也就快完了。在这里有一样事顶自由，你猜是什么？平常在家，你不许我吃底东西，在此地天天大吃特吃，吃了上下都有味，他们说有益，所以我就大胆吃起来。一天洗两次澡，有时还多。里衣裤每天自己洗，比刘妈还洗得干净。此地地势很高，白天热度在105左右，风是热的，像理发馆吹头发机器所出底一样，晚上倒可以过得去。

　　上个星期到Bhor国，这是印度还没亡底一个小国。地方不过百里。国王请我们吃大餐（坐在地上吃），又教我同他父子照了一个相。附上底照片，是那国王底父亲底陵前一条小溪，石头很好看，水很静，像镜一样。站在床后的那张，很像我父亲底样子。那蚊帐架子很特别，一面有四个钩，可以挂蚊帐，随时可以取下。照这法子，咱们底铜床也可以做，用木头做，可以叠起来，晚上支上。上头底方框，也可以拆，冬天不用可以收起来。（附图略）

　　种籽一包，是此地底野花，可以交给新种，等我回去看。小黑籽是刺罂粟，开黄花，像虞美人，不过全身是刺，宜于种在篱笆下，可以与虞美人配种，使花底颜色改变，刺少一点。像榆钱底是一种小树，开黄花像喇叭。有毛底是蒲公英（各种颜色都有），比中国底大四五倍。还有小黄扁籽，也带絮，是小金盏，此花台湾、广东也有，不香，可很好看。

下星期再谈吧！我的亲妹妹。

哥，你的伴　四月一日

（十）

六妹子：

又是两个星期没接到你底信了。燕京款项交涉，结果如何？现在我身边只剩二百三十卢比左右，这月底不来钱，可了不得。上海那套《大藏经》寄到广州去没有？此地有个印度人想买。梵文教师已找着，每月束脩，大约在二十卢比，一星期三次。这两天正忙着咧。在此地又变成纯粹的素食者。印度人多半食素，除去回教徒以外，简直没有食肉底，连鸡子都要到很远去买，我有三个星期没尝过鸡子和肉底气味了。他们底素食，滋养料很充足，主要是饭、黄油、醍醐、酪。我一天吃两顿。早餐没有人吃，十一点半一顿，晚上八点一顿，下午喝一杯茶。每顿吃差不多一碗饭。两杯牛乳，一张饼，没有什么菜，稠豆浆照例有。虽然吃不多，精神却很好。

关于咱们底房子问题，交涉了没有？我想若是学校下年辞退许多教员，当局必不会给我们原先看定底那所房子（史密斯的房子）。住在南大地或东大地，未免不方便（老太爷方面）。现住底房子无论如何是不能要，因为租钱太贵，又没花园可以给孩子玩。我始终还是想住海甸。

燕京大学无线电台每星期一、五两日与仰光通电。你如要打电给我，可以请那犹太学生（刘育才）Mr. Jacob Rafinowily 替你打，不用花钱。打到仰光请许麾力先生给转到我这里便可以。刘育才住城里，电文得用英文，可以请蕙君写。再谈。

哥　四月九日

（十一）

好妻子：

　　今早接到你三月十九底信，心花都开了。好妻子，我知道你苦闷，我应不离开你。以后若是要到别的地方去，一定和你同行。

　　此地一切均已就绪，不过时间太短，恐怕学不着多少。近几天来，每想燕京底事情，以后是靠不住的。"君子见机而作"，应当早想法子。哈佛燕京社底钱，他们不拿来用在真正国学底研究上。我们几个人，除我懂外国话可以抬杠以外，其余颉刚、希白二位是不闻问底，所以我会成为他们底眼中钉。不晓得到什么时候，他们要开除我。这几天，我想到一个方法，就是自己找些钱，开个研究院……

　　寄去照片其中，一张是我底卧房，墙上挂着你底像，后面是我买底一个美女（画）。另二张是我在此校底膳堂里吃饭底样子。他们都坐在地上，用手抓饭吃。印度人吃饭，照例是脱衣服，赤脚。我底脚，比起他们底，是又小又白净。他们说我底脚像女人底一样（他们说美得像辨才天女底一样），但他们底女人底脚并不小，也不白净。膳堂底尽头便是厨房，你可以看见那厨子在地上烙饼，两张不同样，一张可以给文子，吃完，把盘子（请客时，用蕉叶，或别的大树叶）推进坐底方几里头，到外面洗手，吃槟榔。又一张是在澳门贾梅士纪念碑底下照的。贾梅士（Camoerns）是葡萄牙底最大诗人，明末到澳门来，在白鸽巢写他最伟大的 *The Jusiad*。此诗为葡国最美的作品,所以欧洲名人,每到此瞻拜他底遗迹,石壁上刻了许多名人底题记。此片是给王克私先生底,请转给他。回家时,可以教给你洗像。(学费二百元,给得起吗?)

你底腿现在怎样啦,好了没有?我想原因是前几年在塘沽摔倒所致,并不关牙底事。英国近出了一种药,名 Elaito,专治腿痛,不晓得北京有卖底没有?如没有,可请蕙君写信到伦敦去买一瓶试试,或照底下拟底信寄(去略)。此药每瓶五先令,无邮费,故寄五先令便可以。药是内服,从血液医治。到底怎样,我没见过。我在此,因为吃素底原故,没屙过血,痔疮也渐小了。我想以后,我不再食肉了,最多可以吃鸡子或肉汤。我已理会肉类对我底身体不合式。咱们都吃素,好不好?

地山 四月十五日

(十二)

六妹:

上函寄出后告诉你我到此一切就绪,想必你会为我心安。远隔重洋,一字值千金,望你多给我写信,以慰时刻在想念你们的游子。

记得我在一九二六年由英国回国时,特意绕道印度去拜访诗圣泰戈尔,那时我住在印度波罗奈城印度大学,搭车去加尔各答附近的圣蒂尼克泰戈尔创办的国际大学参观,同时也去泰戈尔家里看望,他是我一向敬仰的知音长者。还带回来他送给我的照片和纪念品吉祥物白瓷象。交给你,你还很宝贵的收藏着。我回忆起泰戈尔肩披有波纹的长发,飘洒着美丽的银须,谈笑风生,举止优雅。他的形影至今还深刻地留在我脑里。他建议我编写一本适合中国人用的梵文辞典，既为了交流中印学术，也为了中印友谊，我回国后即着手编纂。字典稿存在燕京大学我的书房里，你空时去燕京看看该没有散乱那些卡片吧？我本想再去看看泰戈尔，告诉他我遵循他的嘱咐在编梵文辞典，他一定会很高兴的。可是我打听到他现在不在家，到别处讲学去了，也不知是去到那里，所以我就没法去看他。我留印度不会久的，恐怕没有机会再见面了，除非他再到中国来，一九二四年他来中国时我在牛津，失去了相见的机会，所以我回国时一定绕道印度去看他。至终如愿以偿是很高兴的事。现在近在咫尺未能再见深为遗憾。真是人生聚散无常呵！我在外心里的事无可告诉，坐下来把它写下告诉你，泰戈尔是我的知音长者，你是我知音的妻子，我是很幸福的，得一知音可以无恨矣。对吗？

你底四哥　四月二十日

（十三）

六妹：

　　昨天接到你三月二十七底信，一切知道，钱如筹到，即请电汇。燕京如不再给，是真对我不住，使我对于他们更失信仰，我实在不想同他们再混下去。燕京当局老抱着一种"要则留，不要则请便"政策对付教员，这是我最反对的。来年裁底人固然有许多该走底，但也有很好的教员在里头（未见着名单，谁被裁总知道一点）。几个大头闹意见，拉拢教员，巴结学生，各树党羽。在我看来，无一是处。我想还是另找事情，北大，或南京，或广西，湖南都可以。我不再找清华了，这次要走得走远一点。前次的信所说，组织电影经理处底事，我越想越有把握，虽然我不会做买卖，我却信这事可以办。

我来此已一个多月了，对于此地风土人情也多知些。有些印度人底责任心浅薄，应许的事，每不去做。有时我得自己出马，连当差底也用不得，不好好干事，只想要钱。此地个个都以为我是财主，他们想，若没钱，怎能到外国？两三个同住底半教员半学生底印度人老是向我要这样，要那样。比如一块胰子（我不懂本地话，自己去买得到很远去，坐车得花差不多两块大洋来回），你若托他们去买，他们总没工夫，可是等我自己去买回来，他们又来借，连牙膏牙签也可以借！若是他们领我去看地方，好！什么都得我解囊！我怕得不但不敢约他们，连自己去也不敢叫他们知道。

我屋里的臭虫简直没办法，一天总要治死十几只。印度臭虫特别大。他们多不杀生，见我底行为，都很诧异。有些人身上还养臭虫，以为是一种功德，所以你如看见别人身上有臭虫，最好别去管，若不然，有时候你便要听见"由它罢，那是我养活的"。若是你不喜欢臭虫，把它拈起来，送到门外去，所以结果不是爬回来，便是到别人身上去。我在写字，臭虫满桌上爬，真像小油虫一样，走动得很灵敏，你要拈它，它马上就藏起来。

此地的蝙蝠也非常的大。每到黄昏，一群一群飞出来觅食，翅膀张起来，约有四尺，歇着的时候，就像一只小狐狸。绿鹦哥（会说话的）很多，市上卖得很贱，一钱银（合三毛多大洋）可以买一只。孔雀也便宜，十几卢比一对，不过都不好带，在半道上常饿死了。

照片四张，有一张是广州小北门外，我大姊底坟，临离开广州底前二天找到底，坟砖都被人偷了。偷者算还有良心，还留下墓碑与后土位,找到的时候,土埋到"显妣"底地方。我找人随便挖开,照了这相。其余已请叶启芳经管,修理总要五六十元(最少)。此片可以转寄给敦谷。其余三张是上星期底成绩(自洗自晒):"象"是到远地给你买一个最好的镜框,挂上以后照底。"看书"是在我床上照底。还有一张"看书",墙上挂底是洗姑娘底画和甘地底浮像。这样的手段,可以开照相馆吧?……

四哥　四月二十四日

(十四)

六妹妹:

　　这封信一定与二十四那封同时到,因为此地空邮提早了一天,所以上星期底信件,都归入这星期发。翠玉四块,本来不大,不能做得什么,当时也想到买些大的,只怕钱都用完,没法往前走。买璞更便宜,不过得懂,才有把握,一块可以琢成手镯之翠玉璞也不过三十盾左右,琢出来也许就值一千,也许满不是那么一会事。那四块小翠玉一共花了十四卢比(十五元左右),顶大块的十一卢比,其余每件一卢比。我到底时候正是中国商人(多半自广州来)到玉山去采璞底季候。所以有底旧货,人都争着出脱,可惜没钱,不然真可买得好的。缅甸还产红宝石和绿宝石。我知道你不大喜欢红的东西,所以没问价钱。至于怎样处置那四块小东西,我以为可以镶胸针或项串,若把那大的镶戒指,不成吗?

　　七妹子决意出家,我早料到,机会命运把她放在那样的生活里,你想有什么路可以走,除去当姑子以外?不过当姑子并不算什么伤心。人都得有个职业,她要专心办学,自然出家比嫁人更好。

在学校当过五六年校长，不嫁，还不是和姑子一样？更好的是，若她当了正式姑子，她可以享许多利益（办事上的和学业上的），当然是好。我总想着，她若离开那样的环境，也许不至于出家，但往哪里去找更合式、更永久的事给她呢？不必伤心，提防蕙君跟她学，那是要紧。

上次寄给你的那印度女子（像），她父亲已经给她找着一个女婿，不过还没下定。此地风俗，嫁女得预备很多钱。因为女婿可以要求陪嫁（不是嫁妆），有时要求过多，娘家不能给，婚事便吹了。此女已找过几主，人家要她两千陪嫁，她父亲出不起，所以没成。陪嫁是交给女儿带过来底现款，除此以外，礼费妆奁还要。所以女儿在此真是"赔钱货"。男子可以不送聘金，得妻兼得财。我也很想干一干，你说好不好？

昨天晚上去看印度戏，是翻译欧洲底剧本。情趣与中国底新剧一样，男女合演，在他们是破天荒。

我想在六月中旬离开此地，若没钱就一直回国，若有富裕，便到各处走走（期间两星期左右）。我还没到当到的地方去咧。此信到时还可以回信，若过五月二十，请不要寄常信，信走四星期才能到此，寄飞机信或打电报都可以。

现在要到一个花园去同那女子照相。她哥哥要我代她照一个好的，为底是可以给人看。

告诉小苓这是爸爸。

（原信后有许地山自画像——编者）

丑　四月二十九日

（十五）

妻子：

　　我四月二十四日去信大致说了燕京大学不是久留之地，总有一天他们会开除我。你知道，我读在燕京，我教在燕京，我生活在燕京，我尊敬燕京的老师，我爱护燕京的学生，对母校燕京是有感情的。但对燕京当局的种种措施不能容忍，我决心要离开。我告诉过你，缅甸大学邀我去教书，我又想组织电影经理处，又想办研究院。最后决定还是办一个中学切合实际，中学是基础教育，可以为高一级学校或专科学校培养后备军。而且你又是中学教师，我们同心协力建设一个最理想的中学。这个建议你赞同吗？来信告诉我。

　　你问我除研究梵文和印度哲学外还做些什么，你知道我一天总是在图书馆的时候多，过去在牛津大学人们开玩笑叫我书虫，书虫是蛀书的，但是读书读到深邃倒是我所乐为的，假使我的财力和事业能允许我，我愿意在牛津做一辈子书虫，做书虫也是不容易的，须要具备许多条件。我没有条件，只是抱着读得一日便得一日之益的心志。

　　好人！你看我的书斋名面壁斋，过去我没向你解释，就是心无二用、目无斜视的读书。这样才能专心致志，武装自己的头脑，才能广博知识，明析道理，坚持革命精神经久不惑且愈坚。

　　我除读书外还写写小说，过去在家里写好了你代我抄，现在写好了还要自己抄，有时抄得手腕都痛起来。我想还是把初稿寄给你，你代抄，还可以让你先看看，也可以提提修改的意见。

今日就写到这里。

　　　　　　　　　地山　四月三十日

（十六）

六妹：

　　昨天才寄你一信，今天一早起来，想起了是五一国际劳动节。这个节日是我们夫妇喜庆的日子。你记得吗？是我们结婚底第六周年纪念日。不知你们在家庆祝没有？我们每个纪念日全家都照一张照片，等我回家时再照吧。

　　记得我在日记本上写的"风和日丽，我们幸福地开始共同生活"。你建议在中山公园来今雨轩举行婚礼，为纪念我同郑振铎等十二人创办文学研究会成立大会的所在。那些参加祝贺的朋友亲戚们如蔡子民、陈援庵、熊佛西、朱君允和田汉、周作人等如仍在北京，有空去拜访拜访他们，也代我向他们致意。

　　　　　　　　　你底好伴地山哥　5.1

（十七）

六妹，好伴儿：

　　今天接到你四月十三日底信，想那封飞机信是丢了。昨天接北京汇来英金三十镑，大概是燕京来底，今天不能取，到明天才能知道。那封丢了底信，你大概是告诉我小说稿接到了。方才又接到上海底信，傅东华来的，说小说稿已接到，登在七月号上。上两信给你说底电影计划，进行了没有？我看是很有希望，你想怎样？哥七月底准到家,若钱来得早,早走,也许六月初离此地,游行二星期,七月中到平。

……妹看好不好?妹请人写起来,挂在卧房里,好不好?"①夫妇间,凡事互相忍耐;②如意见不合,在说大声话以前,各人离开一会;③各以诚意相待;④每日工作完毕,夫妇当互给肉体和精神的愉快;⑤一方不快时,他方当使之忘却;⑥上床前,当互省日间未了之事及明日当做之事。"还有一两条,不甚重要,不必写。妹妹,你想这几条好不好,咱们试试吧。哥实在没给妹委屈,平心而论。但以后,无论如何,咱们不会再争吵了,我敢保,我知道妹真爱我。

妹,你应当告诉我底许多事,都没告诉我,我在此地,要像在家一样知道家里底事。蕙君常来吗,老太爷心境如何?为何不写信?

丑 五月六日

(十八)

六妹子:

等你的信,到如今还未接到,我有一点着急了。这几个月用了不少钱,只希望佛教会能津贴一点,但到如今,一点信息也没有。××先生也没回信,"轻诺必寡信"是意中事,我决定钱来便走。地方也不多走了。家里还有许多手尾未了,如道教史、厌胜钱、印度小说等等都要赶着做,所以早回家也好。此信到时,如还筹不着钱,即想法电汇四十镑做路费到上海,回家后再说。今天是十四,此信大概得六月初才能到平,所以在这封信到时,没有给你回信底

拍摄于燕京大学,前排左四为许地山

1929年5月1日许地山与周俟松在北京来今雨轩结婚照

时间了。香港来信说你寄去五元，信没收到，钱却收到了，等你的信哪。

　　昨天上狮子堡去。此堡离城不远，出海四千多尺，风景很好。那个印度女子到别底地方去了，她父亲因为有一主要求嫁妆太多，又没成功，所以又带着她到孟买去。在印度生女，真是个"赔钱货"，嫁妆论钱，并非像中国底家私，并且是给女婿的！所以一不成，为父亲的得带着女儿到处去找"主儿"。通常女子是要受男子或男家人试验和面看底。我不喜欢她哥哥和她父亲，因为他们净占我便宜，一进我屋里，能吃底，不问主人，都给吃光了。我早没想到印度是个馋地方，馋到连苍蝇也吃起盐来了！在饭厅里，我真没法轰它们，酱和油盐一不留意，准有苍蝇来光顾。虫犹如此，何况人乎！她父亲教我写信给你，寄点北京酱品来给他吃，真不客气！我没见过这样人。……

地山　五月十四日

（十九）

六妹子：

　　接到五月一日底飞递信。同时收到燕京两封，一是傅晨光先生的，一是会计处的，说的都是关于钱的事。学校只应许借，因为原许的二千美金已经用完，金水落得厉害，所以不敷。这也不能怪学校，不过借薪水在此地用，有点不上算，还是去催催×××，多少总筹一点来做路费。燕京借钱照例要算利息，你得提防，你告诉傅晨光，我把《道教史》交给商务印书馆，他写信来说我应当先问哈佛燕京社要不要，因为所有我的作品，哈佛燕京有权先印。这一来，连小说都要算在内。咱吃他几百块，还要吐东西还给他，实在有点不愿意。我要写信给傅晨光先生，如果学社要，得给钱。告诉吴文藻先生，说不要给我定功课，我来学年不教书。我真想自己出来干一干，燕京是靠不住的。

钱到得早时，我准于六月中(此信到时)离开孟买，一直到香港。我还要回漳州把那些东西带回家，所以七月十日左右便可以到家。至于写信怎寄的问题，我以后定了船期，你便可以由船公司转。以后再告诉你吧。近来心烦得很，有时自己生气。

哥　五月二十一日

（二十）

六妹子：

五月九日和十四日的信都接到了，我现在只等款，款一来，马上就走。这封是最后的飞机信，此后还是每星期一给你信，你可以不必回信。若我的船位定好了，你可由飞机递到各埠船公司转给我。

写信给老太爷，我自从到这里来，一步也没走开，没什么可报告的。许多地方应当去的都还没去。上星期赶着雨季之前到阿前多和伊罗去参拜佛教遗迹，用了一百元左右。在伊罗洞外约十里的丛林中遇见一只约一丈长(连尾巴)的大豹，险些性命丢给豹做大餐。那天(五月廿七)在道上遇见许多小野兽，因为洞离城市十七英里，我同一个学生坐马车去底，马车走三点钟才到。回来时，日已平西，过那丛林，已不见太阳，正是猛兽出来找吃的时候。车上三个人，一面走一面谈，忽然车夫嚷说："看！老虎在道上走！怎办？"

那时已是黄昏后,幸亏是月明时候,车夫也有经验,他说:"坐定了,提防着!"把马鞭了一下,走近那大豹约十码之地,车夫鞭车篷,发出大响声。那豹一双大眼睛看着我们,摇着尾巴,慢慢走到溪边去了。车夫看的是老虎,我看的是豹,可惜光不足,不然照一张相片回家,多么有意思!当时并不觉危险,事后越想越玄,几乎晚上都睡不着,回家躺了好几天。那同走的学生太不关心,在走以前,我买了一本指导书(本地文)教他先看,看明白了再走,他没看。到那晚上,回家,他才翻起来看,说:"指导书里也说在太阳未落山以前就得离开洞口,道上时常有野兽来往。"我听了,真是有气。印度人底不负责任,从这一点就可以看出来。还有一种爱占便宜底习惯,更令人看不惯。这宿舍,因为暑假,只住着四个人(连我算),那三个人,短什么东西,都到我屋里来借、来取,像我是他们底管家。胰子、牙膏、洋蜡、墨水、邮票、信封、信纸等等,凡日用所需,应备底都不自己去买,等我买回来,他们要现成。有时自己有,留着,先用别人底。有一天,出门,用旱伞,那个女学生底哥哥来说:"请把旱伞借我使使。"我说:"我底旱伞有一点破,不好使,你还是使你自己的罢。"因为我知道他有。他说:"我底也有点破,反正你是要修理底,多裂一点,并不多花钱。"从我手里硬夺过去。你说世上真有这样人!出门去玩,吃东西,坐车,若是用他们的钱,回家一个子也算得清清楚楚,若是用我底,就当我请了客!在这里住底,个个家里都是十几廿万家事底子弟,还是这样酸,其他可想。所以这几个月,住在此地,天天都有气,我又面软,不便说什么,又不愿意得罪他们,这使他们想着我比他们更有钱。

燕京底房子,是不是"四美轩"或"三松堂"后面底那座?

没自来水，可以把现在的抽水机移出去，钱要燕京花，把那水机送燕京都可以，但要高水池和水管。海甸地低，用不着打多深，所以水柜可以放在房顶上。

《藏经》消息又沉了，我想还是找李镜池，分期交款办法本可以办，你主张(一次交款)不成，也许他们不要了，你可写信到上海。叫有骞先把书寄去，我到广州再同镜池交涉，或是你写信给镜池，应许他分期交款，看他怎回答。那书不卖，恐怕以后越难出去。日本金水跌得低，他们也许可以直接去订。

我定十五六离开此地，到孟买去定船。看这光景，是不能游历了。到现在钱还没来，教我真没办法。这次买船票先到香港广州再住几天，转回漳州，把几盆兰花带回来。我还要到南京去，找几个朋友。所以顶快也得七月中才能到家。

我身边只剩下三百卢比，若买三等票，也可以到香港。这两天就得定船位，下星期若钱还不来，真得定三等。日本船便宜，可不敢坐。欧洲船三等，不晓得怎样，还得打听。如有美国总统船，三等也可以。大概我会搭三等回家，我想我没来由借钱坐二等。

再谈吧。

地山　六月九日

正要发信，又接你五月十五底信，知道燕京许补一千。我想这便够了，不必再求什么人了。佛教会，有也好，没便罢，用人底钱又得为人做报告。汤芗铭先生可以去见见。××底话是靠不住底，他也是找朱子桥。

（二十一）

六妹子：

　　五月廿八底信收到了，我定于后天到孟买去，过几天再回普那见见甘地，然后到戈亚为七妹子和蕙君求福去。从戈亚再到麻得拉斯探探古黄支国底遗迹，有工夫再到南海普陀落迦山（真普陀山）去拜拜观音菩萨。从普陀山到那伽拔檀城搭船到槟榔屿，大概这个月底可以到槟榔，从那里渡海到苏门搭拉拜先父（你底公公），和祖宗的墓，再回到槟榔屿候船回国。在槟榔屿有中国船往来厦门、仰光间，二等船不过一百元左右，所以为省钱起见不得不等。我会住在旧友陈少苏先生家里，若是船期不合式，也许住长一些，但最多不过两星期，不用花什么钱，时间是现成，住几天怕什么？七月中准在广州，住一两天，回厦门取东西，住两三天，有船便走，大概得七月底才能到家。七月中你可以寄信到香港陈作熙先生处转给我。我上船把行李放在他那里，进广州去一下。何椿年要我带些南洋果种，去交割清楚，马上上船。也许随着原船到厦门（中国船在香港多半停三天）。槟榔屿地址，可以不必给你，因为写信来不及。但万一有要紧事，要打电报，即将陈少苏先生转（地址略）。英文用厦门话拼音，南洋以福建话为国语。五妹回家有何贵干？恐怕我到平，蕙君已回青岛去，你留着她，等到我回来好不好？我也要到山东去一去。因为我这次底游记，用孔子做主角，我是跟孔子游历底人，书名大概就用《孔子西游记》。漂亮不漂亮？内容丰富，裕有兴趣，没眼睛底可以不用看。曲阜没到过，所以头一章还没动手。

　　我已打电给燕京，叫把款电汇来此，我就用这三十镑做路费了，别的财源恐怕要等到黄河清才能出现吧。

此信由陈作熙转飞递,想可早到。方才看报,日本副领事在南京失踪,恐怕又要出乱子。

地山　六月十三日

(二十二)

六妹子:

因为燕京底钱来迟了,昨天开的船搭不上,又要等两个星期才有船,你看这耽误多少事!我定底是十六离开此地,十九在麻德拉斯上船(普那到麻德拉斯就像北京到上海那么远),到昨天才接银行底通单,今天下午去取,无形中叫我损失两镑电费,还加上两星期的用费。到槟榔后,船期又不一定,也许还要等两个星期。中国船便宜,我不得不等,所以顶快得八月初才能到家,越想越有气。现在定二十四离开此地到戈亚去,十七八到麻德拉斯,七月三日下船,十二到槟榔屿,假如十五六有船,那就最好不过,不然,要等到二十几也不一定。那时候,恐怕路费又不够了,怎办?出外耽误一天,就会生出许多意外的麻烦。本来可以从孟买走,不过从那里走的都是大船,价钱贵得多。日本船不敢搭,不然,本月二十六有一只到上海去。

离开麻德拉斯不再打电了,打一次得花二十元左右。到槟榔屿给你寄飞机信,但在七月十三日左右准在槟榔,有信寄前信所给地址便可以。

地山普那　六月二十日

（二十三）

六妹：

　　戈亚底信想已收到。到麻城已三日，船明天走，十三到槟城，住几天，再到日里去省墓，离槟城时当在本月底也。（谁教你不寄钱？）

　　在戈亚，买了些东西给七妹子和蕙君，在麻城买了些给文子和小苓底东西，花了二十多卢比，回家要同你算帐。此地人心太坏，动不动就要赏钱，车夫随时随地都想介绍女人给你，他说："又省钱又美，先生也找一个罢！"可惜你没来，不然咱们可以多看些怪像。

　　昨天到古黄支国去，走了一天，到深夜才回来。今天下午青年会要我谈中国，义不容辞，就得卖力。还是普那那位咱们送他东西底 Paru Lekar 先生好，临走时送我五十大卢比程仪，了不得的人情，若没有他送我底那笔钱，戈亚是去不了底。

　　再谈罢。多等几天，吾就到家了。

　　　　　　　　　　　　　　你的哥　七月二日

（二十四）

六妹子：

　　在船上十天，十二到槟榔屿，二十左右有一只船（中国船）到厦门去，所以得在此地候十几天。我打算下星期二（十七）到棉兰去看父亲的坟墓，十九回来搭船，一切都已办妥了。进荷兰属地要钱和人担保,钱是合中国钱二百元,人要殷商。我身上只剩一百元左右,朋友已为我想了法子。中国船我可以坐三等,到厦门不过七八十元,可是慢,比英法邮船要迟到一个星期,钱又省一百多,大概在二十七八船能到香港。你有话可以由陈家转。

仰光大学要我去当汉文教授,我暂时不发表意见,先回家看看情况再说。此地风景极佳,全岛十分之八是中国人,以福建人为多。我住底地方是中国人开的中学(钟灵中学),位于 Macalister st.,许多国民党要人都在此住过,因为本来是间革命党的阅书报社。

中国情形,阅报可知一二。

即颂

时祉

地山　七月十四日

(二十五)

六妹子:

昨天到棉兰,看看父亲的坟地,那地点虽然不错,可是坟做得太坏,连碑字都刻错了。老二当时在这里,我不晓得他监的是什么工。看报知道刘半农于前天逝世,他曾应许我要给我厌胜钱看,他收底也很多,恐怕他身后家里底人又卖出去。(原信缺——编者)……

今天搭船去槟榔屿,明天有船开厦门,是一只中国船"丰庆"。我买底是统舱，大概十几块钱便可以从槟榔到厦门。若搭外国船，一定不能坐三等，二等最少也得二十五镑。你看差多远。不过此船很慢，比起外国船要迟到三四天，船又老，在海上常出险。除此以外，倒没什么。若是明天开船的话，二十一到得了新加坡，三十左右到香港，八月三日左右到厦门，到漳州取兰花，住三两天，有船到上海便走，大概十几才能到家，等着罢。（这是大熬人！）意大利船从新加坡五天可到上海，多快！

在苏门答拉棉兰爱同俱乐部

地山爷　七月十八日

（二十六）

六妹：

今天到香港，接你催人回家的信。当然不敢在外久留，船明天开厦门，大后天（八月一日）可到。到厦门有船便走，大概芒沙力或芒沙丹尼走星期五，所以下下星期一（六七号）可到上海。如船到得早，便赶车直上北京。此行带了一个新加坡的华侨学生，姓林底，他哥哥底意思是要他住在咱们家里，他要考清华或燕京。我想你叫作新想想法子，住辅仁也成。这林姓学生纨绔气很重，不过他哥哥是老二和我底老朋友，大义难辞，得为他想法子。海行十余天，有点疲，今天打算住客栈（香港大雨，弄得我像落水鸡。现在陈作熙先生处，他家没地方），别的朋友也不想找了，麻烦人家，有点过意不去。也许我到家时此信还没到呢，漫写而已。

老太爷到底是什么病,要紧不?等我回来,他也许好了。

专此敬颂

妆安

地山　七月二十七日

(选自周俟松、杜汝淼编《许地山研究集》,南京大学出版社 1989 年 5 月出版)

上 景 山

　　无论那一季，登景山，最合宜的时间是在清早或下午三点以后。晴天，眼界可以望到天涯底朦胧处；雨天，可以赏雨脚底长度和电光底迅射；雪天，可以令人咀嚼着无色界底滋味。

　　在万春亭上坐着，定神看北上门后底马路（从前路在门前，如今路在门后），尽是行人和车马，路边底梓树都已掉了叶子。不错，已经立冬了，今年天气可有点怪，到现在还没冻冰。多谢芰荷底业主把残茎都去掉，教我们能看见紫禁城外护城河底水光还在闪烁着。

　　神武门上是关闭得严严地。最讨厌是楼前那枝很长的旗竿，侮辱了全个建筑底庄严。门楼两旁树它一对，不成吗？禁城上时时有人在走着，恐怕都是外国的旅人。

　　皇宫一所一所排列着非常整齐。怎么一个那么不讲纪律底民族，会建筑这么严整的宫庭？我对着一片黄瓦这样想着。不，说不讲纪律未免有点过火，我们可以说这民族是把旧的纪律忘掉，正在找一个新的咧。新的找不着，终久还要回来底。北京房子，皇宫也算在里头，主要的建筑都是向南底，谁也没有这样强迫过建筑者，说非这样修不可。但纪律因为利益所在，在不言中被遵守了。夏天受着解愠的薰风，冬天接着可爱的暖日，只要守着盖房子底法则，这利益是不用争而自来的。所以我们要问在我们底政治社会里有这样的薰风和暖日吗？

　　最初在崖壁上写大字铭功底是强盗底老师，我眼睛看着神武门上底几个大字，心里想着李斯。皇帝也是强盗底一种，是个白痴强盗。他抢了天下把自己监禁在宫中，把一切实物聚在身边，以为他是富有天下。这样一代过一代，到头来还是被他底糊涂奴仆，或贪婪臣宰，讨，瞒，偷，换，到连性命也不定保得住。这岂不是个白痴强盗？在白痴强盗底下才会产出大盗和小偷来。一个小偷，多少总要有一点跳女墙蹴狗洞底本领，有他底禁忌，有他底信仰和道德。大盗只会利用他底奴性去请托攀缘，自赞赞他，禁忌固然没有，道德更不必提。谁也不能不承认盗贼是寄生人类底一种，但最可杀的是那班为大盗之一底斯文贼。他们不像小偷为延命去营鼠雀底生活；也不像一般的大盗，凭着自己的勇敢去抢天下。所以明火打劫底强盗最恨底是斯文贼。这里我又联想到张献忠。有一次他开科取士，檄诸州举贡生员，后至者妻女充院，本犯剥皮，有司教官斩，连坐十家。诸生到时，他要他们在一丈见方底大黄旗上写个帅字，字画要像斗底粗大，还要一笔写成。一个生员王志道缚草为笔，用大缸贮墨汁将草笔泡在缸里，三天，再取出来写。果然一笔写成了。他以为可以讨献忠底喜欢，谁知献忠说，"他日图我必定是你。"立即把他杀来祭旗。献忠对待念书人是多么痛快。他们知道他们是寄生底寄生。他底使命是来杀他们。

东城西城底天空中，时见一群一群旋飞底鸽子。除去打麻雀，逛窑子，上酒楼以外，这也是一种古典的娱乐。这种娱乐也来得群众化一点。它能在空中发出和悦的响声，翩翩地飞绕着，教人觉得在一个灰白色的冷天，满天乱飞乱叫底老鸹底讨厌。然而在刮大风底时候，若是你有勇气上景山底最高处，看看天安门楼屋脊上底鸦群，噪叫底声音是听不见，它们随风飞扬，直像从什么大树飘下来底败叶，凌乱得有意思。

万春亭周围被挖得东一沟，西一窟。据说是管宫底当局挖来试看煤山是不是个大煤堆，像历来的传说所传底，我心里暗笑信这说底人们。是不是因为北宋亡国底时候，都人在城被围时，拆毁民狱底建筑木材去充柴火，所以计画建筑北京底人预先堆起一大堆煤，万一都城被围底时，人民可以不拆宫殿。这是笨想头。若是我来计画，最好来一个米山。米在万急的时候，也可以生吃，煤可无论如何吃不得。又有人说景山是太行底最终一峰。这也是瞎说。从西山往东几十里平原，可怎么不偏不颇，在北京城当中出了一座景山？若说北京底建设就是对着景山底子午，为什么不对北海底琼岛？我想景山明是开紫禁城外底护城河所积底土，琼岛也是垒积从北海挖出来底土而成底。

从亭后底桔树缝里远远看见鼓楼。地安门前后底大街，人马默默地走，城市底喧嚣声，一点也听不见。鼓楼是不让正阳门那样雄壮地挺着。它底名字，改了又改，一会是明耻楼，一会又是齐政楼，现在大概又是明耻楼吧。明耻不难，雪耻得努力。只怕市民能明白那耻底还不多，想来是多么可怜。记得前几年"三民主义""帝国主义"这套名词随着北伐军到北平底时候，市民看些篆字标语，好像都明白各人蒙着无上的耻辱，而这耻辱是由于帝国主义底压迫。所以大家也随声附和，唱着打倒和推翻。

从山上下来，崇祯殉国底地方依然是那棵半死的槐树。据说树上原有一条练子锁着，庚子联军入京以后就不见了。现在那枯槁的部分，还有一个大洞，当时的练痕还隐约可以看见。义和团运动底结果，从解放这棵树，发展到解放这民族。这是一件多么可以发人深思底对象呢？山后底柏树发出幽恬底香气，好像是对于这地方底永远供物。

寿皇殿锁闭得严严地，因为谁也不愿意努尔哈赤底种类再做白痴的梦。每年底祭祀不举行了，庄严的神乐再也不能听见，只有从乡间进城来唱秧歌底孩子们，在墙外打底锣鼓，有时还可以送到殿前。

到景山门，回头仰望顶上方才所坐底地方，人都下来了。树上几只很面熟却不认得底鸟在叫着。亭里残破的古佛还坐在结那没人能懂底手印。

(选自 1934 年 12 月 5 日《太白》半月刊第 1 卷第 6 期)

先 农 坛

曾经一度繁华过底香厂，现在剩下些破烂不堪的房子，偶尔经过，只见大兵们在广场练国技。望南再走，排地摊底犹如往日，只是好东西越来越少，到处都看见外国来底空酒瓶，香水樽，胭脂盒，乃至簇新的东洋瓷器。故衣摊不入时底衣服，"一块八"，"两块四"，叫卖底伙计连翻带嚷地兜揽，买主没有，看主却是很多。

在一条凹凸得格别底马路上走，不觉进了先农坛底地界。从前在坛里底惟一新建筑，"四面钟"，如今只剩一座空洞的高台，四围底柏树早已变成富人们底棺材或家私了。东边一座礼拜寺是新的。球场上还有人在那里练习。绵羊三五群，遍地拔着枯黄的草根。风稍微一动，尘土便随着飞起，可惜颜色太坏，若是雪白或朱红，岂不是很好的国货化妆材料？

到坛北门，照例买票进去。古柏依旧，茶座全空。大兵们住在大殿里，很好看底门窗，都被拆作柴火烧了，希望北平市游览区划定以后，可以有一笔大款来修理。北平底旧建筑，渐次少了，房主不断地卖拆货。像最近定王府，原是明朝胡大海底府邸，论起建筑底年代足有五百多年，假若政府有心保存北平古物，决不致于让市民随意拆毁。拆一间是少一间。现在坛里，大兵拆起公建筑来了。爱国得先从爱惜公共的产业做起，得先从爱惜历史的陈迹做起。

观耕台上坐着一男一女，正在密谈，心情底热真能抵御环境底冷。桃树柳树都脱掉叶衣，做三冬底长眠，风摇，鸟唤，都不听见。雩坛边底鹿，伶俐的眼睛瞭望着过路底人。游客本来有三两个，它们见了格外相亲。在那么空旷的园囿，本不必拦着它们，只要四围开上七八尺深底沟，斜削沟底里壁，使当中成一个圆丘，鹿放在当中，虽没遮拦，也跳不上来。这样，园景必定优美得多。星云坛比狱渎坛更破烂不堪。干蒿败艾，满布在砖缝瓦罅之间，拂人衣裾，便发出一种清越的香味。老松在夕阳底下默然站着。人说它像盘旋的虬龙，我说它像开屏底孔雀，一颗一颗底松球，衬着暗绿的针叶，远望着更像得很。松是中国人底理想性格，画家没有不喜欢画它。孔子说它后凋还是曲了它，应当说它不凋才对。英国人对于橡树底情感就和中国对于松树底一样。中国人爱松并不尽是因为它长寿，乃是因它当飘风飞雪底时节能够站得住，生机不断，可发荣底时间一到，便又青绿起来。人对着松树是不会失望底。它能给人一种兴奋，虽然树上留着许多枯枝，看来越发增加它底壮美。就是枯死，也不像别的树木等闲地倒下来。千年百年是那么立着，藤萝缠它，薜荔黏它，都不怕，反而使它更优越，更秀丽。古人说松籁好听得像龙吟。龙吟我们没听过，可是它所发出底逸韵，真能使人忘掉名利，动出尘底想头，可是要记得这样的声音，决不是一寸一尺底小松所能发出，非要经得百千年底磨练，受过风霜或者还吃过斧斤底亏，能够立得定以后，是做不到底。所以当年壮底时候，应学松柏底抵抗力，忍耐力，和增进力；到年衰底时候，也不妨送出清越的籁。

对着松树坐了半天，金黄色底霞光已经收了，不免离开雩坛直出大门。门外前几年挖底战壕，还没填满。羊群领着我向着归路。道旁放着一担菊花，卖花人站在一家门口与那淡妆底女郎讲价。不提防担里底黄花教羊吃了好几棵。那人索性将两棵带泥丸底菊花向羊群猛掷过去，口里骂"你等死底羊孙子！"可也没奈何。吃剩底花散布在道上，也教车轮辗碎了。

(选自 1935 年 1 月 20 日《太白》半月刊第 1 卷第 9 期)

忆卢沟桥

记得离北平以前,最后到卢沟桥,是在二十二年底春天。我与同事刘兆蕙先生在一个清早由广安门顺着大道步行,经过大井村,已是十点多钟。参拜了义井庵底千手观音,就在大悲阁外少憩。那菩萨像有三丈多高,是金铜铸成底,体相还好,不过屋宇倾颓,香烟零落,也许是因为求愿底人们发生了求财赔本求子丧妻底事情罢。这次底出游本是为访求另一尊铜佛而来底。我听见从宛平城底人告诉我那城附近有所古庙塌了,其中许多金铜佛像,年代都是很古的。为知识上的兴趣,不得不去采访一下。大井村底千手观音是有著录底,所以也顺便去看看。

出大井村,在官道上,巍然立着一座牌坊,是乾隆四十年建底。坊东面额书"经环同轨",西面是"荡平归极"。建坊底原意不得而知,将来能够用来做凯旋门那就最合宜不过了。

春天底燕郊,若没有大风,就很可以使人流连。树干上或土墙边蜗牛在画着银色底涎路。它们慢慢移动,像不知道它们底小介壳以外还有什么宇宙似地。柳塘边底雏鸭披着淡黄色底毛,映着嫩绿的新叶;游泳时,微波随蹼翻起,泛成一弯一弯动着底曲纹,这都是生趣底示现。走乏了,且在路边底墓园少住一回。刘先生站在一座很美丽的窣堵波上,要我给他拍照。在榆树荫覆之下,我们没感到路上太阳底皓烈。寂静的墓园里,虽没有什么名花,野卉倒也长得顶得意地。忙碌的蜜蜂,两只小腿黏着些少花粉,还在采集着,蚂蚁为争一条烂残的蚱蜢腿,在枯藤底根本上争斗着。落网底小

1933年许地山与家人合影,后左为许地山

1934年许地山与家人拍摄于北京陟山门大街

蝶，一片翅膀已失掉效用，还在挣扎着。这也是生趣底示现，不过意味有点不同罢了。

　　闲谈着，已见日丽中天，前面宛平城也在城之内了。宛平城在卢沟桥北，建于明崇祯十年，名叫"拱北城"，周围不及二里只有两个城门，北门是顺治门，南门是永昌门。清改拱北为拱极，永昌门为威严门。南门外便是卢沟桥。拱北城本来不是县城，前几年因为北平改市，县衙才移到那里去，所以规模极其简陋。从前它是个卫城，有武官常驻镇守着，一直到现在，还是一个很重要的军事地点。我们随着骆驼队进了顺治门，在前面不远，便见了永昌门。大街一条，两边多是荒地。我们到预定的地点去探访，果见一个庞大的铜佛头和些铜像残体横陈在县立学校里底地上。拱北城内原有观音庵与兴隆寺，兴隆寺内还有许多已无可考底广慈寺底遗物，那些铜像究竟是属于那寺底也无从知道。我们摩挲了一回，才到卢沟桥头底一家饭店午膳。

　　自从宛平县署移到拱北城，卢沟桥便成为县城底繁要街市。桥北底商店民居很多，还保存着从前中原数省入京孔道底规模。桥上底碑亭虽然朽坏，还矗立着。自从历年底内战，卢沟桥更成为戎马往来底要冲。加上长辛店战役底印象，使附近的居民都知道近代战争底大概情形，连小孩也知道飞机，大炮，机关枪，都是做什么用底。到处墙上虽然有标语贴着底痕迹。而在色与量上可不能与卖药底广告相比。推开窗户，看着永定河底浊水穿过疏林，向东南流去。想起陈高底诗："卢沟桥西车马多，山头白日照清波。毡卢亦有江南妇，愁听金人出塞歌。"清波不见，浑水成潮，是记述与事实底相差，抑昔日与今时底不同，就不得而知了。但想象当日桥下雅集亭底风景，以及金人所掳江南妇女，经过此地底情形，感慨便不能不触发了。

　　从卢沟桥上经过底可悲可恨可歌可泣的事迹，岂止被金人所掠底江南妇女那一件？可惜桥槛上蹲着底石狮子个个只会张牙裂眦结舌无言，以致许多可以稍留印迹底史实，若不随蹄尘飞散，也教轮辐压碎了。我又想着天下最有功德的是桥梁。它把天然的阻隔连络起来，它从这岸度引人们到那岸。在桥上走过底是好是歹，于它本来无关，何况在上面走底不过是长途中底一小段，它那能知道何者是可悲可恨可泣呢？它不必记历史，反而是历史记着它。卢沟桥本名广利桥，是金大定二十七年始建，至明昌二年(公元一一八九至一一九二)修成底。它拥有世界的声名是因为曾入马哥博罗底记述。马哥博罗记作"普利桑乾"，而欧洲人都称它做"马哥博罗桥"，倒失掉记者赞叹桑乾河上一道大桥底原意了。中国人是擅于修造石桥底，在建筑上只有桥与塔可以保留得较为长久。中国底大石桥每能使人叹为鬼役神工，卢沟桥底伟大与那有名的泉州洛阳桥和漳州虎渡桥有点不同。论工程，它没有这两道桥底宏伟，然而在史迹上，它是多次系着民族安危。纵使你把桥拆掉，卢沟桥底神影是永不会被中国人忘记底。这个在七七事件发生以后，更使人觉得是如此。当时我只想着日军许会从古北口入北平，由北平越过这道名桥侵入中原，决想不到火头就会在我那时所站底地方发出来。

　　在饭店里，随便吃些烧饼，就出来，在桥上张望。铁路桥在远处平行地架着。驮煤底骆驼队随着铃铛底音节整齐地在桥上迈步。小商人与农民在雕栏下作交易上很有礼貌的计较。妇女们在桥下浣衣，乐融融地交谈。人们虽不理会国势底严重，可是从军队里宣传员口里也知道强敌已在门口。我们本不为做间谍去底，因为在桥上向路人多问了些话，便教警官注意起来。我们也自好笑。我是为当事官吏底注意而高兴，觉得他们时刻在提防着，警备着，过了桥，便望见实柘山，苍翠的山色，指示着日斜多了几度。在砾原上流连片时，暂觉晚风拂衣，若不回转，就得住店了，"卢沟晓月"是有名的。为领略这美景，到店里住一宿，本来也值得，不过我对于晓风残月一类的景物素来不大喜爱。我爱月在黑夜里所显底光明。晓月只有垂死的光，想来是很凄凉的。还是回家罢。

我们不从原路去，就在拱北城外分道。刘先生沿着旧河床，向北回海甸去。我检了几块石头，向着八里庄那条路走。进到阜成门，望见北海底白塔已经成为一个剪影贴在洒银底暗蓝纸上。

（选自 1939 年 7 月 5 日《大风》旬刊第 42 期）

无法投递之邮件(续)

一、给怜生

偶出效外，小憩野店，见绿榕叶上糁满了黄尘。树根上坐着一个人，在那里呻吟着。袠说大概又是常见底那叫化子在那里演着动人同情或惹人憎恶底营生法术罢。我喝过一两杯茶，那凄楚的声音也和点心一齐送到我面前，不由得走到树下，想送给那人一些吃底用底。我到他跟前，一看见他底脸，却使我失惊。怜生，你说他是谁？我认得他，你也认得他。他就是汕市那个顶会弹三弦底瞽师。你记得他一家七八口就靠着他那十个指头按弹出底声音来养活底。现在他对我说他底一只手已留在那被贼略杀底城市里。他底家也教毒火与恶意毁灭了。他见人只会嚷："手——手——手！"再也唱不出什么好听底歌曲来。他说："求乞也求不出一只能弹底手，白活着是无意味的。"我安慰他说："这是贼人行凶底一个实据，残废也有残废生活底办法，乐观些罢。"他说："假使贼人切掉他一双脚，也比去掉他一个指头强。有完全底手，还可以营谋没惭愧底生活。"我用了许多话来鼓励他。最后对他说："一息尚存，机会未失。独臂擎天，事在人为。把你底遭遇唱出来，没有一只手，更能感动人，使人人底手举起来，为你驱逐丑贼。"他沉吟了许久，才点了头。我随即扶他起来。他底脸黄瘦得可怕，除掉心情底愤怒和哀伤以外，肉体上底饥饿，疲乏，和感冒，都聚在他身上。

我们同坐着小车，轮转得虽然不快，尘土却随着车后卷起一阵阵的黑旋风。头上一架银色飞机掠过去。殷师对于飞机已养成一种自然的反射作用,一听见声音就蜷伏着。袁说那是自己的,他才安心。回到城里,看见报上说,方才那机是专载烤火鸡到首都去给夫人小姐们送新年礼底。好贵重底礼物!它们是越过满布残肢死体底战场,败瓦颓垣底村镇,才能安然地放置在粉香脂腻底贵女和她们底客人面前。希望那些烤红底火鸡,会将所经历底光景告诉她们。希望它们说:我们底人民,也一样地给贼人烤着吃咧!

二、答寒光

你说你佩服近来流行底口号:革命是不择手段底。我可不敢赞同。革命是为民族谋现在与将来的福利底伟大事业,不像泼一盆脏水那么简单。我们要顾到民族生存底根本条件,除掉经济生活以外,还要顾到文化生活。纵然你说在革命的过程中文化生活是不重要的,因为革命便是要为民族制造一个新而前进的文化,你也得做得合理一点,经济一点。

革命本来就是达到革新目的底手段。要达到目的地,本来没限定一条路给我们走。但是有些是崎岖路,有些是平坦途,有些是捷径,有些是远道。你在这些路程上,当要有所选择。如你不择道路,你就是一个最笨的革命家。因为你为选择了那条崎岖又复辽远的道路,你岂不是白糟踏了许多精力,时间,与物力?领导革命从事革命底人,应当择定手段。他要执持信义,廉耻,振奋,公正等等精神的武器,踏在共利互益的道路上,才能有光明的前途。要知道不问手段去革命,只那手段有时便可成为前途最大的障碍。何况反革命者也可以不问手段地摧残你底工作?所以革命要择优越的,坚强的，与合理的手段；不择手段底革命是作乱，不是造福。你赞同我的意思罢！写到此处，忽觉冷气袭人，于是急闭窗户，移座近火，也算卫生上所择底手段罢，一笑。

来信说她面貌丑陋，不敢登场。我已回信给她说，戏台上底人物不得都美，也许都比她丑。只要下场时留得本来面目，上场显得自己性格，涂朱画墨，有何妨碍？

三、给华妙

瑰容她底儿子加入某种秘密工作。孩子也干得很有劲。他看不起那些不与他一同工作底人们，说他们是活着等死。不到几个月，秘密机关被日人发现，因而打死了几个小同志。他幸而没被逮去，可是工作是不能再进行了，不得已逃到别处去。他已不再干那事，论理就该好好地求些有用的知识，可是他野惯了，一点也感觉不到知识底需要。他不理会他们底秘密底失败是由组织与联络不严密和缺乏知识，他常常举出他底母亲为例，说受了教育只会教人越发颓废，越发不振作，你说可怜不可怜！

瑰呢？整天要钱。不要钱，就是跳舞；不跳舞，就是……，总而言之，据她底行为看来，也真不像是鼓励儿子去做救国工作底母亲。她底动机是什么，可很难捉摸。不过我知道她底儿子当对她底行为表示不满意。她也不喜欢他在家里，尤其是有客人来找她底时候。

前天我去找她，客厅里已有几个欧洲朋友在畅谈着。这样的盛会，在她家里是天天有底。她在群客当中，打扮得像那样的女人。在谈笑间，常理会她那抽烟、耸肩、瞟眼底姿态，没一样不是表现她底可鄙。她偶然离开屋里，我就听见一位外宾低声对着他底同伴说："她很美，并且充满了性的引诱。"另一位说："她对外宾老是这样的美利坚化。……受欧美教育底中国妇女，多是擅于表欧美的情底，甚至身居重要地位底贵妇也是如此。"我是装着看杂志，没听见他们底对话，但心里已为中国文化掉了许多泪。华妙，我不是反对女子受西洋教育。我反对一切受西洋教育底男女忘记了自己是什么样人，自己有什么文化。大人先生们整天在讲什么"勤俭""朴素""新生活""旧道德"，但是节节失败在自己底家庭里头，一想起来，除掉血，还有什么可呕底？

（选自 1940 年 1 月 22 日、3 月 15 日、5 月 16 日香港《**大公报·文艺**》）

危巢坠简

一、给少华

　　近来青年人新兴了一种崇拜英雄底习气，表现底方法是跋涉千百里去向他们献剑献旗。我觉得这种举动不但是孩子气，而且是毫无意义。我们底领袖镇日在戎马倥偬，羽檄纷沓里过生活，论理就不应当为献给他们一把废铁镀银底中看不中用底剑，或一面铜线盘字底幡不像幡、旗不像旗底东西，来耽误他们宝贵的时间。一个青年国民固然要崇敬他底领袖，但也不必当他们是菩萨，非去朝山进香不可。表示他底诚敬底不是剑，也不是旗，乃是把他全副身心献给国家。要达到这个目的，必要先知道怎样崇敬自己。不会崇敬自己底，决不能真心崇拜他人。崇敬自己不是骄慢底表现，乃是觉得自己也有成为一个有为有用的人物底可能与希望，时时刻刻地，兢兢业业地鼓励自己，使他不会丢失掉这可能与希望。

　　在这里，有个青年团体最近又举代表去献剑，可是一到越南，交通已经断绝了。剑当然还存在他们底行囊里，而大众所捐底路费，据说已在异国的舞娘身上花完了。这样的青年，你说配去献什么？害中国底，就是这类不知自爱底人们哪。可怜，可怜！

二、给樾人

　　每日都听见你在说某某是民族英雄，某某也有资格做民族英雄，好像这是一个官衔，凡曾与外人打过一两场仗，或有过一二分动劳底都有资格受这个徽号。我想你对于"民族英雄"底观念是错误的。曾被人一度称为民族英雄底某某，现在在此地拥着做"英雄"底时期所榨取于民众和兵士底钱财，做了资本家，开了一间工厂，驱使着许多为他底享乐而流汗底工奴。曾自诩为民族英雄底某某，在此地吸鸦片，赌输盘，玩舞戈，和做种种堕落的勾当。此外，在你所推许底人物中间，还有许多是平时趾高气扬临事一筹莫展底"民族英雄"。所以说，苍蝇也具有蜜蜂底模样，不仔细分辨不成。

魏冰叔先生说："以天地生民为心，而济以刚明通达沉深之才，方算得第一流人物。"凡是够得上做英雄底，必是第一流人物，试问亘古以来这第一流人物究竟有多少？我以为近几百年来差可配得被称为民族英雄底，只有郑成功一个人。他于刚明敏达四德具备，只惜沉深之才差一点。他底早死，或者是这个原因。其他人物最多只够得上被称为"烈士"，"伟人"，"名人"罢了。文子《微明篇》所列底二十五等人中，连上上等底神人还够不上做民族英雄，何况其余的？我希望你先把做成英雄底条件认识明白，然后分析民族对他底需要和他对于民族所成就底勋绩，才将这"民族英雄"底徽号赠给他。

三、复成仁

来信说在变乱的世界里，人是会变畜生底。这话我可以给你一个事实的证明。小汕在乡下种地底那个哥哥，在三个月前已经变了马啦。你听见这新闻也许会骂我荒唐，以为在科学昌明底时代还有这样的怪事。但我请你忍耐看下去就明白了。

岭东底沦陷区里，许多农民都缺乏粮食，是你所知道底。即如没沦陷底地带也一样地闹起米荒来。当局整天说办平粜，向南洋华侨捐款，说起来，米也有，钱也充足，而实际上还不能解决这严重的问题，不晓得真是运输不便呢，还是另有原由呢？一般率直的农民受饥饿底迫胁总是向阻力最小，资粮最易得底地方奔投。小汕底哥哥也带了充足的盘缠，随着大众去到韩江下游底一个沦陷口岸，在一家小旅馆投宿，房钱是一天一毛，便宜得非常。可是第二天早晨，他和同行底旅客都失了踪！旅馆主人一早就提了些包袱到当铺去。回店之后，他又把自己幽闭在帐房里数什么军用票。店后面，一股一股的卤肉香喷放出来。原来那里开着一家卤味铺，卖底很香的卤肉，灌肠，熏鱼之类。肉是三毛一斤，说是从营盘批出来底老马，所以便宜得特别。这样便宜的食品不久就被吃过真正马肉底顾客发现了它底气味与肉里都有点不对路，大家才同调地怀疑说：大概是来路的马吧。可不是！小汕底哥哥也到了这类的马群里去了！变乱的世界，人真是会变畜生底。

这里，我不由得有更深的感想。那使同伴在物质上变牛变马，是由于不知爱人如己，虽然可恨可怜，还不如那使自己在精神上变猪变狗底人们。他们是不知爱己如人，是最可伤可悲的。如果这样的畜人比那些被食底人众多，那还有什么希望呢？

(选自1940年7月10日、8月24日香港《大公报·文艺》)

中国经典上底"上帝"

"上帝"这个名字在中国经典里是很常见的。因为他所代表底和"神"字差不多,结果就使人生出许多误会。我们要细细地分解他底意义,自然得用经典的考据和古代祭祀底典礼来断定。

我国古代的宗教是从精灵崇拜与祖先崇拜混合而成,所以祭祀底典礼也是注重这两样崇拜底要素。这种崇拜,在术语上可以叫做"唯人神主义",或"人神论"(anthropotheism)。古人明知天,地,日,月,山,川,河,海,……不是人,而祭祀是取媚于神底事,既不是人,怎能有人的性情,来享受所供底牺牲,玉帛呢?那么,他们就立一位品德和天,地,日,月,等,相似的古人(帝王,英雄或祖先)来代替所敬拜底对象享受他们底供献。这就是"配享"底用意。我们明白配享,就明白"上帝"底意义啦。

配享是什么意思?就是说,人对于一切自然现象虽然应当表示他们敬畏底心,可是除以人道表示以外,没有别的方法。饮,食,歌,舞,都是"人的",所以不能不找一位具人格的人来配着享受一切的供献。配享者底资格就是:"能施法则于民者";"以死勤事者";"以劳定国者";"能御大灾者";"能大患者"。这些,都得要有人格才做得到底。

又拟人主义(anthropomorphitism)为中国宗教思想所忽略,所以臧文仲祭爰居于鲁东门之外,展禽说他不合式;这就是因为爰居有以上所举底资格,和没有人格不能享受祭物底缘故。现在就归纳一句说:所供献底是"人的",若没有人格就不能享受祭物,为配享者。例如:四方(或四时)本来没有人格,要敬拜他们,就得找些品德和四方相合底伟人来做配；于是对于东方(春)，就立太为帝，而以句芒为神(木正)；南方(夏)立炎帝为帝，而以祝融为神(火正)；西方(秋)立少为帝，而以蓐收为神(金正)；北方(冬)立颛顼为帝，而以元冥为神(水正)。太，炎帝，少，颛顼都是古代有功的帝王；句芒，祝融，蓐收，元冥都是古代有功的贵族；可知配享者都是人，才能够有所谓享。推到台骀为汾神，实沈为参神，后土为社，亦复如是。

一切自然的现象都有配享者，那么，天底配享者自然也得设立了。可是这配享者是谁，自来通儒少有注意。清张瓒昭说他就是"上帝"，就是伏羲(见《湖南文征》卷三十六《上帝考》)。他底意思以为伏羲底名分太尊，常人不敢称他底名字，故称他为"上帝"，"上帝"就是"古代帝王"底意思。据愚见，这样说法也未必无据，伏羲就是太，已经立为东方木德之君，或者因为他底功德太大，兼立为天底配享者也是可能的。按祀上帝始于黄帝，在黄帝以前还有许多帝王，英雄，圣人应当纪念底。我们从各方面考究，就知道"上帝"一定是古代帝王，立来配享上天底。现在就拿"上帝"这两字底字面来研究——

上　(一)天也。见《书经·文侯之命》"昭升于上"注。
　　(二)君也。见《易经·剥》"上以厚下安宅"注。
　　(三)古也。见《吕览·荡兵》"兵之所自来者上矣"注。

帝　(一)王天下之号也。见《说文》。
　　(二)君也。见《尔雅》。
　　(三)措之庙，立之主曰帝。见《礼记·曲礼》。

这两个字自然还有许多解法，现在只是举几个与上帝有关系的来说便了。我们把这两字底训诂组织起来，就知道上帝这两字决不是指神灵，乃是古代帝王底总称。怎么知道呢？我可以把他逐件证明出来——

（甲）上帝有时称为古帝，因为"上"可以通训为"古"，所以"古帝"底意思和"上帝"是一样的。最显的例，如《诗经·商颂·元鸟》："古帝命武汤，正域彼四方。"古帝就是上帝，就是配天底古帝。①

（乙）对于古代帝王亦称上帝。最显的例，如《黄帝内经·素问·六节藏象论》："歧伯曰：'此上帝所秘，先师传之也。'"这里的上帝是指着上古帝君说底。

（丙）对于古代有功的人亦称上帝。例如《礼记·中庸》："郊，社之礼，所以事上帝也。"社是祭后土底礼。然而后土是共工氏底儿子，并不曾为帝，今称之为上帝，是因为他有平九土底功劳，故尊称他。

（丁）对于当时帝王亦称上帝。因为"上"可以通训为"君"，所以对于当代的人君也可以用"上帝"来称呼他。例如《诗经·小雅·菀柳》："上帝甚蹈，无自昵焉。"这里的上帝是当时人指着幽王说底。又《大雅·荡》"荡荡上帝"是指厉王说底。

从上头所举四个例看来，上帝不过是人间（过去或现在）帝王一种尊称，并没有神灵底意思包含在里头。不但如此，上帝（或简

---

① 张瓒昭用《尧典》"若稽古帝尧"和《舜典》"若稽古帝舜"来证明"古帝"是一个词，那难处是后头有《大禹谟》底"若稽古大禹"，《皋陶谟》底"若稽古皋陶"解不下去。到不如直解《古帝命武汤》底"古帝"是特用的词更为妥当。《大雅·绵》"古公亶父"公字上头既可以加"古"字，那么，"古帝"二字底用法就更明白了。——作者原注

称帝，有时称后帝，神后）底用法，在经典上，有时教我们分不出他所指底到底是天帝，或是人帝；是古帝，或是今帝来。我们只能从上下文理会他底意思。现在可以拿《楚词·天问》里头所用底"帝"来研究一下——

（甲）指上帝或天帝说底如："帝降夷羿。革孽夏民。"又，"何献蒸肉之膏，而后帝不若？"

（乙）指人间帝王说底如："帝乃降观，下逢伊挚。"这帝指殷汤。又，"缘鹄饰玉，后帝是飨。"这后帝也是指殷汤。又，"稷维元子，帝何竺之？"这帝是指帝喾。

（丙）意思不明底如："彭铿斟雉帝何飨？"这帝也许是指帝尧，也许是指天帝。

既然明白"上帝"底意义，那么，平常所称底上帝到底是什么东西呢？我可以说，是一位配天底人。因为天没有人格，不能以人道供奉他，所以立一个圣人来代替。我们在经典上仔细研究，就知道要表明动作底，多半拿"帝"，"上帝"，"古帝"或"后帝"来用；要表明意志底，就用"旻天"，"昊天"，"天"，或"皇天"了。而且"天"和"帝"，或"旻天"和"上帝"，等等，常在字句中并举出来。我们且拿《书经》来观察一下——

（一）《汤诰》："敢昭告于上天，神后，请夏有罪。"上天，神后并举。

（二）《泰誓》："天佑下民，作之君，作之师，惟其克相上帝宠绥四方。"天，上帝并举。

（三）《康诰》："我西土惟时怙，冒闻于上帝。帝休。天乃大命文王殪戎殷，诞受厥命。"上帝，天双举。

（四）《洪范》："我闻在昔鲧洪水，汩陈其五行，帝乃震怒，不畀洪范九畴,彝伦攸。鲧则殛死,禹乃嗣兴,天乃锡禹洪范九畴。彝伦攸叙。"帝,天并举。

（五）《召诰》："王来绍上帝,自服于土中。且曰:'其作大邑；其自时配皇天,毖祀于上下。'"（这上帝或是指着前王而言）又《康王之诰》："用端命于上帝,皇天。"上帝,皇天并举。

这样看来,上帝和天是两样的事体。从"用端命于上帝,皇天"这句看来,更可以明白所称皇天,上帝,决不能连做"皇天上帝"；天,帝有时也不能连做"天帝"了。

上帝是一位配天底古帝,且和人君多有关系,又因为他底位最尊,人都讳避称呼他底名字,所以久而久之,就没有人知道他是谁了。不但如此,后人还独立他为一尊,教他与天并立起来。天与上帝既然分立,由是上帝底名越尊,越没人敢提,而且在祭祀时还要立第二位君王来做他底配享者。这就是张瓒昭所谓"配享之中再有配享"底意思。

自黄帝以后,有功德的帝王越多,纪念这个,又不能忽略那个,因此复式的配享就成立起来,像现在的将军府安置各位上将军一样。《礼记·祭法》所举四个要紧的祭祀——禘,郊,祖,宗——是和配享而有关系的。那上头记着："有虞氏禘黄帝而郊喾,祖颛顼而宗尧。夏后氏亦禘黄帝而郊鲧,祖颛顼而宗禹。殷人禘喾而郊冥,祖契而宗汤。周人禘喾而郊稷,祖文王而宗武王。"禘是祭天于圜丘；郊,是祭上帝于南郊；祖,和宗是祭五帝,五神（太,炎帝,句芒,祝融等）,于明堂。那就是说,有虞氏以黄帝为天底配享者,以帝喾为上帝底配享者,以颛顼,帝尧为五帝,五神底配享者；余类推。我们从这里可以看出古代祭法是以最尊的配天,次尊的配上帝,最亲的配五帝,五神；又因为各代对于古帝王有亲疏底关系，所以立为配享底亦有所不同。

　　自从上帝与天并立以后，人就想着这名字是代表那位大精灵，具有无限的威权可以赏罚下民；这早已把配享底原意失掉了。我国古时的崇拜本不注重希冀神灵降什么祸福，乃是用纯粹的崇敬心去供奉一切自然的现象，和一般过去的圣人（有功于民者）。到汉朝，一班士子崇尚谶纬之学，对于这种观念越发模糊，竟有以上帝为一颗星底。看郑康成所注底，如《周礼·春官·大宗伯》"以苍璧礼天，……以元璜礼北方"底注说："礼天以冬至，谓'天皇大帝'，在北极者也"，就知道汉人对于上帝底观念已是很模糊了。不但如此，他对于配享底五帝，也给他们换了许多名字；看《小宗伯》"兆五帝于四郊"底注说："苍曰，灵威仰，大昊食焉，赤曰，赤怒，炎帝食焉；黄曰，含枢纽，黄帝食焉；白曰，白招拒，少昊食焉；黑曰，汁光纪，颛顼食焉。"此外又有以苍帝名灵符，赤帝名文祖，白帝名显纪，黑帝名元矩，黄帝名神斗底。所立底名既是纷纷不一，对于"帝"字还有什么正确的观念呢？

　　自汉朝往下，道家思想和神仙之说逐渐盛行，于是有人把上帝附会得有名，有姓。淮南子以为天帝就是太一神，居紫微宫；《史记·封禅书》又载"天神贵者太一，太一佐曰五帝。"至于孔安国底《书传》解《舜典》"肆类于上帝"那句："上帝，太一神，在紫微宫。天之最尊者"简直就把上帝当做太一（太乙）神了。"太一"始见于屈平底《东皇太一》。汉武帝元鼎五年始立太一祠于甘泉，据《武帝本纪·注》："古者天子三年一用太牢祠三一：天一，地一，太一。"那么，太一底来历定是很古，或者与上帝有一点关系。屈平底"东皇太一"也许指东方木德之君而言，也许是星名，也许是楚人所祀底另一位神；可是一到汉朝就指定他是上帝，是紫微宫内底一颗星了。《东皇太一》"穆将愉兮上皇"注"上皇谓东皇太乙"。又《诗谱序》"当不出于上皇之世"注"上皇谓伏羲"。若照这样解法，上帝有时也可以称为上皇了。——作者原注上帝与太一一经混合，他底意义就更暧昧了！此后的人，直当他是一颗星，所以宋张君房底《云笈七签》说："皇天上帝，中极北辰中央星也。"又《图书集成》引《老子中经》"太清乡，虚无里，姓朱愚，名光，字帝卿，乃太微勾陈之内一星是也；号曰天皇大帝耀魄宝。"这些姓名自然是后人所附会，无评考底价值，也不必细细去讨论他。总之，自汉以后，上帝底封号渐多，致使天，上帝，太一，天皇大帝，玉帝等等名字都混在一处，更分不清那个是星名，那个是古帝，那个是天神来。

我曾说过，古典里所载底帝或上帝是用来表明一种超人的动作底。他底动作在"四书"，"五经"里头倒能稍微显出一个公义灵体底模范，然而后来所称底帝，就有一点像古希拉底神话哪。看唐朝张志和(元真子)《碧虚篇》所载底寓言——

……黄郊之帝曰祇皋，紫微之帝曰神尊，碧虚之帝曰灵荒。祇皋王于地：山，河，草，木属焉。神尊王于天：日，月，星，汉属焉。灵荒王于空：风，雷，云，雨属焉。碧虚，和平二帝有方春之会，俄而祇皋上腾，神尊下降，遇于灵荒之野。灵荒之帝虚位郊迎，倾国所有：积肉成霞，散酒成雨，电走，雷奔，风歌，云舞，累月为中道主。二帝愧灵荒之厚德，令碧虚之不安，争让国以延灵荒之帝。……

从这段看来，可知古人对于"帝"底观念越来越下，早已失掉本来的用意了。佛教诸古德早想到这步，所以他们翻译神名底时候，除不得已要译作"天子"，或"帝"以字外，多半译作天字。如 Mahadevah 译作"大天"；Kamadevah 译作"欲天"；Bramah 译作"梵天"等就是。因为"天"字表明意志方面比较表明动作底多，所以更近于神灵底本性。这样直译法虽然不能完全把神灵底本性代表出来，已算是比译作帝或上帝高尚得多了。

基督教教徒多称神为上帝，是我所反对底。因为上帝两字所含底意义很复杂，而且据研究底结果，他底本义确是古代的帝王。我们能够以神为古帝王底报身吗？中国底上帝是和希拉底丢士（Zeus），罗马底犹必大（Jupiter）差不多，然而和提阿斯（Theos）或提乌士（Deus）底意思是不一样的。英文哥德（God）若是译作希拉文，决不是丢士；译作拉丁文，决不是犹必大；现在译成汉文，怎能写做上帝呢？所以我说，若是你不信这世界有一位大精灵便罢，要是信，就不可称之为上帝，要称他为神。

我主张用"神"字来称呼这大精灵底理由，是因为神字底本意完全包含意志，动作两方面；他底性质也是介乎人格，超人格，和非人格之间。现在就将神字底本训和通训写几条在底下——

（一）《说文》："神，天神，引出万物者也。"《系传》："天主降气以感万物，故言引出万物。"

（二）《易经·说卦》："神也者，妙万物而为言者也。"

（三）《左传·庄三十二年传》："国将兴，听于民；将亡，听于神。神聪明正直而壹者也。"

（四）《孟子·尽心》："圣而不可知之之谓神。"

（五）《史记·太史公自序》："神者，生之本也。"

（六）《贾子·六术》："德有六理。何谓六理？道，德，性，神，明，命。是六者，德之理也。"

（七）《荀子·儒效》："曷谓神？曰，尽善挟洽之谓神。"

（八）《淮南子·真训》："是故神者，智之渊也。"

（九）戴侗《六书故》："精灵曰神。"

此外意义甚多，不能遍举。上头所举，除（一），（二），（三），（九），是神字本训以外，其余的都是通训。我们从这几个定义看来，就知道他和提阿斯，提乌士，或哥德底意思相同，所以上帝这两个字是应当取消底。

有人说，上帝与神从古就是一样的用法：称上帝就是代表神，称神就是代表上帝。上帝和皇天，或天和帝是两样事情，我在前头已经举过几个例，就是神与上帝也可以在经典上找出并举底例来。看《泰誓》："弗事上帝，神，祇。"又《礼记·月令》："乃毕山川之，及帝之大臣，天之神，祇。"可见帝，或上帝，和神底分别是很明了的。

总而言之，在古典上头，应当称上帝底就称上帝，应当称神底就称神，绝少把这两个名字混用起来。所以《诗经·小雅·大田》"田祖有神，秉畀炎火。"决不能改做"田祖有帝"。《大雅·旱麓》"岂弟君子，神所劳矣！"也不能改为"帝所劳矣"。《瞻仰》"天何以刺，何神不富？"也不能改做"何帝不富"。又《抑》"神之格思，不可度思，矧可射思！"更不能改做"帝之格思"。这类的句法实在很多，此刻不及遍举了。

我们对于一种名词底用法和观念自然得找那个最切当的。我做这篇底用意不是故意要淆乱人家底观念，只是要用"正名"底老话助人对于神底见解明了一点罢了。

（选自 1921 年 5 月 15 日《生命》第 1 卷第 9、10 期合刊）

宗教的生长与灭亡

——在上海星期讲演会讲

自北京举行了世界基督教学生第十一次同盟大会，各地就起了非宗教同盟底反应。但反对的热心有余，而对于宗教学的学识不足，所以各处的论调千篇一律，甚至有用十九世纪的眼光批评十三四世纪的宗教的。诸位想想，这样的论调，怎能用来反对二十世纪的宗教呢？我不敢说宗教没有反对的理由，但他的立脚点也不是很脆弱的。现在我不是要辩护宗教能否成立或存在的问题，只要从客观方面叙述宗教的生长和灭亡的因果。我知道诸位都是热诚研究宗教学的，今天就本我研究所得，供献给诸位，作研究参考的资料。

近世有四大发见，使宗教思想论在继续改造中，且渐趋于高尚的如下面所举：

（一）一五四三年，歌白尼（Copernicus）发见太阳中心说。在歌白尼以前多禄某（Ptolmy）底地中心说很为宗教的天地理解所依附。自太阳中心说倡起，人都知道天体广大无限，绝不是诸教经典的神话或臆说的事实，因此对于神、天堂、地狱、祈祷等等观念就大大改变了。

（二）一七八七年因英国在印度发展商务，就连带着发见那部世界最古的经典《黎俱吠陀》（RigVeda）内中共有赞美诗一千零二十首，都是印度人人格化自然的能力和现象而起赞美的作品。这书印度人也说是从梵天传授的。此后三"吠陀"（《耶柔吠陀》，《三摩吠陀》，《阿闼婆吠陀》），《森书》（Aranyakas），《邬波尼煞昙》（Upanishad)，《摩诃波罗多》(Mahabharata)，《罗摩衍那》(Ra'mayana)相继发见，且次第译成欧洲主要诸文字，欧人才知道基督教固有的圣经不过占诸宗教经典的一小部分，于是重视《旧约》《新约》的态度渐次改变。

（三）一八四一年英国地质学家来耳(Charles Lyell)在美国尼加拉瀑布发见地球年龄在三十万年以上。这一发见，使人知道创造底历程无有穷期，决不是《创世纪》所说的在西纪元前四千年的时候，神用六日的工夫把宇宙一切造成的；也知道创造到现在还是进行不息的。对于经典内容的怀疑，要算这是第一回的大动机了。

（四）一八五九年，达尔文底《种源论》出世，阐明生物的来历，于是向来对于人性的观念尤加改变。基督教义理的"救赎""堕落""生""死"等等不得不再找他们的立脚地。

以上四种发见，诸位谅已研究过，无待详说，但他们影响于宗教很大，切不可轻轻忽过。从马克思·慕乐(Max Müller)印行《东方诸圣典》(Sacred Books of the East)，宗教学者又得了许多材料，比较宗教学(the science of comparative rellgion)因以成立。研究比较宗教学的结果：

（一）知道德的教训(moral precepts)诸教有同一的主张。

（二）知精神的情感(spiritual sentiments)不同，能起殊异的信仰。

（三）知环境的殊异，能起适应的崇拜。

（四）教派的自尊(高自教压他教)渐次消灭。

因上四结果，我们对于宗教全体不得不有一个概念，就是宗教(religion)与诸宗教(religions)底分别。所谓宗教是从各教中共有的现象，思想，组织归纳出来的义理，而诸宗教即是各个宗教特有的。我们可以说宗教是抽象的，普通的；诸宗教是具体的，或组织的，一偏的。要研究诸宗教须费许多时日去读各教经典。且各教主张不同，常起无味的辩护，反使学者对于"宗教"二字的意思迷惑。所以不论诸宗教，只研究宗教。研究宗教，必先明白他的定义；但在未说定义之前，先要讲二条件。凡一种思想或行为够得上称为宗教的当要：

（一）在人间为精神调和物质的运动；

（二）以信仰创造具足的生活。

人间生活不纯是精神，也不纯是物质的。我们对于二者，一有所偏，我们的生活定受损害。若偏重精神，我们的生活就感觉得可厌恶了。若偏重物质，我们的生活便疼苦，不得安慰了。宗教的职务就是担任调和二者的冲突，使人间的生活能得美满。行为第一步，当然是起信。无信仰的行为，就是无意义的举动，无论什么事体都是如此。信仰在学术上也是很重要的，就是纯粹的科学也不能丢了他。

已明条件，再看前人的定义。我们汉文"宗教"这两字，是从佛乘取出来用的，和英文 religion 的来历不同。religion 的原训有二，都是从拉丁文出来的。relegere 此言"聚合"；religare 此言"再约束"。但这两个字很空洞。我们从中找不出什么意思，所以只得从诸学者的意见中举些出来。但诸学者的意见也是非常纷歧，各持一说，没有一个很满足的定义，现在为比较起见，就举以下诸人的说法。

费罗刹(Frazer)的《金枝》(*The Golden Bough*)说：宗教是信仰人以外有驾御自然因果及人生底超绝能力，"人须与之调和或和解。"

慕乐的《自然宗教》(*Natural Religion*)说："宗教是在无限的知觉

显示之下，使人类德行受影响的。"

《韦白斯德字典》说："因信神或诸神的存在而起的感情和动作，且信神对于物质，生命，命运有最高的管辖权；以此组成一种信仰和崇拜的统系。"此外尚有许多人说"是信超人的能力"；又斯宾塞说宗教是死者的崇拜：都是从宗教的一个局部说的。费罗刹，慕乐，和《韦白斯德字典》里所说似较完全。但费说适于原始宗教；慕说过于带哲学色彩；《韦》书过于肯定神底存在；都是有所偏倚的。原来宗教是活的，不能拿呆板的定义来规定。若从泛说起来，倒还有很好的定义。有人说"宗教就是灵魂的思乡病（Religion is the home-sickness of the soul）"，但这定义是很"文学的"，他的意思很好，话也很动听，若用做正当的定义，未免有点滑稽。郁根在他的《宗教真理》(*The Truth of Religion*) 里头有一两句很可以取来做宗教底定义，可惜现在这书不在我手里不能把他的原文读出来，我只参酌他的说法，和诸家的意见，自己下一个定义说：

"宗教乃人类对于生活一切思维，一切造作，所持或显示底正当态度。"不过这定义，不合于过去的宗教；未来的宗教是否能合，也未可知。我们生于二十世纪应当为二十世纪的宗教下定义；过去，未来，我都不问。

还有一层，常人以宗教为迷信，为诱惑的原故，多是根于宗教和巫术（magic）合一的误解。巫术是宗教以前的东西，但我们不能因为轻看巫术连宗教也卷入里头。

宗教虽出于巫术，但不能说现在的宗教就是巫术。譬如植树，初下一粒小种子，日后滋荣增长，枝叶交柯，这时就不能说树是一粒小种子。因为树的花叶已和从前的子叶不同了。再如女子装饰品所用的羽毛美洲的印第安妇女和欧洲的妇女，虽都有同样的好尚，但是他们的美感，确大大不同了。我们可以说白皙妇人的羽饰是从古代游猎时代的风气而来，但不能说现在欧洲的妇女因戴羽毛便存着游猎时代的品性。对于宗教，亦复如是。

既明宗教诸宗教和巫术的关系，今当言归正传，来说宗教的生长。我已经说过宗教的生长比如种树一样，那末，最初的宗教当然是很简陋的。现在为利便起见，逐层讲下去。宗教的分类法很多，我用的是最普通的分法。

一，劣等人文教——劣自然教——分为二期：

(A)朴素的精神感觉期，(一)天然物崇拜，(二)岩石崇拜(natural worship and litholathy)。原始人类对于外界的光景，常起恐怖的心思，他们以为万物是和人类一样能食，能想，能做，能伤害他人的。他们见自然界所显毁坏力比他们大，又因山崩，石坠，河决，海啸诸现象时现在他们眼前，他们对于发生上述诸现象的山河大地，表示悦服，寅畏，才能使他们的精神安慰。但这时候，可以说他们是纯粹的物质崇拜，并未曾想到物质外有其他的存在。到他们的思想进步一点，第二期的崇拜对象也就差了。

(B)身心二元漠然意识期。到了这一期，他们想着在物质以外，当有更利害的东西存在，物心二元的思想，至是发端。这期他们信所崇拜的是物以内或以上的灵体，对于天然的崇拜，不像从前那么简单。除进步的天然物崇拜以外，分开来说，约可找出下列几种崇拜：

(一)咒物崇拜(fetishism)　现在非洲地方还有人信咒物有绝大的能力。咒物的解说，照泰乐(Tylor)博士的意见有二：一是"神屋"；二是从守护神所给的符咒，人对着他会起巫术的感应。物件一经施咒，便是有灵树附在内面，那灵体依附各种物件，为的是保护本族的人民。比如一棵树是施过咒的，人对着他要供献祭物，或用物品表彰他和别的树木不同。若是那树枯了，或倒了，他们就说树内的灵体走了。什么东西都可成为咒物，对于咒物的供献，甚至于用人类为牺牲。神屋的意思和偶像崇拜差不多，也就是拜偶的起源。

（二）阴根崇拜（phallicism）　在原人社会内这种崇拜是很普遍的。在东方，现时还有人行这种崇拜底仪式。这崇拜是因为什么而起的呢？也不过是一种交感的巫术（sympathetic magic）罢了。古人想着天地的现象，感觉得"生生"这事都有所本，因此连想到男女根上头。所以阴根崇拜，可以说是崇拜"生命"的起源。古希腊地阿乃瑟的崇拜（dionysiac worship），小亚细亚人的"诸神的大母"，印度教里现行的陵迦教派，都是这类的崇拜。在地祭阿乃瑟神的典礼中，常用一个男子装成女人底形状名做 Ithyphalli，有时用红色皮革做成一条很大的男根，扛出来游行。罗马古代孩子佩在胸前用避恶服的 fascinum，也作男根的形状。印度教里的陵迦（Linga 作男根形）耶尼（Yoni 作女根形）在内地的村里或庙里都可以找得出来。现在他们对于陵迦的见解，不过见表明湿婆（Siva）神的生殖力罢了。

在北京朝阳门外东岳庙里有一对铜驴，那只牡的常有妇女在他面前献祭，祭完若是摩摩铜驴子的阴根，回去后便可以怀孕。眼痛的人摩眼，脚疼的人摩脚，摩得那驴全身都滑了。那只铜驴，可以说是一种咒物，而行摩阴的典礼可说是阴根崇拜了。犹太教和回教现行的割礼也是从这崇拜脱化而来。

（三）精灵崇拜（animism）　这种崇拜有些学者把他列在咒物崇拜前头。从本质看来，说他是野蛮人的哲学，比说是宗教较为妥当。人类显这种崇拜,是因为他们有许多知不明白或见不到的事物回萦在心中,因是想着体外有许多精灵。譬如人行影跟着行的话,原人不知是光的缘故,便尔想到人一把影丢了,就有灾祸,或说"鬼"才没有影子。泰乐斯宾塞及安得烈郎(A. Long)诸人把崇拜精灵的心思,分析得很详细,现在就把他们列在底下:一起于生神(trance),二无意识,三病,四死,五天通眼(clairvayance),六做梦,七见怪(apparition),八幽灵,九幻觉,十回声,十一影子,十二回想。以上这些都是促成当时的人分身体和灵魂为二的原因。因为人信有体外的精灵,所以祖灵崇拜,和死灵崇拜就发生出来。而永生及来世论(eschatology)也随着发生。灵魂的说法各地方不同,有些说是单,有些说是多,德古他(Dakota)印第安人说人有四灵,死的时候,一在尸体内,一在本村里,一在空中,一在灵魂的家乡里,即如中国也有三魂七魄之说。现在诸宗教里,这种思想还是很强的。精灵不特在动物里有,即如植物,非生物,原人都以为他们为有灵魂而崇拜他们。讲灵魂的有无,是属于神学的问题,这里就不多说了。

(四)图腾崇拜(totemism) 美洲,非洲,澳洲,亚洲地方所住的土人常用一种标帜表现他们的祖先来历。那些标帜多作各类禽兽,草木,有时作雨,云,星辰的形状。那图腾底标帜作什么形状,属于那标帜的男女也姓什么。结婚也要依着不同的图腾才能规定。图腾的起源不尽是基于祖灵崇拜,有些未开化的人信人类是从某种动物繁衍下来的。那动物具有人性,不过形状不像人罢了。澳洲人信"一切的父"(All-father),把图腾和图腾法授予人,所以人应照着各人的图腾生活。图腾在原始社会里是很重要的,他是维系社会不可少的法例。这在吾国古代,多曾流行过,中国的十二生肖，虽说从地支想象出来，但其来源，也许就是图腾，我还没有下工夫研究这个，不敢准说。若从劣等人文教抽取一个概念，照着客罗利(Crawley)的说法，应用希腊文 ιερ'α 或 sacra 来表明。这两字译出来就是"圣"或"神圣"。要什么东西才有圣的性质呢？一，施过禁咒的。野蛮人对于咒物，常看他们为圣，不敢去触动，甚至不敢见他们。所谓 taboo(他怖)就是禁止的意思，就是对于咒物或其他发圣的观念而起的。二，凡神秘的事物都为圣。山前发电，因而烧毁树林的地方，或人误食致死的毒物，野蛮人都以为是圣的。三，秘密的事物。四，有特别的活动力或为活动力所寄附的人物为圣。譬如能念咒或画符的人，他身中具有"曼那"(mana)，凡一切心理的能力，他都有力量驾御得住，也能感动别的人物。这"曼那"可以说是积极的，"他怖"可以说是消极的。五，有生气的东西，野蛮人想着都有精灵寄附在内面。他们信活物体内有一种"轻浮的质"(vaporous materiality)，这东西的动作是圣的。如人做梦，不能将梦中的事物告诉别人，因为梦是圣的缘故。六，古代留下来的物件都是圣的。譬如一枝镖是前几代某族长用过的，那东西留下来就成圣品了。在现在的时代，这种事实还有许多，虽然圣的观念没有了，而尊古的心还是存在的。

"圣"的观念，是因什么起来的？约说起来，就有下列几个原因：

一，团体的关系。古代社会时常受外界或外族的压迫，所以本族中丁年的人因适应他们的生活，便成了一个护卫及掌权的阶级。孩子们到成年的时候，便要为他们举行冠礼(initiation ceremony)。凡经过冠礼的人便是入了本族的团体，本族中一切秘密的事他都应该知道。但在冠礼以前，所有孩子们不知道的事物都是圣的。

二，因为食料的缘故。野蛮人在荒野中游猎，饥饱无常，偶尔饲养畜类有时亦有不济事的时候，因此他们对于食料的供给和略取就起圣的观念。在图腾制度之下，有些禽兽是圣的，要食他们非得等到祭日才可以，甚至终身不能宰杀他们视为圣的畜类。东方人禁食牛犬，因这两样牲畜系农牧必须的，多杀害他们，便于食料有碍了。日子久了这种观念也就晦了。但后人要保存他们不食牛犬的习惯，于是发起了伦理的解释，说"牛有耕田之劳，犬有守门之功"；这也是一个宗教思想进步的例。

三，因家庭的组织。起初不过是一群人聚拢在一起，后来便因各人利益的缘故分为族，宗，家等，各宗族对于他的家人也就和外面的社会一样。在家庭中所罕做或不易做的事都视为圣。如儿生时的洗儿礼，婚礼，冠礼，丧礼，饮食礼，等都是家庭圣事。

四，因男女生理上的不同，男子常在事事上活动，对于两性关系就生出相异的趋向。有些视男子为清洁，有能如神，视女子为污秽或"魔鬼之化身"；反过来有些视女子为庄严，为生生之母。现在南洋群岛中有些土人祭司，举行祭礼时便作女子打扮，也就是他们的祖先视女人为圣的遗影。

五，因为个人的功业，道行，对于本族有大裨益的，便看他和他所有的东西为圣。这在人文进化的社会里也常有的。我们知道各高等宗教中都很尊重他们教主，圣人，大师的舍利(relics)或遗物。释迦的头发，牙齿，骨殖；耶稣的十字架木屑，圣保罗的骨头，等等。牧师是教徒所重视的。但真的舍利有限，狡猾的人就要作伪，现在将天主教国中神父，礼拜堂，及圣地所藏的十字架木征集起来，恐怕那些木材可以盖成一间大屋，推原这重视遗物的心理，也就是从"圣"这个观念而来。

原始的社会对于宗教既是一个"圣"字，但"圣"所依附的事物不必永存或固定的。圣的物件可以施行巫术叫他不圣；或是用镇压的符法，使他不洁；或是口念咒使他不生感应；诸如此类的例是很多很多的。又不圣不洁的东西也可以用上述那些方法，使他们变的圣洁，这就是后来祈祷，赎罪，赦免等教义的先型。

讲到这里，想列位已把原始的宗教看清楚了。原始宗教，严格地说起来，不是巫术，便是巫术宗教的（magico-religions）组合；那么，他怎么能进化到高等的宗教呢？除上面所述那些圣事以外，还有两件很要紧的东西：第一样是庙宇；第二样是经典。

说到庙宇的发达，也是由简而繁的。古代的大庙都在深山大泽人迹罕到的地方。若查起他们的起源也是很有趣的。现在我可以泛说一个庙宇的进化史。譬如有一个地方，某族长或要人曾在那里见过异象，或受过默示，或做过非常的事体，或在那里生死，那地方便成圣地了。以后人必要尊敬那地，一年中必要在那里举行若干次祭礼。但那地方，是人不常到的，献祭的时日又那么少，不得不立个标帜。后来人想着标帜，不耐久远，便垒石为丘坛，在祭日未免有些远路的香客来，且难保那天的天气没有剧烈的变更，为香客和祭事的方便起见，房子便盖起来了。

但一间空洞洞的房子没有人照料是也不合式，就想起安立神像的事。神像起先不过是一种标帜（symbol），后来人渐渐忘记，简直就拜起偶像来。

至于经典这层，更容易明白。我既说过难得的，或古代的东西都是圣的。古人看书籍很难得——实在也是难得——不能不以为圣品，那么，圣的东西应当存在圣所——就是庙宇——受人供奉。加之识字的人很多，除祭司或庙祝以外，几乎没人懂得，后来宣读和传授经典便成为祭司们的本务了。实地说起来，一切经典，都很平常，都是记载他们日常生活的史迹和礼仪，或对于自然界所发的感情的。所以古代经典不是诗歌，便是史记。

自巫术至巫术宗教的组合而至高等宗教，其中礼制不知经过多少陶冶的工夫，这可以说是宗教的新陈代谢作用，也就是宗教生长必要的条件。古代自巫术宗教变迁到高等的人文宗教，在思想上，可以说得着一个二元的概念，就是人和自然。这个"人"也是有心身二元的。宗教思想因这二元的倾向，便从多方面发展。有些教的主张，人和自然要尽量分离，承认人有绝对的价值。有些恨恶这样说法，主张人应当再与自然调和，因为这样意见是"我慢"的原因。好些宗教家不愿意在城市里而愿意在山野里住的缘故，是因为城市中"人我""物我"之见太深了，在山野中，就很容易忘了我是个人，很容易想起我不过是生命海中的一命一沫，那我慢的心自然就消灭了。承认个人的价值也不是绝对没有利益的，现在不是讲宗教哲学不过表明宗教思想的歧异，致形成近代五光十色的教门罢了。往下我还要说起高等人文教的发展。

二，高等人文教社会组织稍微完全，人民的阶级也渐明显，从前那些鬼祟的神灵也就没有了。不过从前等等精灵，到这时都成为大神了，所以高等人文教的初期都是多神教(polytheism)。

（A）多神的宗教多神的感觉是从精灵思想演进而来。若说到他们的观念改变的准确时期，就不得而知。我们不能分别原人准在某年月是石器时代，某年月是铜器时代，只能知道这用器先后的次序而已。我们对于多神思想的兴起，也是如此。

激起多神思想的原因，可以分做两分别：

（一）事实方面一者，社会互相交通的机会愈多，因彼此的风俗习惯不同，便想着此族有此族的事，彼族有彼族的神。二者，从狩猎生活进而为游牧生活，又进而为农垦生活，或由水栖迁到山地的时候，生活的形式和习惯变迁了，在管理从前生活的神灵以外，又要加上管理新生活的神。或是在新生活里，前人已有别的神，又加上自己带来的神，所以多神的观念便发生了。

（二）现象方面 现象界的变迁，老使我们感觉宇宙里总有两种反对的力量，互相消长，或是一种势力常要胜过第二种势力。如生死，光暗，男女，恒暂，强弱，清污，等等。人都想着有生神便有死神，有光神便有暗神，这些神都是常常打仗的；人不是属于这神便是属于那神。或某一个神老是保护或提携归到他身边。这样的思想也是发生多神的原因。

多神的分子不外从下列三种：

（一）自然 如前所述光暗，生死，等等现象。

（二）人族中的伟大人物，或可记念的祖先。

（三）道德或神学的悬想 这一类的神是说人类的抽象思想产出的。

神一多了，就想起神的世界里也和人一样，当有诸神的王，这观念便形成管理或产生诸神的神群。神群的性质常为家庭的和政治的。其数目有三，七，十二，而以三数为最多。埃及的阿塞利斯、埃悉斯、荷拉斯（Osiris, Isis, and Horus）；印度的波罗门、卫世奴、湿婆（Braman, Vishinu, and Siva）；巴比的阿奴、贝尔、耶（Anu, Bel, and Ea）都是最高的三神。基督教的三位一体，严格地说起来，也不是纯一神的。人对于神群，在政治方面常冠以"不可见的君"，"万王之王"，"诸神之王"等名字；在家庭方面不外冠以"父母"二字。父天母地之说不特是中国有的，埃及有客卜与拿脱神（Kep and Nut），新西兰也有难期巴巴神（Rangi and Papa），都是父地母天或父天母地的意思。

多神的初期，神的形状多是拟兽（therionophitism）的；有时全是兽形，有时人面兽身，或兽头人身。这个缘故，有些是表明那神的威力，如角，爪表明勇猛，羽翼表明迅速等；有些是从古代图腾崇拜，或动物崇拜而来的。后来伦理的观念强了，人想着神不应当具兽形，于是拟人（anthropomophitism）的神就发现出来。

（B）伦理的宗教由拟兽而至拟人，再进一步便起无上之神只有一位的思想，这也是人类思想进步，社会环境或组织变更所致的。伦理的宗教既多主一神，而是对于人群常态的或病态的不完全，加以救护的思想，所以教主又是药王，便是救主或赦宥者，负罪者。

伦理宗教起先也是很狭窄的，如以色列人虽崇拜一神，但他的一神是国民的，或民族的，这类的宗教名做一神教（quasi-monothism），此后国与国之间来往日繁，纯粹一神的观念，才发现出来。

伦理宗教的特彩，就是视教主为人类行为思想的模范。于此，他们对于教主的事迹自然兴起理想化；如佛教徒视释迦为王子，具超绝能力，能降伏一切邪魔；耶教徒视耶稣为神子，道行绝伦，负世人罪致死，且以自力复活，升天等等都是。

以理想描画教主，并不是坏处；也许当时实感觉他有这样能力也未可知。又从前伦理的宗教都以为人当依照神旨行事，因为这是入天堂的证券。这种功利主义的教义，我知道一定站不住的。我想宗教当使人对于社会，个人，负归善，精进的责任，纵使没有天堂地狱，也是要力行；即使有天堂，地狱，信者也不是为避掉地狱的刑罚而行善，为贪天堂的福乐而不敢作恶才对。

现代存在最大的宗教分三大系：

一，亚利安系（Aryan）——印度教，佛教，祆教（zoroastrianism）。

二，山米系（Semitic）——犹太教，耶教，回教。

三，阿尔泰系（Altai or Juranian）——孔教。

以上七教，可以叫做现代人间精神生活的七金灯。这七教的通性从比较宗教学的眼光看来，都具有下列几种美德：（一）清洁，（二）谦卑，（三）利他，（四）公正，（五）热望，（六）和平。不过这几种宗教还在改进中，从前迷信的教条还没有十分解除，将来一定能够完全一点。

我说了大半天的宗教生长，到现在我要总起来说几句宗教的灭亡了。其实宗教是生灭不息的。合乎环境就生，不合就灭，所以宗教的生灭是看他能够适应环境不能。古代大爬虫，力量身体都很伟大的，他的灭亡不是别种动物把他吞噬了，乃是他自己不能适应他的环境所致。宗教也是如此，他的灭亡，是在内部不在外力。宗教招亡的原因是：（一）宗教的保守主义（religious conservation），（二）复原，——想恢复原始的宗教态度，（三）拜偶，（四）巫术，（五）权威，——如以政治手段支配宗教，（六）重智主义，（七）虚无主义（nihilism），——在佛教里很有这种危险，（八）重情主义（sentimentalism）。现在诸宗教很有觉悟，各向各的特点上发展，以上所举诸点也渐次改变了。现在应当发的问题是："将来的宗教是一个是多个呢？"可以说是多个的。德国戏剧家赫达（Herder）说人间宗教，如琴中诸弦，各有其声，诸弦拨动，则音调和谐悦耳。这个譬方，极妙且确。不过要知道的，将来的宗教，必是从现代的宗教进化而来，并不能拿别的代替。赫克尔的一元教，孔德的人道教，现在的"伦理运动"（ethical culture movement），都不能普遍永久的，因为宗教的教训是普遍的。人不尽是科学家，纯粹科学的教训必不能满足一切的人；宗教的教训要从各方面取出来，所以将来的宗教的生存要有下面数个条件：（一）自由的不是权威的，（二）由优美的感情而生的，（三）重视真理过于传说或经典，（四）根据科学，具科学精神，（五）重视道德经验。

我信诸教主皆是人间大师，将来各宗教必能各阐真义，互相了解。宗教底仇视，多基于教派的不同，所以现在的急务，在谋诸宗教的沟通。

宗教沟通的历史很多，显明的事实如中国三教，经南北朝的调和，三教的争端在中国就消灭了。一五七五年印度蒙古帝阿克巴（Akbar）集诸派底僧众在钵多伽蓝（Badat Khana，意即"崇拜之室"），每拜四夜，群讲他们的教义给他听，印土诸宗教就趋于融洽了。现代宗教的调和运动，如一八九三年芝加哥的世界宗教议会（World Parliament of Religions）去年八月又在芝加哥举行。内有"世界市集"世界诸大信仰的游行，在此会以后要建一个"十方教堂"（Hall of all Religions）在印度波罗奈斯（Benares），里面有学校和图书馆，学校教授各教的教义，礼仪，图书馆收藏诸教的经典，备各教互相研究，也许将来宗教统一的教义，可以从这里发生。

现代的宗教，决不是我们十分满足的，我们对于宗教的赞成或排斥，毋须在神学的理说，或外表的仪式，要以宗教家对于生活底态度为衡。若无正当的生活态度，虽行了许多仪文，诵了许多真言，也不是宗教。

（选自1922年5月25日《东方杂志》第19卷第10期）

我们要什么样的宗教？

一、宗教是不是普遍的需要？

宗教是社会的产物，由多人多时所形成，并非由个人所创造。宗教的需要，是普遍的，其理由有五：

1. 凡宗教必有一特别的理想，这个理想是人类所欲达到，而为人间生活所必要有的。
2. 凡宗教全要想解决"人生目的"的问题。
3. 凡在宗教团体的人，必用自己的宗教理想表现于实行上。
4. 凡宗教必不满意于现实生活，以现实生活是病害的，不完全的，都是要想法子，去驱除他，或改正他。
5. 凡宗教皆栽培，节制，完成人类的欲望，人类欲望大别有三，（一）肉欲（sensuality），（二）我欲（selfishness），（三）意欲（willingness）。三种欲望全是人间生活所不能免的。肉欲从肉体种种器官，为感觉发生，感觉不能免除，则肉欲必须存在。于是发生有利有害的两个方面，凡宗教全是试要节制他有害的方面，而栽培发展他有利的方面。在现实的生活之下，我欲是较高的欲望，例如作文作书，必要写出自己的名字，表明是自己的作品，便是由于我欲的缘故。但我欲过强，便成自私，有时也有妨碍，所以宗教要去节制他，而他之一方面，仍要栽培他，完成他，因为个人的人格，也是由我欲造成的。意欲是更高的欲望，可以管理一生的生活。倘若意欲不正就可毁坏一生生活的全体。佛教所谓"心如工画师，善画诸世间"便是表明意志有创造世界的能力。宗教的终极目的是要指导他，发展他，强健他。

由上述的理论，看人生免不了有理想，欲望，病害，故此要向上寻求安康，宗教的感情，于是乎起。可以见宗教的本体，是人生普遍的需要。但是宗教的生长，必须适应环境。所以宗教的适用，必须受空间时间的限制，因时因地而不同。例如：六朝时候的佛教，因政治的关系而发达，可见政治与宗教之关系；又如：在天灾流行的时候，人类朝不保夕，于是就希望超绝的能力，可见天灾与宗教的关系；在国家衰弱的时代，宗教的情操越强，宗教的信仰越烈，可见强弱势力，与宗教的关系。所以今晚的讲题"我们要什么样的宗教？"这"我们"是指我们今日中国说的。

二、宗教的领域

许多人不看一看宗教的领域，不知道他有如何的大，所以一提宗教二字，便要唾弃。其实宗教的领域，最大。可以说占人生之最大部分。人的行动，若仔细分析，少有不含宗教色彩的。由此广大无边的领域之中，依我的意见，可以为三大国度：（1）巫祝的宗教，（2）恩威的宗教，（3）情理的宗教。

巫祝的宗教全基于过去的经验，其所行全是礼仪的，神圣的，秘密的。不问参与之意义如何，参与者之了解与否。在原始的社会，这是很盛行的。

恩威的宗教，亦多基于经验。重礼节，信条，全以威权吓人，从者有福，违者有祸，使人因慕升天之福，畏入狱之祸，而信服。因此人便立于无限威权之下，不能不信服而持守戒律。

情理的宗教，不专恃恩威的作用，而重慈心，与智慧。佛所谓"悲智双修"就是这个意思。其实行，全是依其智慧，情感，而得了解。提高感情，用以打动人的慈悲，提高理智，用以坚定人的意向。使人在不知不觉之间，就实现此悲，此知，于行为上。

此三种教，因时因地而异，其适用之处无绝对的善恶优劣之可言。智慧过低的地方，用情理的宗教，倒会发生病害。反之文化极高的时候，巫祝的宗教也就无所用了。

三、中国现在缺乏的宗教精神

我们对于宗教所缺的精神，总括起来，可得下列的五种。

1. 多注重难思的妙法，而轻看易行的要道。人都以为宗教是玄妙的，肤浅便不是宗教。讲宗教，要你越听不懂，越妙。古来佛教经典，有些伪造梵文，或者直译梵音，以为是圣语不翻，使人不易了解，正是这个缘故。

2. 多注重个人的修习，而轻看群众的受持。修道的人，不甚注意传播，和发展的事。所以我们宗教态度，是独善的，不是普济的。

3. 重视来世的祸福，而忘却现实之受用，与享乐。我国人种种宗教行为，多是为求来生之福，免来生之祸，而不知宗教正是使人得现实的享受。

4. 只见宗教柔弱方面，而忽略了宗教的刚强方面。反对宗教者，多以下列四项为理由：（甲）以为信仰古来圣人听从他的主张，认他作主，便是认己为奴，在名分上实已小看自己的人格。（乙）信则有福，否则受罚，是崇拜威权，而轻看自由。（丙）个性本应发展，而因宗教之故，每每使人萎退。(丁)已死之人，其智识经验全比现在的人少，宗教崇拜死人，服从其主张，则使人愚拙。这些话，似乎不错。然而人在宇宙，或太阳系之中本来不能算是最好的；就是在地球之上，人类也不能算是最完全的，最自由的。所以我们，于现有之理智以外，要想求得一位更高明的"神"，来服从。神的有无，不是今晚我们所说的问题。但所谓神，不过人类更高理想的表现，人设立他来，作个模范；并不算是怎样专制，或约束人的理性。

5. 多注重思维，而少注重实行。以为宗教是超绝现实生活的，所以要主张入定，持斋等事，若是多去活动便不算得宗教。例如：善堂，养老院，孤儿院等设施，本出于儒道作善降祥的思想，而不认为宗教行为；在屋中焫香，默坐，反认为宗教。

以上所说的五项，倘若不错，就是见我们所缺乏的宗教思想，和度了。

四、我国今日所需要的宗教

1. 要容易行的。所谓容易行，并不是幼稚的念念阿弥陀佛，画画十字，就算了事。乃是要人在日常生活中，不多费气力，就可以去作的善业。

2. 要群众能修习的宗教。并不为特定的人，特定的事，而发生。所以无论智愚，全能受持，才是合适的宗教。一个人坐在屋里苦修行，不是我们需要的。

3. 要道德情操很强的。人的理性，每自有光明的启示，因理智经验，而评判将来的结果。此即自己对于自己道德情操所立的标准；而人的共同的道德标准，则不可不由宗教来供给。

4. 要有科学精神的。或谓宗教与科学不并立，其实不对。科学对于物质的世界，有正确的解释，能与吾人以正确的智识。此正确的智识，正为宗教所需要。必先有正确的智识，然后有正确的信仰。所以宗教，必须容纳科学，且要有科学的精神。

5. 要富有感情的。感情有感力，令人不能不去作。所以感情强，则一切愿望全可成全。在宗教，决不能不重感情，而专重理智。

6. 要有世界性质的。因为人的生活，日趋于大同。人同此心，心同此理。世界上的人心，全有交通的可能，所以宗教，必须是世界的。

7. 必注重生活的。旧日宗教，重死后的果报，其实宗教正为生前的受用。宗教不注重生活，就失去其最高的价值。

8. 要合于情理的。不能只重恩威，而不重情理。若是不合情理，不论是什么宗教，一律在排除之列。

总之我们今日所需的宗教必要合于中国现在生活的需要。我们中国古代礼的宗教既多流弊，近代输入的佛耶两教又多背我们国性的部分，宗教既是社会多年的产物，我们想即时造一个新的宗教也是不可能，所以我们指出现有的一个宗教而说她是最适合中国现在生活的需要是很难的。按耶教近年发展的趋向似甚合于上述的理论。否认或证实不是在我今晚演讲的范围。所以我对今天问题的答案是凡不背上述条件的宗教就是我们中国今日所需要的宗教，并且我们所要的宗教不能专为上等社会着想而忘却宗教是一切人所需要的。

（选自 1923 年 4 月 14 日《晨报副刊》）

现行婚制之错误与男女关系之将来

绪 论

男女关系除掉婚姻或两性以外可以说没有特殊的关系。在人类学上，女婿对于妻党妇女，或妇人对于夫党男子底关系都可单独地提出来做个研究底材料；但在社会实际的生活上，这种亲戚的关系，早已与一般友朋的情谊一样，不具两性的成分在里头。我们平常所谓"友谊"，在现在男女交际生活中可以说是没有。这种"友谊"只在男子与男子或女子与女子间存在；至于异性的交情迥不是我们所谓"友谊"，因为它常是显出不均衡或不适中（不正当）底状态。朋友间底关系，可以说都是"彼此彼此"，决不会有偏爱或恋爱底事情。偏爱或一方面的情谊，只是认识，还谈不上"友谊"；恋爱又是超过友谊底情谊，所以也不是"友谊"。同性间底交情若不适中就绝了交，若在适中的境地也不会发生"结合"底念头。至于异性的交情就不是这样，在两情均等底时候总有发生婚姻底倾向。所以婚姻制度是一切男女关系底关键。

男女底关系既然被挤到婚姻底犄角上头，所以我们讨论底焦点不能离开它。不幸婚姻问题是很复杂的，它与社会制度风俗习惯等等都有连带的关系。假使男女一相恋爱便直白地可以同过结婚的生活，两性的关系就不致于发生问题。假使结婚与家庭生活是两桩事体，两性间底关系也不致于这么重要。假使家庭底建立与经济制度没有关系，婚姻也不致于那么可怕，可厌。我们目前对男女关系等等的困难就是在这些连带的关系上头。

在初民时代，社会生活便是家庭生活，后来私产制度渐渐发展，于是强把一个完整的人间生活分为很多类别的或阶级的生活。要结婚便须有家庭也是强分出来类别的生活之一种。我们要结婚，因为我们底社会已经有了"家庭"这样东西。家庭底形式与婚姻底制度都是从社会传下来底成法而定。于此我们对婚姻底根据就分为两种：一是介绍婚，二是相择婚。前者是结婚人因服从风俗习惯或社会的成法，而放弃或丧失他们自己的选择权利。后者虽仍服从社会的习惯与成法，但认为个人的选择或自由恋爱为结婚底根本条件而已。介绍婚底发生大约是由于王公大夫之流，他们底能力，地位，与财产，一方面使他们藐视相择；一方面使他们要求"门当户对"底女子来做妻室。在往古时候，门当户对底男女自然不能多有相见底机会，故必有"父母之命，媒妁之言"以为介绍。相择婚大约是从齐民做开，且合乎自然的法则。他们底结婚生活与他们底财产地位，不发生重要的关系；加以相见底机会多，故男子可以"不告而娶"。这两种婚制在中国古代都已并行地施行，不过齐民每喜模仿贵族，后来相沿而成风俗，所以我们每觉得介绍婚比相择婚更为普遍。

婚姻底发生，每与财产有密切的关系。我们简直可以说婚姻制度是随着经济制度转移底。一夫多妻，一夫一妻，及其他一切的婚姻形式都是由于经济的情形所规定，道德问题只在这种情形之下勉强发生出来底。现在我们觉得最合理而最流行的理想便是所谓一夫一妇制。但这种制度已经显出破裂底现象。加以它底自身从成为一种制度以后便有两种障碍，使它不能成为一种很美满的制度。这两种障碍便是卖淫与纳妾。娼妓是父系制度下底产品，也是女子被男子课以贞操底代价。侍妾底存在虽由于男子经济的充裕，但从一夫一妇制下人因为地位，名誉等等原故，失掉他们底恋爱自由。道德底要求与责任对于这两种障碍虽然是有，究竟不能把它们销除净尽。

一夫一妻制在现在的情形底下，既然不能成为一种很美满的制度，那么，我们当要进一步去求它所以不能底原因；或是探求它底错误在什么地方；或是再求另一个制度来替代它或解决它。我以为欧洲因为一夫一妻制下底家庭底破坏，然后产出所谓资本主义。家庭生活是农本时代最重要的特征。农人因为种植必得居处有定，家庭底产生就是在这一点上。商本时代，人们生活底状态是不安定的，愈不安定则对于财产或供给生活底材料愈用工夫去积聚，结果不能不分了用在家庭生活底精神去制造资本。工业在这个情形底下发达了，可是家庭的生活愈破碎不堪了。从这样的情形观察下去，将来的结婚形式定会从一夫一妇制变而为"无夫无妇制"。我大胆地创出这个名词，因为我要表明我底意思并不是"公妻主义"或"公夫主义"，乃是一种超越了夫妇间底契约及束缚，销除了夫妇底名义仍可以保持家庭生活，共同担负养育子女底理想。要建立这种理想的制度，当先指出现行婚制底错误，再行述说将来男女关系趋于完美底可能性。

一、现行婚制错误底根源

现行婚制底下虽然还有愉快的家庭生活显现于少数人当中，可是受它底约束和苦痛底比较地多。在女子方面，他们所受结婚生活底苦恼又比男子为多。那么我们应当把现行婚制底病理找出来，然

许地山与妻子周俟松、儿子周苓仲、次女许燕吉拍摄于香港罗便臣道 125 号寓所

许地山与妻子周俟松自拍照片

后可以对证下药。从我们底常识里,个个都知道底,至少有下列四样底错误。

甲,因昧于婚姻底本谊而生多妻底倾向

结婚底事情本来是为种族底延续而生底;至于人类结婚底形式和根据,我们应当从动物学与生物学那方面看。现在就分开来说:

(子)从动物学中所给动物配合底现象可以说明人类婚姻底形式是错误的。从前有些哲学家以为常人底天性多倾向着多妻的,女子底天性却是一夫的。我们从动物学底研究,知道有些类人猿类虽是多妻主义者,但其中也有不少是一夫一妻的。鸟类除了公鸡等是特例以外,几乎全是一夫一妻的。海狮与红鹿却是多妻的,它们甚且为牝兽争斗得很厉害。人类底本性虽不是一夫多妻的,然而一夫一妻制也不是自有人类以来就有底。有这种制度底时候社会组织已经发展到较高的程度了。德国底历史哲学家西勒格尔(Schlgel)以为多妻与纳妾底事,原始社会底人看它是一桩不自然的事情。男子因为身体上底超越,容易获得生活上必需的品物,渐次就把经济的权力扩大了。女子不能与男子抗衡底原因是在这里,男子多妻底原因也在这里。因为多妻主义底发生,我们都知道从男子经济的充裕而来底。若是我们能够想出一个方法去限制男子经济的权力过度的发展,或是把他们所有底均分给女子,那多妻,娼妓,等等问题就可以解决过半了。

(丑)从生物学中所给生物底现象可以证明人类结婚底根据是错误的。在现行婚制之下,虽有许多是根据于男女相择而结婚底,但多半是男子选择女子。这是违背生物学的原则底。男子或雄性生物在生物界上底地位并不如雌的底重要。凡原始的细胞都是雌性的卵，雄性细胞不过是生物进化到较为复杂底时候才产生出来帮助雌性细胞底繁殖。男子在自然界底地位本是为帮助女子底生殖，故从理论上说，女子应当有绝对的权利自由地去选择她底配偶。可是在社会上不但女子没有这样底权利，她底结婚命运并且多是由于第一个看中她底男子而定底。进一步说，人类底结婚越是近代越离开生物学上所谓结婚底本谊很远，因为他们并没有拿种族底繁殖与康健当做一桩根本重要的事情，只求夫妇间底愉快生活。我以为这就是一个根本的错误。

乙，在今日的经济制度底下很难找到真正的恋爱

第二点底错误，我以为是过度地鼓吹自由恋爱底结婚。其实无论是谁，在无论什么生活上头都免不了要受经济的支配，恋爱生活也是如此。我们可以说在结婚底生活上，男女都有他们底"市价"。这种"市价"底贵贱，也有涨跌底时候，它底标准是依着个人底地位，人品，学识，财产，容貌，等等，而定底。平常一个女子想要和一个男子结婚很少不同时想到他底地位学识，财产底，故男子只有财产只有学问，及所处底地位愈高，愈容易得到女子底爱。然而这样的男子不一定要求女子底恋爱然后可以结婚，因为现行底婚制是偏重男子底选择。至于一个男子想要和一个女子结婚，在打定主意以前，她底容貌是估价底第一步。女子底学问与财产在男子眼中却不十分重要。女子底地位，学问越高必不如她有一副美丽的容貌那么容易找得男子。总而言之，男子正与女子相反：男子越有地位和学问，越容易娶，女子若是这样，就越没有机会出嫁。这并不是男女底地位学问相同而市价不一，乃因男子有学问，有地位底比女子多，一多了，虽贵犹贱，女子比较地少，少了就贵上加

贵,乃至没人敢向她请求。一个男子要娶妻子,第一个条件并不是像文学家所描写那种恋爱底理想或心境,他底算盘只先打在对于对方底市价上头,看他能够应付不能。女子多是"待价而沽"底;男子底地位,财产,有时是品行或学问,是她们看为付价底资财。故从一般的婚姻内幕看起来,现在所谓文明的结婚正是买卖婚哪。

丙,所谓恋爱结婚也是不对的

恋爱不过是两性生活上一种作用,并非组织家庭底唯一目的。无论是谁,决不会和一个性情决不相投的人同住在一处,朋友间是如此,夫妇间更是如此。性情相投底结婚是最美满最理想的。不过我们一研究今日所谓"恋爱",和观察一般人底恋爱行为,便觉得不一定是性情相投,因为恋爱底发生多半是从应付上头所说底市价而来底。性情不相投底男女也可以"做成"恋爱,英语所谓:"making love"底"making"正合我所谓"做成"底意思。这样的恋爱可以名之为"拟恋爱",因为它并不是真正出于男女间性情底相投,乃是在一种必要的境遇底下发生底。拟恋爱底结婚,若男女间底理想在婚后不能与实际符合时,常会生出恶果来。虽然其中有许多因种种关系仍旧不能离异,勉强同过没趣的生活,后来习惯成了自然,也可以凑合下去;却也有不少登了悲剧或惨剧底舞台。纯粹的恋爱呢?我说也不一定是性情相投。有许多男女偏要向性格品行相差极远底人甚至身有废疾底人去表示恋爱,所谓超乎一切利害关系的恋爱,就是我所谓"纯恋爱"。假使一个极有能干,能为社会造福底女人因爱上一个有痨病底男子就嫁给他,我们以为怎样?假使一个法官因为爱上一个女重犯,用他底地位职权救了她然后与她结婚,我们以为怎样?纯恋爱只见到两个人底生活与愉快,不管社会所受底影响如何。拟恋爱只先计个人的利益或愉快，也没把结婚在社会的生存上底意义放在眼里。总而言之，恋爱婚底极则，只是满足两人底愉快欲望，而愉快底要求，每使他们忽视一切的责任。况且这种欲望偶一成为习惯，便要不歇地要求，到不能满足时，不幸的事情就免不了要发生出来。比如某男子爱上某女子，在结婚底初年非常相恋，他们很过了些愉快的生活。不幸过了几年，妻子已成为几个儿女底母亲，男子因为她色衰对于她底情爱也就减少了。他们底结合本是因为恋爱彼此底容貌发生底，男子以为能使他愉快能值得他爱底是妻子底颜色，一旦她底色衰了，要使他不去另外找一个女人来满足他愉快底欲望，是很难办得到底。所以恋爱婚底夫妇一方面要尽量求快乐，一方面尽量地去节制生育。他们裁制生育底目的并不一定是人口问题或优生问题，只是愉快问题，怕子儿分了夫妇间底情爱而已。这样早已辜负了他们对于社会无上的天职，也丢了结婚底根本意义。拟恋爱底婚姻远可以勉强凑合，因为它底起点还不离开计度利害关系，这个很易使彼此间进前一步，为社会的利益计算，故谬误底程度还浅。至于纯恋爱底结婚，小说家也许可以把它描写得很美满，在实际的生活上未必都是有利益。我们要跟着人家鼓吹恋爱结婚，总要看出它靠不住的地方，还要把"恋爱是一种作用，不是目的"这一点看明白。可惜现在的男女不理会到这一层！

丁，夫妇终身相处底限制也不对

家庭是社会组织底基本单位，能够保持得越久自然是越好。但是在现行婚制下底夫妇关系乃是根于一种不平等的契约而成底。女子在现行婚制底下比较地吃亏一点。她自来就没脱离了"从一而终"底束缚。就是男子离弃了她底时候，她底地位和名誉，甚至财产也不能得着与男子一样有相当的保证。我承认凡离婚都是出于不得已的。在这不得已底光景底下，如婚后底实际生活不能如婚前底期望，或婚后彼此底爱情冷却，都可以做破坏家庭组织底媒介。在性的关系上，男女都是教育有余而训练不足底，这训练不足底缺点，尤其是在女子方面更为显然。得性的经验底机会，女子自然比男子少些。于此，我们觉得有许多人是因为好奇或尝试而结婚底。社会不能因为男女要学习怎样做好匹偶底原故就用终身相守底绳来束缚他们。社会应当承认男女结婚后数年间是一个"试婚期"，在那期间中，彼此可以自由离异。不过社会因为对于离婚男女所生底子女还没有相当的安置，故在试婚期中底夫妇应当尽力避免生育底事。至于婚后，夫或妇发生恶疾或废疾，乃至道德的病害，两方愿意离异时，社会也不能以此为不义。因为家庭是为健全的男女而有的，不健全的男女应当丧失了结婚底权利，也不必担负组织家庭底义务。故终身相守底法则表面上似乎是女子底保障，其实是家庭幸福底羁勒。

总而言之，现行婚制底错误都是从男子对于女子等等不平等的待遇而起。在婚姻上，女子几乎完全丧失她底选择权利。她底命运只看男子对于她底态度底爱憎而定，这是很违反生物的原则底。结婚应当以女子底选择为中心。但要做到这一步，非提高女子底地位和发展她底能力不可。

所谓"提高"，并不是在样样事情上男女都一样地做，男女底身体与性情，天然就是为分工而生出许多差别，如果将来的事业忽略了性的差别，从种族底延续上和社会永久的生存上看，可以说不是好的进化。男子所能做底许多工作，如外科医生，法官，筋力劳动等，都不是一般的女子所能做底。

我以为人类社会应当提高尊重母性母职底心。无论在什么境地女子应当被人尊重。女子也当养成一种自尊自觉的心，不要随便跟着人家嚷我也要做男子所做底事。要知道，女子就是女子，纵然她能获得男子所有一切的地位与工作，她仍不能丢了她底无上天职。女子底地位并不能因为获得与男子一样而高，有时反丢了她底尊严。要使女子底地位与男子平等，就是男子应当以女子待遇女子，尊敬女子，女子也应当看她底天职是超过男子一切工作和地位之上底。印度《摩奴法典》里说：

> 那里底女人是被崇敬底，
> 　　住在那里底诸天就喜悦了。
> 那里底女人是不被崇敬底，
> 　　一切的行为都没有效果了。

所以崇敬女人是一切功德之母，社会底生存，人间底活动，要达到完善的地步，都得从这一点做起。

二、男女关系底将来

现行婚制底出发点既然有了上头所述的错误，那么，我们应当进一步去求矫正底路程。在历史上，男女底关系只有爱，妒，憎，并没有真正的友谊，只有浪漫的交谊而已。但这并不是不可免的，要废除了现行婚制等等的束缚，然后男女彼此才有真正的了解，而成为挚友。女子与财产在过去与现在几乎是分不开的事实。人们骂共产主义便要骂它底"公妻",其实公妻并非生物的常态,可以说是不会有的。反对者心中底"公妻"并不是一妻多夫,如西藏印度等处一部分的制度,乃是杂交。他们做出这个名辞是从一般对于女人底见解得来底。女子在现在的社会实际是一种活动的财产。黄女士嫁给张先生,立刻就要在她底姓名上加个张字。这与张先生买了一本书,立刻写上张某某三字在书皮上有什么分别呢?女子在这一点上也自没曾看得清楚,她总以为男子地位底不平等都是从经济问题发生底。故他以为女权运动或男女关系重新的估定当先解决妇女底职业问题。职业底获得便是经济的独立。女子要经济独立然后男女有平等的关系,这话似乎很对,但家庭底破坏必因此而更甚。我们如不信家庭在将来的社会有存在的价值便罢,不然,就应当想方法去补救现代女子为职业发狂底趋势。凡有职业底女子,多半不宜于家庭生活,这个结果,必会生出人种衰灭底恐慌。所以我们要找出一个挽救底方法,当先明白男女底意义。

甲,男女的意义

在职业上,女子与男子有同样的重要。男子可以当教员,女子也可以当教员,在职业上,简直不能区别男女。人类要延续他底生命就得为衣食住筹备材料,无论是男女都应当自己为自己计度。但男女之所以为男女乃是在生殖机能底区别。男子有了职业,同时没有丢了他为父底天职;女子有了职业,如同时不会丢了她为母底天职,就没有问题了。不幸有职业底女子,多半不能履行我们为母底职能,纵然能够,也是很不完全的。加以女子在职业上并不能与男子抗衡;他们底劳资底标准与男子不同,是因着她们底容貌而定底。故女子虽有了职业,仍不能得着真正的解放,甚至反受经济的压迫。

从生物的观点看来，男女底能力，根本上似乎已被自然分配好底。男女都是生产者，不过男子底机能是倾向于"延命的生产"，女子是倾向于"延种的生产"底。所谓"延命的生产"就是男子因着天赋生理上的优越，宜于做等等延续生命底工作如种种资生的材料底搜集与预备，都是男子分内的事。所谓"延种的生产"，就是女子因着天赋的特能，为种族底延续上，应安稳地，不费力地得着充裕的供给，使她能够产生更优越的民族。我们看明男女底意义，便知延命的生产，即一般的职业，在女子是不要紧的，她如去干，就是在自己的工作上要兼任男子底事情。兼职底事，少有两样都成功底。将来的男女，若是仍然要在家庭底组织上同工，社会应当依着男女生活底需要给他们底工资。女子尽可以用全副精神去做延种的工作。那就是她最神圣的职业。我们简直可以说，男子最神圣的是劳动，女子最神圣的是生育。读者不要误会作者以为女子都是"生产子儿底机器"，女子不定个个有履行她最神圣的职业底权利和机会，和男子一样，不能专为职业而生存。

女子最神圣的职业既然是在延种的生产上，那么，她对于这方面应当受特殊的教育，应当有特殊的学识。我以为优生学，卫生学，家政学，等，应当作为女子必修的学科。将来的人种是靠着她们改良底。我盼望现代的女子认定了这一点。

乙，结婚

结婚可以分生理与社会两方面讲。

一，生理方面　现在的教育制度，并未注意到男女可婚的年龄，这是极大的错误。这个错误，在女子教育方面尤其显著。因为女子可婚的年龄是在二十五六左右，大学教育底年限已经把她底春光销磨尽了。受高等教育底女子很不容易嫁，是一种普遍的事实。男子底个性在二十五六以下还不十分固定在"可塑性"底时期，在这时期，最宜于男女底婚配。这两个可塑性底结合，便是我所谓"性情相投"。性情既然相投，然后进一步去讲恋爱，则对于将来夫妇底共同生活自然会得着许多利益。夫妇共同事业所得好效果底事实很多，都是由于性情相投而来底。个人性格中底"可塑性"一经丢了，两个不同性格底男女就很不容易合成一个，夫妇间种种冲突多半由此而起。男女如在宜婚期内不能得着相当的伴侣，可算是一生底不幸事。女子若丢了这个时期，到了年长色衰，个性表现得越发明显底时候，越发不宜于婚姻底生活。

男女不一定都要过家庭底生活，不过这种人不能看做人生底常态。多数的哲学家及科学家常缺乏结婚底欲望，如康德，斯宾诺沙，叔本华，尼采，斯宾塞，等是。但这种人不是常见的。女子不结婚底原故，多半是怕生育，怕贫乏，怕见弃，她们的"独身主义"其实是一种不得已的事情。如果社会能给女子精神与物质上的保障，在合宜的机会间，她们必要看这事是人生不能免的责任，乐意去结婚。将来男女底配合若不本着优生学底原则去做是不行底。所以男女在这一点上应当先行自己忖度或求医生指导，然后施行。

二，社会方面　女子底结婚常与她底职业发生密切的关系，二者于她似乎是不能并立的。这个原故是因为家庭便是一个小商店，结婚底女子便是这商店底总经理，她要计画全家底利益，所以不能再行兼别样的职业。家庭底组织，我以为城市与乡村应当不一样。城市底娱乐机会多，工作也多能节省劳力；乡村则不然，甚至洗衣，煮饭，都要主母亲手去做底。男子要聘请他底家庭经理，自然要如其它职业一样，付给主母底工资。所以我以为"妻"在物质的生活上底地位，应当被看为一种职业。男子要结婚时应当因着城市与乡村底区别先行计画娱乐，日用饮食，等等的需要，然后礼聘他所爱的女人。这样办法，可以使女子在经济上及职业上得着相当的保障。社会更应当鼓励女子生产强健及有智慧的子女。如能延好种族的父母，社会要加以相当的崇敬，他们底子女，于必要时可以由公家资助培养。其有生理上或道德上的病害底，依其等第，不但要裁制或解除他们底生产底义务，并且要否认他们结婚底权利。

结　论

女子在现行婚制底下，真性情被压郁得不少。我们很容易看出女子虚伪的行为，她在性的生活上不是迎合男子，便是掩藏自己的性格。但她们是出于不得已的，男子很容易在几分钟里头，给女子底性格下一个定论，她们自不得不顾虑到，所以她们在男子面前不轻易把真性情布露出来。我信将来一定不会有这样的事。

再如结婚底目的应当被看为男女关系底焦点。男女底结婚，大别起来，可以分为三种底欲望：一是繁殖欲，二是情爱欲，三是淫亵欲。根于淫亵欲底结婚自然不能看做正当，然则所谓由于恋爱底结合也不是婚姻底正轨。婚姻仍然回到我们中国底老理想，是当以生育子女为前提底。男女对于将来的社会要负传续优越种族底责任，如他们没看到这一点，或不注意这事，就是他们放弃或误解了男女底意义和关系。男女底配合，在个人的选择外，还要加一次"社会的选择"；就是说，社会应当鼓励宜于结婚底人去过结婚底生活。婚姻底顾问与检查是公众应当办底。

  这篇简短的讲稿，很不能把我当日底讲话和心里底意思完全写出来。我自己承认所说都是人人知道底，所以多写也没有什么裨益。不过我是个作用论者，对于男女将来的关系，不能说有什么新的理想，只能在现在的情形上求一种满足的处置罢了。我谢谢章进、茅善昌、吴高梓诸先生把我底演词记录起来，这篇是从他们底记录中删节出来底。

（选自 1927 年 6 月《社会学界》第 1 卷）

燕京大学校址小史

我校占有旧睿王园佟府村，米家坟，及畅春园底一小部分。校内主要的建筑多在睿王园旧址。睿王园即明末米万钟底勺园。校里底湖就是万钟当日所浚底勺海或文水陂，故我校最初的地主实为米氏。米氏勺园为明末清初北方名园之一，其景物多为诗人所吟咏，可惜如今所存者只有文水陂上定舫底基址和几棵松树而已。

《明史》，康熙二十三年李开泰编纂底《宛平县志》，和李鸿章等纂修底《畿辅通志》都有米万钟底略传。万钟原籍关中，落籍宛平，字友石，号仲诏，明万历二十二年进士，从知县历官至江西按察使。天启五年，仲诏为魏忠贤党倪文焕所劾，因而削籍。崇祯初年，仲诏复起为太仆少卿兼理光禄寺寺丞事，卒于官。仲诏是当代一位大书画家，与临邑邢侗，晋江张瑞图，华亭董其昌齐名，时人称他们为"邢，张，米，董"，又称为"南董北米"。他底著作有《澄澹堂文集》十二卷，《澄澹堂诗集》十二卷，《易集》四卷，《石史》十六卷，《象纬兵铃》四卷，《篆隶考讹》二卷。李开泰《宛平县志》卷五，米万钟底小传载，"公生平嗜石，人称友石先生，著有《澄澹堂文集》十二卷，《诗集》十二卷，《易集》四卷，《兵铃》十二卷，《右史》十六卷，及他著述甚富，行于世。"（《右史》或是《石史》之误刻）。

万钟底儿子米寿都，字吉士，明贡生，官江苏沭阳县，著有《吉士诗集》。寿都子米汉雯，字紫来，清顺治十八年进士，初官建昌县知县，康熙十八年授编修，著有《漫园诗集》，《始存集》，

《宛平县志》，等书。

米氏祖孙底著作，我曾向北平书坊征索，都得不着。万钟底诗文集在清代各藏书家底几种重要的目录里也没有。王崇简序《吉士诗集》有一句话说，"甲申之变，烟飘云散，迨归其新诗，而旧著一无存者。"（见《大清畿辅书征》卷一）这话很可注意，因为米万钟底园寓湛园，就在北平西苑西墙外，甲申底变故，那一带地方受害最深，寿都底诗稿既荡然无存，仲诏底著作也许是在同一命运之下散失了。看来仲诏底著作，纵然世有传本，也不致于很多。

《畿辅先哲传》（二十文学）《米汉雯传》里说寿都"……父万钟，官太仆时，筑勺园于海淀，招四方宾客，日夕觞咏，极一时之盛。尝绘园中景为灯，都下号曰'米家灯'，题咏成帙。寿都亲侍左右，日与诸名士相酬倡，遂以诗名"。又当时米氏底友人中有蒙阴公鼐者，为勺园作了一篇记，改过许多次然后脱稿。这篇记和米家灯底题咏必能给我们园里一个详细的叙述，可惜都见不着了。

虽然如此，我们还可以从旁的书籍找出勺园当时底景况。现在将关于勺园底记载从群书中抄录下来。

记得最简单的为《长安客话》：

北淀有园一区，水曹郎米万钟，仲诏，新筑也。曰勺园，又曰风烟里。中有曰色空天，曰太一叶，曰松坨，曰翠葆榭，曰林於澨。都人称曰米家园。

《图书集成》，《考工典》第一百十八，《园林部汇考》二之七，引宁所记《清华园》说：

> 海淀清华园咸畹李侯之别业也。淀之水滥觞一勺，都人米仲诏浚之，筑为勺园，李乃构园于上流，而工制有加。米颜之曰清华。

雍正十三年唐执玉等编纂底《畿辅通志》(卷五十三古迹)载：

> 勺园在宛平县北。《天府广记》："米太仆勺园，园仅百亩，一望尽水。长堤，大桥，幽亭，曲榭。路尽则舟，舟穷则廊；高柳掩之，一望弥际。"米太仆，明米万钟仲诏也。康熙二十三年李开泰《宛平县志》(卷一古迹)载清华园说：……明武清侯李国戚园之。……今上辟而新之为御苑。旁为米太仆勺园，百亩耳，望之等深，步之等远。水，石，舟，桥，堂，楼，亭，榭，各有意致，遂与李园竞胜。

李武清侯底清华园于清康熙时改建为畅春园，今依水流的趋向考察，我校水道从畅春园东墙外东北注入，正当其傍之下游，故其地为勺园故址无疑。又勺园位于西勾东雉之间，查嗣诗："东雉西勾地较宽，米园绝有好林峦，只因身住风烟里，画个朝参一笑看。"东雉不详，西勾即娄兜桥（或作嵝兜桥），此桥今名篓斗桥，在校友门墙南十余步。

《帝京景物略》(卷五，海淀二)载：

> ……米太仆勺园百亩耳，望之等深，步焉则等远。入路，柳数行，乱石数垛。路而南，陂焉。陂上，桥高于屋。桥上，望园一方，皆水，水皆莲。莲皆以白。堂楼亭榭，数可八九，

进可得四。覆者皆柳也。肃者皆松。列者皆槐。笋者皆石及竹。水之，使不得径也。栈而阁道之，使不得舟也。堂室无通户；左右无兼径；阶必以渠。取道必渠之外廊。其取道也，板而槛，七之；树根槎枒，二之；砌上下折，一之。客从桥上指，了了也。下桥而北，园始门焉。入门，客憪然矣。意所畅，穷目。目所畅，穷趾。朝光在树，疑中疑夕，东西迷也。最后一堂，忽启北窗，稻畦千顷，急视，幸日乃未曛。

仲诏游历南方，雅好江南山水，建筑勺园，为底是寄寓他对于那里底风景底追忆。所以明王思任《题勺园诗》说：

才辞帝里入风烟，处处亭台镜里天。梦到江南深树底，吴儿歌板放秋船。

仲诏自作《勺园诗》也有"先生亦动莼鲈思，得句宁无赋小山"之句。他想南中底莼鲈，藕花，和碧水，所以勺园底景物都以含着南方意味有名。

仲诏性喜奇石，有米颠底遗风，相传颐和园里乐寿堂前那块青芝岫大石，便是他命人从房山县一个山里凿下来要放在勺园底。那石非常重大，仲诏费了许多金钱，才运到芦沟桥附近，他底财力枯竭了，便不能再运，直到他死后，那石还运不到勺园。到清乾隆时代，高宗才把那石移到颐和园，安置在现在的地点。

勺园底布景，除《帝京景物略》所载以外，《燕都游览志》也有点记载：

勺园径曰风烟里。入径，乱石磊砢，高柳荫之。南有陂。陂上桥曰缨云，集子瞻书。下桥为屏墙。墙上石曰雀滨，勒黄山谷书。折而北为文水陂，跨水有斋，曰定舫。舫西高阜，题曰松风水月。阜断为桥，曰逶迤梁，主人所自书也。逾梁而北，为勺海堂，吴文仲篆。堂前怪石蹲焉；栝子松倚之。其右为曲廊，有屋如舫，曰太乙叶。周遭皆白莲花。东南有竹，有碑曰林於澨，有高楼涌竹林中，曰翠葆楼，邹迪光书。下楼北行为槎枒渡，亦主人自书。又北为水榭。最后一堂，北窗一拓，则稻畦千顷，不复有缭垣焉。

依这篇记载，当时园底正门当在现时校务长住宅东边，这园门底遗址现在还可以找得出来。现在的农科花园便是当日底风烟里，缨云桥当在现在建筑中底小学校舍后面，那里东西有两行柏树，南北相隔约五六丈没有树，大概就是桥址。桥北便是正门，《帝京景物略》所记底便是设想游人从那桥下望可以了观全园风景。《景物略》作于崇祯，作者与仲诏为同时人物，故所记无疑是亲见的。文水陂当在博雅塔前面底湖，同学们名它为无名湖底便是。定舫底基址现尚完好。舫西高阜，我们叫它做"岛"的便是。现在建筑中的"岛亭"便是当时的松风水月。勺海堂当在第三和第二宿舍之间。现在底宁德楼，丙楼，和施德楼的北部都是当日底白莲池，太乙叶，林於都在这一部分。在丙楼底北边，现在卧着两对石联："夹镜光征风四面，垂虹影界水中央"和"画舫平临岸阔，飞楼俯柳荫多"。这四句或者是翠葆楼或其附近建筑底遗物。勺园建立时还没有淀北，朗润，圆明，诸园，所以"在园最后一堂，拓北窗一望尽是稻田"。

明叶向高评海淀当时两个名园说:"李园壮丽,米园曲折。李园不酸,米园不俗。"无怪一入清朝,两个园都为皇室所有。李氏清华园既改为畅春园,而勺园也改名为洪雅园。依清初底志书,勺园底名称仍然存在,也没载明属于何人,所以我们可以断定直到雍正年间,勺园还是米氏底产业。到清乾隆时代底著作,《宸垣识略》才载:"洪雅园即明米万钟勺园,今为郑亲王邸第。"考郑亲王是清显祖底第三子庄亲王舒尔哈齐的第六子济尔哈朗底封号。济尔哈朗底第四子辅国公巴尔堪底曾孙经纳亨亦追封郑亲王。

这园俗名墨尔根园。墨尔根,或即巴尔堪底音讹。但巴尔堪于顺治十二年封三等辅国将军,康熙七年降为二等奉国将军,八年复授三等辅国将军,十六年缘事革退,十九年卒于军中,乾隆十七年追封为简亲王。故墨尔根园底名字是不是由郑亲王底儿子巴尔堪而来,还有考究底必要。又我底蒙藏学朋友于道泉君对我说"墨尔根"是蒙古语"尊师","学士",或"雅人"底意思。这是蒙古人对于学者底一种尊称。如果这样说法,也许墨尔根便是洪雅底意译。乾隆以后,洪雅园曾一度入于和之手。和败后园遂为睿亲王所有,故自嘉庆以后,海淀人便叫它做睿王花园。我们图书馆新得底那幅《西郊地图》是嘉庆年间底东西,所以也写洪雅园为睿王花园。这园与圆明园,畅春园等,于咸丰末年同遭英法军底焚毁,此后遂成一片荒废的苇塘,直到我校选它为校址,旧日底勺园才有现在的景象。

博雅塔西边底小庙现在只存一座大门。从门额上"重修慈济寺"底字意看,那寺或者是一个观音寺。可惜所有的志书都没记载它底来历,也许是勺园里底私庙。博雅塔东边底发电所和连阜后面底运动场原是成府村底当铺胡同,是我们知道底。成府明朝作陈

207 燕京大学校址小史

府。听说"成"是成亲王,但"陈"是谁,还待考据。

圣哲楼前面与女部办公处之间为清四川巡抚杭爱底坟墓。女生宿舍前面两座石碑都是康熙年间立底。杭爱满洲人,为征西川时有功的将官。佟府也是由清朝国戚佟国维家而得名。佟府村底西边,现在校南门底大道为从前的御道。那条御道是从南向西北转底。在御道旁边,畅春园底恩慕寺与恩佑寺东边,现在本校围墙里,为集贤院,俗误作吉祥院。这院大概是属于畅春园底一所外馆,用来招待皇帝底宾客底,康熙朝底耶稣会士或者就住在那里。

燕南园底北边原是一座圆明园花匠所建底花神祠。现在还存着两座石碑,是乾隆年间立底。米家坟也在燕南园里。今年夏天,因为建筑教员住舍掘出米万钟底父亲米泉底墓志。李开泰底《宛平县志》(卷一坟墓)也载"米太仆万钟墓在海淀",如果我们踏查一下,一定可以在燕南园找出我们学校最初的主人底坟墓。侗将军园底历史我知道底很少,只知园底东边原是明朝太监底坟墓,现在还有几块墓碑卧在那里。至于燕东园底来历更无可考。但这些都不关紧要,缺掉史乘也可以。

关于勺园底诗很多,如果把它们集起来也是燕京校史上一种有趣的资料。最重要的还是能够得米氏一门的著作,如能得到,我们对于校址底过去就明白多了。

(选自 1929 年 12 月《燕京学报》第 6 期"校舍落成纪念专号")

1940年许地山夫妇结婚十一周年纪念全家福

1941年8月5日许地山出殡

观音崇拜之由来

【北平通讯】燕大教授许地山氏，现正写作《观音崇拜之由来》一文，尚未脱稿，前日许氏应该校中西同人之请，对此题略作讲述，简明扼要，极富兴趣，当此我国一般民众对观音之崇拜，尚极普遍之时，此亦为应有之常识，爰录其讲词大意如后：

最受崇拜的菩萨，是观音与弥勒，观音崇拜完全是宗教性的，而弥勒带些政治性，因为他是未来世的弥赛亚，自白莲教至义和团，教友与团友都尊崇弥勒菩萨，现在专讲观音。

观音是梵语"阿缚卢枳多伊湿伐罗"的讹译，"音"（婆娑罗）乃是"自在"（伊舍婆罗）之误。自在在哲学上与信仰上，都指神，王，主而言。凡是求菩提的，无论其是否凡人，都可称为自在。凡菩萨具足菩萨性者，即是菩萨摩诃萨。今日甘地受其同胞的尊敬，故有摩诃萨（大有情）甘地之称。

从文法上讲，观自在应当解作以慈悲观察的主，可以见到一切，救度众生，他是世间的主，所以也称为世自在，他并无人性，其受人崇拜之始，约在纪元前一世纪与后一世纪之间。

他也是将死者的神，当病人快死的时候，家人总将观音像捧到他的床前，让他可以安然去世。

净土宗说观音是阿弥陀的儿子，阿弥陀是日神，住在西方日落处，观音与阿弥陀之日性，见于《阿弥陀经》。从《妙法莲花经》的"普门品"里，我们可以看到他的大慈大悲。虔诚的人，天天念

"普门品"(《观音经》),在鸠摩罗什的《莲花经》里,观音有三十三个化身,就各人等级高低而随时现不同的身说法。

观音崇拜源于印度教的神妃派(Saktism)。梵,毗纽,湿缚是印度教的最胜三尊,湿缚的配偶最受普遍的信仰,她是毁灭与再造之神,隐为弥陀,为无量光,显为观音,为有限光。原来印度当一世纪时,神妃派大盛,每个神都有配偶,现在西洋人进入印度教的庙宇,看见了具有生殖器的神像,以为是非常猥亵的,其实,阴阳性器不过是生命的象征。

观音亦是生命的赐予者:观音送子。东西京大教授高楠顺次即说:"欧洲骑士风气与圣母崇拜,都是受着经小亚细亚而传入的印度思想之影响而产生的。"圣方济各沙勿略(St. Francis Xavier)将天主教传入日本之后,日本的幕府,有一时期迫害过天主教徒,那时圣母崇拜者,假称玛利亚为子安观音(即送子观音)。

中国的观音崇拜大约始于四世纪时,法显(399—414)留学印度时,只见一处大乘教徒,崇拜观音,而玄奘(629—645)至印度时,看见许多的观音像供奉着,大概朝拜佛迹圣地回来的人,不无助进观音崇拜的贡献。

补陀落迦即是观音所住的圣地,在印度河口的赦罪岛(Pa-Panasam)上,每年不少善男信女,南来沐浴,希望圣地的泉水,能够洗去他们的罪孽(浙江定海县的普渡山,梵名亦为补陀落迦)。

在中国,不少关于观音有兴味的故事。南北朝时,年年刀兵,人民处于水深火热之中,惟有念《观音经》,以求大悲之解救。同时,产生了不少关于神迹的故事,而观音像的形式,也并不一致。我们知道,观音的原始,是个阴性的神。不过无论说其是男神或是女神,总是一个观音;一个观音有多数不同的化身。且说唐太宗为了姓李的缘故，把老子当作祖先而重道教。僧法淋不以为然，他说皇室原属鲜卑，本没有汉姓。皇帝怒，定其死罪，限其用七天工夫，在牢监里呼求观音之名，且看他所信仰的菩萨来救他不救。第七日，他求见皇帝。皇帝问他是否天天求告菩萨，他说："这七天内，我一心只呼求陛下。因为陛下实在是观音的化身，所以人民在这强盛而公平的大国里必不致无辜受死。"于是皇帝发动慈心，免其死，将他放逐到岭南去。佛教徒当这件事为神迹。喇嘛教徒公认西藏的达赖喇嘛，为观音的化身。

中国与日本佛教艺术所表现的观音，可以列举出七种来：

（一）圣观音（大慈观音）。原始的最佛教化的观音，左手拿着莲花，右手放在胸部，是代表佛教的纯净和特殊性。

（二）马头观音（师子无畏观音）。他有马的头，一对伸出口外的长牙，和八只臂，其中的两只，握着 vaira 和莲花，他代表佛教进步与非常的能力。

（三）十一面观音（大光普照观音）。有十一个面孔：前面的三个是慈善的，左面的三个是忿怒的，右面的三个是训诲的，一个向上，是心平气和，泰然自若的态度。又有四只手，一只拿着念珠，一只拿着莲花，一只拿着水瓶，另一只手手掌向外举着。他显示对人类的关切，四面八方普照着。

（四）如意轮观音（大梵深远观音）。普通都是二只手臂的，少数也有六个手臂的。是在深思的样子，头有些向右转，右手支腮，左手扶膝。如果有六只手，则其余四只拿着希望石，轮子，念珠与莲花。他满足人类的需求。

（五）准提观音（天人丈夫观音）。一个三眼十八臂的女性，代表光明与智慧。

(六)千手观音(大悲观音)。面上有三只眼睛,身上四十或三十八只手臂,每个手心上有眼睛一只。他拿着刀,剑,斧等物,是最受尊崇的菩萨之一。

(七)不空索观音(与不空钩观音同体)。三面,八臂,手里拿着绳子。

在中国最受普遍崇拜的是圣观音,白衣观音,柳枝水瓶观音。在印度,水瓶与柳枝是家家必用的东西。每天早晨,印度人折柳枝来刷牙,刷完就丢弃。牙刷印度人不喜欢用,厌它不洁。至于观音的柳枝,是奇妙不过的,是普济众生的象征。

此外,还有鱼篮观音,送子观音,与青颈观音。关于鱼篮观音有这样的一个传说:海龙王的女儿,化了一条鱼在水中游玩,不留神,被渔翁捉获。观音见了,发动慈心,从座而降,将她买过来放生。从此这龙王的女儿,因感激观音的恩典而精修。

送子观音,在日本叫做子安观音,是生命的赐予者。妇女最崇拜她,有将她供奉在卧室里的。

青颈观音的来历,也有一种说法。有个乳海,充满了生命的奶。恶魔起恶意,想倒一碗极猛烈的毒药下去。观音为欲解救这苦难,亲自将毒药饮尽。毒发,头颈就变蓝了。

(选自1934年11月19—20日天津《大公报》)

造成伟大民族底条件

——对北京大学学生讲

有一天，我到天桥去，看那班"活广告"在那里夸赞自己的货色。最感动我底是有一家剃刀铺底徒弟在嚷着"你瞧，你瞧，这是真钢！常言道：要买真钢一条线，不买废铁一大片"。真钢一条线强过废铁一大片，这话使人连想到民族底问题。民族底伟大与渺小是在质，而不在量。人多，若都像废铁，打也打不得、铸也铸不得，不成材，不成器，那有什么用呢？反之，人少，那怕个个像一线底钢丝，分有分底用处，合有合的用处。但是真钢和废铁在本质上本来没有多少区别，真钢若不磨砺锻炼也可以变为废铁。废铁若经过改造也可以变为真钢。若是连一点也炼不出来，那只可称为锈，连名叫废铁也有点够不上。一个民族底存在，也像铁一样，不怕锈，只怕锈到底。锈到底民族是没有希望底。可是要怎样才能使一个民族底铁不锈，或者进一步说，怎能使它永远有用，永远犀利呢？民族底存在，也像"逆水行舟，不进则退"，退到极点，便是灭亡。所以这是个民族生存底问题。

民族，可以分为两种，就是自然民族与文化民族。自然民族是"不识不知，顺帝之则"底。这种民族像蕴藏在矿床里底自然铁，无所谓成钢，也无所谓生锈，若不与外界接触，也许可以永远保存着原形。文化民族是离开矿床底铁，和族外有不断的交通。在这种情形底下，可以走向两条极端的道路。若是能够依民族自己的生活的理想与经验来保持他底生命，又能采取他民族底长处来改进他底生活，那就是有作为，能向上的。这样的民族底特点是自觉的，自给的，自卫的。若不这样，一与他民族接触，便把自己的一切毁灭掉，忘掉自己，轻侮自己，结果便会走到灭亡底命运。我们知道自古到今，可以够得上称为文化民族底有十个。

第一，苏摩亚甲民族（Sumerian Akkadian）。这民族文化发展底最高点是从西纪前三二〇〇年到一八〇〇年。

第二，埃及民族（Egyptian）。发展底顶点是从西纪前二八〇〇年到一二〇〇年。

第三，赫代亚述民族（Hittite-Assyrian），起自小亚细亚中部。最后造成大利乌王（Darius）底伊兰帝国。发展底顶点是从西纪前一八〇〇年到八〇〇年。

第四，中华民族。发展底顶点是从周到汉，就是西纪前一一二六年到西纪二二〇年。

第五，印度民族。发展的时代也和中华民族差不多，但是降落得早一点。

第六，希拉罗马民族。这两民族文化是一线相连底，所以可以当做一个文化集团看。发展底顶点是从西纪前约一二〇〇年起于爱琴海岸直到罗马帝国底末运，西纪二九五年。

第七，犹太天方民族。这民族底文化从西纪前六〇〇年起于犹太直到回教建立以后几百年间。

第八，摩耶民族（Maya）。发生于美洲中部，时间或者在西纪前六〇〇年，到新大陆被发现后，西班牙人把这民族和文化一齐毁灭掉。

第九，西欧民族：包括日耳曼，高卢，盎格鲁撒克逊诸民族。发展底顶点从西纪九〇〇年直到现在。

第十，史拉夫民族。这民族底文化以俄罗斯为主，产生于欧战后，时间离现在太近，还不能定出发展底倾向来。

我们看这十个文化民族，有些已经消灭，有些正在衰落，有些在苟延残喘，有些还可以勉强支持，有些正在发生。在这十个民族以外，当然还有文化民族，像日本民族，斯干地那维安民族，北美民族，等都是。但严格地说起来，维新以前底日本文化不过是中华文化底附庸，维新后又是属于西欧的。所以大和的文化或者还在孕育的时期罢。同样，北美和北欧底民族也是承受西欧底统系，还没有建立为特殊的文化。美利坚虽然也在创造新文化底行程上走，但时间仍是太短，未能如史拉夫民族那么积极和显明。此地并不是要讨论谁是文化民族和谁不是，只是要指出所举底民族文化发荣时期好像都在一千几百年间，他们底兴衰好像都有一定的条件。若合乎兴盛底条件，那民族便可以保存，不然，便渐次趋到衰灭。所以一种文化能被维持得越久长，传播越广远就够得上称为伟大。伟大的和优越的文化存在于伟大的民族中间。所谓伟大是能够包容一切美善的事物底意思，所谓优越是凡事有进步，不落后底意思。包容底范围有广狭，进步底程度有迟速，在这里，文化民族间底优劣就显出来了。进步得慢，包容得狭，还可以维持，怕底不能够容而且事事停顿。停顿就是退步，就容易被高文化底民族，甚至于野蛮民族的征服。然则要怎样才能使文化不停顿呢？不停顿的文化是造成伟大民族的要素。所以我们可以换一句话来问，要具什么条件才能造成伟大的民族？现在且分列在下面。

一、凡伟大的民族必拥有永久性底典籍和艺术

典籍与艺术是连续文化底线。线有脆韧,这两样也有久暂。所谓永久性是说在一个民族里,从他的世界观与人生观所产出底典籍多寓"恒久之至道,不刊之鸿教"(《文心雕龙·宗经》);艺术作品无论在什么时代都能"奋至德之光,动四气之和,以著万物之理",乃至能使人间"耳目聪明,血气和平,移风易俗,天下皆宁"。(《礼记·乐记》)典籍和艺术虽然本身含有永久性,也可得依赖民族自己底信仰,了解,和爱护才能留存。古往今来,多少民族丢了他们宝贵的文化产品,都由于不知爱惜,轻易舍弃。我们知道一个民族底礼教和风俗是从自有的典籍和艺术底田地发育而成底。外来的理想和信仰只可当做辅成的材料,切不可轻易地舍己随人。民族灭亡底一个内因,是先舍弃自己的典籍和艺术,由此,自己的礼俗也随着丧失。这样一代一代自行摧残,民族的特性与特色也逐渐消灭,至终连自己底生存也陷入危险的境地,所以永久性是相对的,一个民族当先有民族意识然后能保持他底文化的遗产。

二、凡伟大的民族必不断地有重要的发明与发见

学者每说"须要是发明之母",但是人间也有很须要而发明不出来底事实。好像汽力和电力,飞天和遁地底器具,在各民族间不能说没须要。汽力和电力所以代身体的劳力,既然会用牛马,便知人有寻求代劳事物底须要,但人间有了很久的生活经验,却不会很早地梦想到利用它们。飞天和遁地底玄想早已存在,却要到晚近才

实现。可见在须要之外，应当还有别的条件我权且说这是"求知欲"与"求全欲"。人对于宇宙间底物与则当先有欲知底意志；由知而后求透彻的理解，由理解而后求完全的利用。要如此发明与发见才可以办到。凡能利用物与则去创物既创成又能时刻改进，到完美地步都是求知与求全底欲望所驱使底。中华民族底发明与发见能力并不微弱，只是短少了求全底欲望，因此对于所创底物，所说底物，每每为盲目的自满自足。一样物品或一条道理被知道以后，再也没有进前往深追究底人。乃至凡有所说，都是推磨式的，转来转去，还是回到原来那一点上。血液循环底原理在中国早已被发见，但"运行血气"底看法于医学上和解剖学上没有多少贡献。木鸢飞天和飞车行空底事情，自古有其说，最多只能被认为世界最初会放风筝底民族，我们却没有发展到飞机底制造。木牛流马没有发展到铁轨车，火药没用来开山疏河，种种等等，并非不须要，乃因想不到。想不到便是求知与求全底欲望不具备底结果。想不到便是不能继续地发明与发见底原因。

　　然则，要怎样才能想得到呢？现代的发现与发明，我想是多用手的原故。人之所以为人，能用手是主要的条件之一。由手与脑连络便产生实际的知识。古代文明与现代文明底区分，只是偏重脑与偏重手底关系。古人以手作为贱役，所以说劳力者是役于人底。他们所注重底是思想，偏重于为人间立法立道，使人有文有礼，故此哲学文学艺术都有相当的成就。现代人不以手作劳动为贱役，他们一面用手，一面用心，心手相应底结果便产出纯正的科学。不用手去着实做，只用脑来空想，绝不会产生近代的科学。没有科学，发明与发见也就难有了。我们可以说旧文化是属于劳心不劳力底有闲者所产，而新文化是属心手俱劳底劳动者底，而在两者当中。偶一不慎便会落到一个也不忙，也不闲，庸庸碌碌，浑浑沌沌底窠臼里。在这样的境地里，人做什么他便跟着做什么；人说什么他便随着说什么。我们没有好名称送给这样的民族文化，只可说是"嘴唇文化"，"傀儡文化"，或"鹦鹉禅的文化"。有这样文化底民族，虽然可以享受别人所创底事物，归到根柢，他便会萎靡不振，乃至于灭亡，岂但弱小而已！

三、凡伟大的民族必具有充足的能力足以自卫卫人

一个伟大的民族是强健的，威武的。为维持正义与和平当具有充足的能力。民族底能力最浅显而具体的是武备所以说，"兵者，国之大事，死生之地，存亡之道，不可不察也。"（《孙子·始计》）伟大民族底武备并不是率禽兽食人或损人肥己底设施。吴起说兵底名有五种："一曰义兵，二曰强兵，三曰刚兵，四曰暴兵，五曰逆兵。禁暴救乱曰义；恃众以伐曰强；因怒兴师曰刚；弃礼贪利曰暴；国乱人疲，举事动众曰逆。"（《吴子·图国》）战争是人类还没离禽兽生活底行为，但在距离大同时代这样道阻且长的情形底下人不能不戒备，所以兵是不可少的。禁暴救乱是伟大民族底义务。他不能容忍人类受任何非理的摧残，无论族内族外，对于刚强暴逆诸兵，不恤舍弃自己去救护。要达到这个地步，民族自己的修养是不可缺之底。他要先能了解自己，教训自己，使自己底立脚处稳固，明白自己所负底责任，知道排难解纷并不是由于恚怒和贪欲，乃是为正义上的利人利己。我们可以借佛家底教训来说明自护护他底意义。"若自护者，即是护他；若护他者，便成自护。云何自护即是护他？自能修习。多修习故，有所证悟。由斯自护，即是护他。云

何护他便成自护？不恼不恚，无怨害心，常起慈悲，愍念于物。是名护他变成自护。"（《有部毗奈耶·下十八》）能具有这种精神才配有武备。兵可以为义战而备，但不一定要战，能够按兵不动，用道理来折服人。乃是最高的理想。孙子说："百战百胜，非善之善者也；不战而屈人之兵，善之善也。"（《谋攻》）这话可以重新地解说。我们生在这有武力才能讲道义底时代，更当建立较高的理想，但要能够自护才可以进前做。如果自己失掉卫护自己底能力那就完了。摩耶民族底文化被人毁灭，未必是因为当时底欧洲人底道德高尚或理想优越，主要原因还是自卫底能力低微罢了。

四、凡伟大的民族须有多量的生活必须品

物质生活是生物绝对的需要。所以天产底丰歉，与民族生产力底强弱，也是决定民族命运底权衡。我们可以说凡伟大的民族都是自给的，不但自给，并且可以供给别人。反过来说，如果事事物物仰给于人，那民族就像笼中鸟，池里鱼，连生命都受统制，还配讲什么伟大？假如天赐底土地不十分肥沃，能进取底民族必要用心手去创造，不达到补天开物底功效不肯罢休。就拿粮食来说罢，"民以食为天"，没得粮食是变乱和战争底一个根源。若是粮食不足，老向外族求籴，那是最危险不过底事。正当的办法是尽地力，尽天工，尽人事。能使土地生产量增加是尽地力。能发见和改善无用的植物使它们成为农作物是尽天工。能在工厂里用方法使一块黏土在很短的期间变成像麦粉一样可以吃得底东西是尽人事。中华古代底社会政策在物质生活方面最主要的是足食主义。"国无九年之蓄曰不足；无六年之蓄曰急；无三年之蓄曰国非其国也。"（《礼记·王

制》）无三年之蓄即不能成国，何况连一日之蓄都没有呢？在理想上，应有九年之蓄，然后可以将生产品去供给别人，不然，便会陷入困难的境地，民族底发展力也就减少了。

五、凡伟大的民族必有生活向上底

正当理想，不耽于物质的享受，物质生活虽然重要，但不能无节制地享用。沉湎于物质享受底民族是不会有高尚的理想底。一衣一食，只求其充足和有益，爱惜物力，守护性情深思远虑，才能体会他和宇宙的关系。人类底命运是被限定的，但在这被限定底范围里当有向上底意志。所谓向上是求全知全能底意向，能否得到且不管它，只是人应当努力去追求。为有利于人群，而不教自己或他人坠落与颓废底物质享受是可以有底。我们也可说伟大的民族没有无益的嗜好，时时能以天地之心为心。古人所谓"明明德，止至善"，便是这个意思。我信人可以做到与天同体，与地合德底地步，那只会享受不乐思惟底民族对于这事却不配梦想。

六、凡伟大的民族必能保持人生底康乐

人生底目的在人人能够得到安居乐业。人对于他底事业有兴趣才会进步。强迫的劳作或为衣食而生活是民族还没达到伟大的境地以前所有底事情。所谓康乐并不是感官的愉快，乃是性情底满足，由勤劳而感到生活底兴趣。能这样才是真幸福。在这样的社会里，虽然免不了情感上的与理智上的痛苦，而体质上的缺陷却很少见。到这境地人们底情感丰富，理智清晰，生无贪求，死无怨怼，他们

没有像池边底鹭鸶或街旁底瘦狗那样底生活。

　　以上六条便是造成伟大民族底条件。现存的民族能够全备这些条件底，恐怕还没有。可是这理想已经存在各文化民族意识里，所以应有具备底一天。我们也不能落后，应当常存着像《礼记·杂记》中所说底"三患"和"五耻"底心，使我们底文化不致失坠。更应当从精神上与体质上求健全，并且要用犀利的眼，警觉的心去提防克服别人所给底障碍。如果你觉得受人欺负而一时没力量做什么，便大声疾呼要"卧薪尝胆"，你得提防敌人也会在你所卧底薪上放火，在所尝底胆里下毒药。所以要达到伟大底地步，先得时刻警醒，不要把精力闲用掉，那就有希望了。

　　冰森对我说这稿曾有笔记稿寄到报馆去，因为详略失当，错漏多有，要我自己重写出来。写完之后，自己也觉得没有新的见解，惭愧得很，请读者当随感录看吧。

作者附记

（选自1935年2月8日《北平晨报·北晨学园》第779期）

读 书 谈

读书是一件难事：有志气，没力量读不了；有力量，没天分，读不好；有天分，没专攻，读不饱；既专攻，没深思，读不透。其余层层叠叠的困难，要说起来还可以扯得很长。读书是不容易，却不是不可能，即如没有天分，没有力量底人，若是不怕困难，勇猛为学，日子深了，纵然没有多大的成就，小成功总不会没有。我信将来人们读书必定比较容易。从行为说，能读以前，必须先费好些时间去认字和读文法，这也是增加读书底困难底一件事，但今后"有声书"必会渐次发达，使人不认得字也可以听书。"有声书"依着话片或有声电影片底原理，一打开书，机器便会把其中的意义放送出来。虽然如此，"无声书"也不见得立刻便会站在被淘汰之列。文字比语言较有恒久性，所寓底意义也比较明了。这话也许不对，但目下情形，听书底习惯还没形成以前，读书底困难，虽然图书馆很方便也还没把前头所说底种种困难移掉。这里没有谈书籍底将来，因为这个问题一开展起来，也可说得很多，所以要言归正传，只拿一个"读"字来说。

在这小文里，我把读书分做三部分来说。第一，读书底目的。第二，读书底方法。第三，读书人对于书底道德。

一、读书底目的

书不是人人必读底，不过，若是能读底话，就非读不可。我想读书底目的有三种：第一为生活，第二为知识，第三为修养。第一个目的是浅而易见的，要到社会混饭吃，又不愿意去"做手艺"，"当听差"，不在学堂里领一张文凭便不成功。再进一步说，若要手艺做得好，听差当得令人称意也非从书里去找出路不可。读书人，尤其是大学生，许多并没有做律师底天才，偏要去学法律；没有当医师底兴趣却要去习医学；因为"谋生"与"出路"无形中浪费了许多青年底时间，精神和金钱。所以在进大学或专门学校以前，学者应当先受学习能力与兴趣底测验，由专家指导他，向着与他合式底科目去学。若能这样办，读书为用底目的才算真正地达到。不然，所学非所用，或对于所学不忠实底事情一定不能免。如果兴趣或能力改变，自然还可以更换他底学与业，所不能有底，是学者持着"敲门砖"底态度，事一混得来，书本也扔了。

第二种目的，读书为求知识。这个目的可以说超出饭碗问题之上，纯为求知识而读书，以书为嗜好品，以书为朋友，以书为情人。读书为用，固然是必要的，然而求知识也是人生不可少的欲望。生活是靠知识培养底。一个人虽然不须出来混饭，知识却不能不要。有一次，同学李勋刚先生告诉我，说他有一个很骄傲的朋友，最看不起人抱着书来念，甚至反对人进学堂，那朋友说：我一向没进过学校，可以月月赚钱，读书尤其是入大学，是没用的。李先生回答他说：自然，像你有万贯家财，做事不做事没关系，可是念书并不单为做事，得知识，叫人不糊涂，岂不是也顶重要么？像我进过大学，虽然没赚得像些没进过大学底人们那么多钱，若是我底孩子病了，我决不会教他吃下四只蝎子。他这话是因那朋友在不久的过去，信巫医底话，把四只蝎子煅成灰，给他一个有病的儿子吃，不幸吃坏了！这事很可以指出知识是人生最要紧的一件事。有知识，便没有糊涂的行为。知识大半是从书本上得来。一个人常要经过乱读书底时期，才能进入拣书读底境地。乱读书只是寻求知识底初步，拣书读，才能算上了知识底轨道。

第三种目的是为修养。"读圣贤书，所学何事？"这话充分表现读书为修养底意思。古人读书底目的求知与修养是一贯的，因为读不成书底早当离开学校到市廛或田野去了。市廛与田野乃小人底去处，知识与修养不能从那些地方得来。这观念当然不正确，应是读一日书当获一日之益，读一日书，有一日之用。无论取什么职业，当以不舍书本为是。深奥的书不能读，浅近的书也应当读，不然，真会令人堕落到理智丧失底地步。读书只为利用与知识是不够底。用，要审时宜；知，要辨利害，要做到这一层，非有涵养不可。古人劝人以"不以情欲杀身，不以学术杀天下后世"，是表明修养底重要。我们可以说，所得于读书底，不但希望能在生活得成功，在理智得完备，并且在保持道德与意志底康健。

古人关于读书底名言很多，这里请依着上述三种目的选录些出来。也许有人会批评说那些都是酸秀才底腐话，但我觉得真实的话虽然古旧却不会腐败些毫。因为读者不见得对于底下所选底句句都能接受，所以要多选几条。

> 今之士，非尧舜文王，周，孔不谭，非《语》《孟》《大学》《中庸》不观；言必称周，程，张，朱；学必曰致知格物；此自三代而后，所未有也，可谓盛矣！然豪杰之士不出；礼义之俗不成；士风日陋于一日；人才岁衰于一岁。而学校之所讲，逢掖之所谭，几若屠儿之礼佛，倡家之谈礼者，是可叹也。（牟允中《庸行编》卷二）

读书贵能用。读书不能用,是读书不识字也。郭登《咏蠹鱼》诗云:元来全不知文意,枉向书中过一生。(同上)圣贤之书所载皆天地古今万事万物之理。能因书以知理,则理有实用。由一理之微,可以包六合之大;由一日之近,可以尽千古之远。世之读书者生乎百世之后,而欲知百世之前,处乎一室之间,而欲悉天下之理,非书曷以致之?书之在天下,五经而下,若传,若史,诸子百家,上而天,下而地,中而人与物,固无一事之不具,亦无一理之不该学者诚即事而求之,则可以通三才而兼备乎万事万物之理矣。虽然,书不贵多而贵精,学必由博而守约。果能精而约之以贯其多与博,合其大而极于无余,会其全而备于有用,圣贤之道,岂外是哉?(《清圣祖庭训格言》)

米元章云,一日不读书,便觉思涩。想古人未尝片时废书也。(《庸行编》卷二)为学之道,莫先于穷理。穷理之要,必在于读书。(同上)古人书籍,近人著述,浩如烟海,人生目光之所及者,不过九牛之一毛耳。……知书籍之多,而吾所见者寡,则不敢以一得自喜,而当思择善而约守之。(曾国藩《求阙斋日记》)

君子之学非为富贵也,此心此理不可不明故也。为富贵而学,其学必不实,其理必不明,其德必不成者也。(《庸行编》卷二)

读书原是要识道理,务德业,并不只是为功名。若不慕天地之理,不究身心之业,纵使功名显贵,亦是不肖子孙。若道理明白可以立身,可以正家,可以应世处事,虽终身不得一衿,亦为祖父光荣。(张师载《课子随笔》)

吾辈读有字的书却要识无字的理。理岂在语言文字哉？只就此日，此时，此事，求个此心过得去的，便是理也。(《身世金箴》)

道理书尽读；事务书多读；文章书少读；闲杂书休读；邪妄书焚之可也。(吕坤《呻吟语》)

读书能使人寡过，不独明理。此心日与道俱，邪念自不得而乘之。(同上)

朱子云，读书之法当循序而有常，致一而不懈，从容乎句读文句之间，而体验乎操存践履之实，然后心静理明，渐见意味。不然，则虽广求博取，日诵五车，亦奚益于学哉？此言乃读书之至要也。人之读书本欲存诸心，体诸身，而求实得于己也，如不然，将书泛然读之，何用？凡读书人皆宜奉此为训也。(《庭训格言》)

先儒谓读书要能变化气质，盖人性无不善，气质却不免有醇疵，只要自己晓得疵处，便好用功去变化他。(《课子随笔》)

读书不希圣贤如铅椠佣；居官不爱子民如衣冠盗；讲学不尚躬行如口头禅；立业不思种德，如眼前花。(洪自诚《菜根谭》)

以上几条是从读书底目的讲，古人看读书底最重要的目的是修养，其次是知识，最后乃是应用。这三样很有连络起来底必要，只为一个目的而读书，恐怕不能得到书底真意味。

二、读书底方法

读书方法讲起来也没有"西法"和"中法""古法"和"今法"底分别，不过古人书少，所读有限，因为虚心底原故，把一生工夫常用在注解古书上头。思想在无形中因而停滞。为达到上说三种目的，无论用什么方法都可以，但是个人性质不同研究材料底多少难易，使他采取一种适合的方法。古训中有许多地方教人怎样读书底。现在略引几条在底下。

为学先须立大规模，万物皆备于我，天地间孰非分内事？不学，安得理明而义精？既负七尺，亦负父兄，愧怍何如？工夫须是绵密，日积月累，久自有益，毋急躁，毋间断，病实相因，尤忌等待。眼前一刻，即百年中一刻，日月如流，志业不立，坐等待之故。（张履祥《澉湖塾约》）

一率作则觉有义味，日浓日艳，虽难事，不至成功不休；一间断则渐觉疏离，日畏日怯，虽易事，再使继续甚难。是以圣学在无息，圣心在不已。一息一已，难接难起，此学者之大惧也。（《呻吟语》）

读书不可有欲了底心，才有此心，便心在背后白纸去了，无益。须是紧着工夫，不可悠忽，又不须忙，小作课程，大施工力。如会读得二百字，只读一百字，却于百字中猛施工夫，理会仔细，徘徊顾恋，如不欲去，如此，不会记性人亦记得，无识性人亦理会得。（《庸行编》卷二）

凡人读书或学艺每自谓不能者事自误其身也。中庸有云：

"有弗学，学之弗能，弗措也，……人一能之，已百之，人十能之，已千之。果能此道矣。虽愚必明，虽柔必强。"实为学最有益之言也。(《庭训格言》)

读书有不解处，标出以问知者，慎勿轻自改窜"银""根"之误，遗笑千古。(申涵光《荆园小语》)

学者欲决不堕落，惟在能信，欲道理八面玲珑，惟在能疑。善思则疑，躬行则信。信则人品真实，疑则心事精微。(《庸行编》卷二)

读书要疑，大疑大悟，小疑小悟，不疑不悟。(同上)

少年学问当如上帐，当如销帐。(同上)

从以上所引几件看来，古人为学底方法，可以找出几点，第一是宇宙里底一切都应看为学者分内所当知底对象，而知底方法是绵密地观察和诵读，不慌不忙，日积月累，终有成功底一天。第二不怕困难，不可中间停滞，"一日曝之，十日寒之"，不是个办法，第三，不要自以为不能，先得有"人一能之，己百之，人十能之，己千之"底心，进而达到博学，审问，慎思，明辨，笃行底程序。第四，为学当利用疑与信两种心情。不疑便不能了悟，因为学者心目中没有问题，当然学业不会给他多少刺激，既悟以后，便当对于所知有信仰。没有信仰，所行便与所知背道而驰，结果会弄到像"屠儿礼佛"，"倡家谈礼"一般。第五，少年时代求学在多知，像上账一样，老年却在去知，把所知底应用出来，一件一件地做，像销账一样。看来古人是注重在修养与力行方面，知而不行，便是学还没得到方法底表征。

现在我们应读底书多过古人几千倍，在道理上讲，读书底目的仍没多少更变。不过方法学发达了，我们现在用不着死记底工夫。知识底朋友多了，我们有问题可以彼此提出来，互相讨究。这比古人读书底困难实在天壤之隔。若讲到现代读书底方法，当然也可以依着前头三种目的去采取。为修养和为知识而记下底笔记定然是不同底。在所学还没有得系统底时候，应当用纸片将书中所要用底文句钞下来，放在一定的地方，自己分出类部来。纸片记法是现在最流行底一种方法，从前我们底旧书塾也有类乎这样办法，便是用纸签一条一条钞起来，依着部类钉在一起这便是"条"字底原来意思。假如在纸片里发现出可疑底地方，应当另外提出来，备日后的探究。注解书籍底工夫不必人人去做，但若要训练自己读书底严勤习惯，也不妨在这事上做一些工夫。注解当然要包括校勘，那么没有目录学底书籍也不成。凡读书当选最靠得住底本子去读，如果读诵底过程中发现什么新解，先不要自满，看看前人已经见到没有，有人说过什么话没有，自己底推论有没有力量。只是学不能叫做读书，非要思索过不可。读书不消化毛病就在学而不思上头。现在且把读书方法底程序简略写几句，第一步当检阅目录，如果有书评，靠得住的，也当读一下。近代的书贾多为赚钱，宣扬文化不是他们底目的，有时看见底书名很好，内容却是乱七八糟。以致读者对于书底选择成为很重要的问题。如果依着靠得住底评书家底指导，浪费时间金钱和精力底事也就可以避免了。得到要念底书以后，第二步底工作便记录书中底大意，用笔记法或签条法，纸片法都成。这可以依着读者底习惯和需要去做。从前底学者很爱剪书，把所要底材料都剪下来贴在一起。这是很费事和糟塌书底办法。为要简便只把所要章节在书上底卷数篇数记录起来就够了。第三步，便到应用底程序上。将所得底整理好，排列出次序来，到一需用起来，便左右逢源了，这是读书底最有效的方法。

三、读书人对于书底道德

从前的人对于书籍很爱惜，若非不得已决不肯在本子上涂红画绿。书籍越干净，读底人越觉有精神。在图书馆里，每见读者把公共的书籍任意涂画，圈点批注，无所不至。甚至于当公书为私产，好像"风雅贼"底徽号是于为学无损似的。不想读者底用功处便在以行为来表显知识，行为不正，若不是邪知，便是不知底原故。许多公共图书馆都发现过馆里底书籍常有被挖，撕，藏，偷底四件事。道德程度高的读者当然没有这样事。而那毁书偷书底人们，所做底乃是损人不利己。因为知识说到底还是公共的。自己如把全部书底一部分偷走，别人固然不能读，自己所得也是不完全的。还有借书不还也是读书人一件大毛病。所以有许多人不愿意把书轻易借给人。倘若能够把这些恶习都改正，我想我们在读书上便会增加了不少的方便。读书底道德问题虽然无关于知识，但会间接地影响到学业上，便是有养成取巧底习惯。积久便会堕落到不学底地步，所以读书人应当在这点加意。

（选自 1935 年 4 月 16 日《北平晨报·北晨学园》第 802 期）

1920年许地山在《新社会》上发表文章九篇：《女子的服饰》《强奸》《柏拉图的共和国》《我对于译名为什么要用注音字母》《社会科学的研究法》《十九世纪两大社会学家底女子观》《劳动底究竟》《劳动底威仪》《"五一"与"五四"》

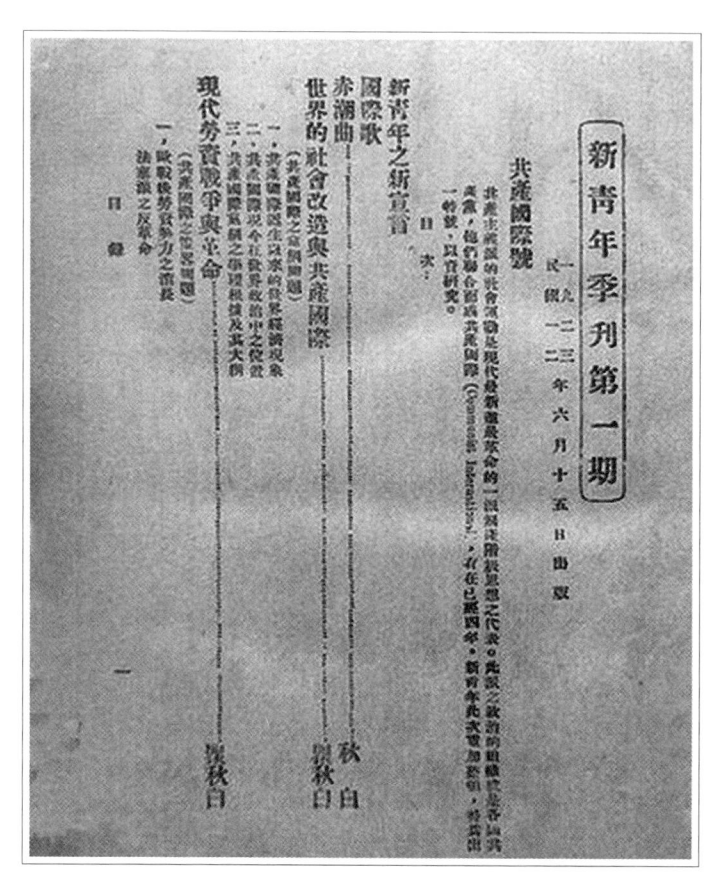

1923年许地山为瞿秋白《赤潮曲》谱曲，发表于《新青年》季刊第一期，《赤潮曲》是我国现代第一首无产阶级革命歌曲

近三百年来底中国女装(节选)

穿衣服底动机有三：一为护体，二为遮羞，三为装饰。这三种中以装饰为最多变化。衣服底形式所以屡次变迁都系在装饰底趣味上。在蛮野社会中，男子底衣服多是为装饰，而女子就多为遮羞。除掉护体底甲冑皮毛外，一切衣服都含有很重的两性要素。文化低下的民族底装饰每近于性器官底部位，为底是增加性的引诱。所以有人说衣服原来是带着生殖象征性底。装饰包含文身，痂身，画身，去毛，盘发，变形，等。文身是用利器划破皮肤，使成种种花纹，涂上彩色，使它永远不退。痂身是烧或割伤皮肉，使疮愈后，永留疤痕。画身是在身面涂上粉墨或其它颜色，如擦粉，画眉，涂脂，点唇，染齿，染甲，都属这一类。去毛有拔，剃，剪三个方法。盘发如梳髻，打辫，总角，胶发，都算在里头。变形如修甲，烫发，束胸，束腰，缠足乃至无故镶金牙，等，都是。衣服底祖先是文身，痂身，画身。刺划在身上底花纹不能改变，画上去底又容易掉，所以衣服一出世，它们便渐次消灭了。

服装底形式，大概可以分为七种：一、战利品底安置；二、威吓作用；三、性的引诱；四、职业底表示；五、性别的表示；六、地域底特征；七、宗教底信仰。原人披毛戴角，是为安置战利品或增强披戴者底威武，使人一见便起恐怖。性的引诱在服装上占很重要的地位，所谓"三分人，七分装"，很可以表明这意思。两性生活底束缚与解放也可以从衣服看出来。服装上含有两性作用底有下列四个方法。一、使身体增高，如穿高跟鞋，戴高帽之类。二、使身体增广或缩小,如广袖,阔裙,束胸,束腰之类。三、指示身体底特殊部位,如在耳,鼻,手,足,颈,腰,等处,戴环状或其它的饰物。四、指示身体某部底动作,如飘带,铃钏之类。职业底表示,如军装,工装,等,衣服上有特殊的设施,以备携带主要的用品。现代的衣服,好像没有多少地域性,但在闭塞一点底地方,服装底形式,和所用底材料,一看便可以分辨出那着底人是属于什么地方底。此外还有夸耀缝匠底手艺底衣服,因为技艺高下底不同,形式也随着变化,近代的服装所以变得这么快就在这里。营业上底自由竞争,加上穿衣服底人们底夸奇眩异,使裁缝和装饰家得以时常翻新花样。

　　社会生活与经济政治都与衣服底改变有密切关系。男子底服装大体说来不如女子底变得那么快。中国底女装在近二十年来变得更快,这是指示近年女子底生活底变动。她们从幽闭的绣房跳出来演电影,作手艺,做买卖,当教员,乃至做官吏,当舞女,在服装上自然不能不改变。关于衣服迁变底研究,是社会学家,历史家,美术家,家政学家应当努力底。本文只就个人底癖好和些微的心得略写出来,日后有本钱,当把它扩成一本小图册。

　　近三百年来底服装,因为满族底统治与外国底交通,而大变动。最初变更底当然是公服,以后渐次推及常服。但强制的变更只限于男子,女子服装底改变却是因为时髦。我们从顺治朝对于衣服所下底诏令可以想出当时底光景。

　　一、顺治元年十月,命文臣衣冠暂从明制。这时对人民底装束并没有什么规定。

　　二、顺治二年六月,定剃发之制,限旬日内一律遵行,违者杀无赦。这时所下底诏令也没提到改变衣服底话。在狄葆贤先生《平等阁笔记》(卷二，十五页)里，记一件趣事说："明末有遗老某君因不愿剃发，遂改作女子装束，终身雌伏，著作甚富。"当时因不愿剃发而死底很多，但改作女装祈活底当也不少。因为男女衣服自来便没有多大的分别，所差底只是下身底百褶裙与头上底髻鬟而已。男子装束除僧道以外，自剃发令一下，都改变了，顺治二年闰六月始定群臣公以下及生员耆老顶戴品式。

三、顺治四年十一月始定官民服饰之制。定制只说官民应用底材料和颜色，却没指定什么款式。所以到乾隆初期鄙塞一点底地方还有不少明装底男女。若不做官吏，人们就没有戴红缨帽或穿马褂底必要。如把辫子盘在顶上，把青毡帽一戴，从衣服是分不出来底，清初底辫子又格外地小而短，不像清末那么长大，所以外表没有何等大变动。妇女底服装简直是没变过，不但如此，满洲妇女还要模仿汉装，乾隆间，一再降旨严禁缠足，但仿汉女衣服却没有禁止过。满洲人底装束，男女大体一样，女子不着裙，是与汉人不同底一点。

近三百年来底服装与古时不同底地方最显著的是用钮扣代替带子。明以前底衣服都是没钮扣底，明末，女人于霞佩上间或用金质扣子，但没见过钮子。钮底应用最初恐怕是在盔甲上。从前武士底中衣有用"蜈蚣钮"底，由第一个钮襻穿入第二个钮襻，这样可以穿到二三十个，到末扣上一个钮。蜈蚣钮底形状和现在的"随折扣"一样，但前者只便于解，而不便于扣，后者扣解都方便，并且伸缩可以随意。乾隆以后，西洋品物渐次输入，而服装底形式还没改变，只所用材料有时也以外货为尚而已。近三十年来，仕女与外人接触日多，拜倒于他人文化之前，家具服装，样样崇尚"洋式"，"新式"，或"西式"，因此变迁得最剧烈。

衣服可以分为公服，礼服，常服三种。公服是命妇底服装，自皇后以至七品命妇都有规定，礼服从民人说可以分为吉服与丧服两种。平常的服装底形式最多，变迁也比前二种自由。本文所要提出底特注意在这一种上头。今依次叙述在底下。

（选自 1935 年 5 月 11 日天津《大公报·艺术周刊》第 32 期）

民国一世

——三十年来我国礼俗变迁底简略的回观

转眼又到民国三十年，用古话来说，就是一世了。这一世底经历真比前些世代都重要而更繁多，教大家都感觉是在一个完全不同的世界里生活着。这三十年底政治史，说起来也许会比任何时代都来得复杂。不过政治史只是记载事情发生后底结果，单从这面看是看不透底。我们历来的史家讲政必要连带地讲到风俗，因为风俗是民族底理想与习尚底反映，若不明了这一层，对于政治底进展底观察只能见到皮相。民国一世底政治史，说来虽然教人头痛，但是已经有了好些的著作。在这期间，风俗习尚底变迁好像还没有什么完备的记载，所以在这三十年度开始，我们对于过去二十九年底风尚不妨做一个概略的回观。自然这篇短文不是写风俗史，不过试要把那在政治背后底人民生活与习尚叙述一二而已。

民国底产生是先天不足的。三十年前底人民对于革命底理想与目的多数还在睡里梦里，辛亥年（民国前一年，也是武昌起义底那一年）三月二十九底下午在广州发动底不朽的革命举动，我们当记得，有名字底革命家只牺牲了七十二人！拿全国人民底总数来与这数目一比，简直没法子列出一个好看的算式。那时我是一个中学生。住在离总督衙门后不远底一所房子，满街底人在炸弹声响了不久之后，都嚷着"革命党起事了！"大家争着关铺门，除招牌，甚至什么公馆、寓、第、宅、堂等等红纸门榜也都各自撕下，惟恐来不及。那晚上，大家关起大门，除掉天上底火光与零碎的枪声以外,一点也不见不闻。事平之后,回学堂去,问起来,大家都说没见过革命党,只有两三位住在学堂里底先生告诉我们说有两三个操外省口音,臂缠着白毛巾底青年曾躲在仪器室里。其中有一个人还劝人加入革命党,那位先生没答应他,他就鄙夷地说:"蠢才,有便宜米你都不吃……"他底理想只以为革命成功以后,人人都可以有便宜的粮食了,这种革命思想与古代底造反者所说底口号没有什么分别。自然那时有许多青年也读过民族革命底宣传品,但革命的建国方略始终为一般人所没梦想过,连革命党员中间也有许多是不明白他们正在做着什么事情。不到六个月,武昌起义了。这举动似乎与广州革命不相干,但竟然成功了。人民底思想是毫无预备,只混混沌沌地站在革命底旗帜下,不到几个月,居然建立了中华民国。

民国成立以后,关于礼俗底改革,最显著的是剪辫,穿西服,用阳历,废叩头等等。剪辫在民国前两三年,广州与香港已渐成为时髦,原因是澳美二洲底华侨和东西留学生回国底很多。他们都是短服(不一定是西装),剪发、革履,青年学生见了互相仿效,还有当时是军国民主义底教育,学生底制服就是军装。许多人不喜欢把辫子盘过胁下扣在胸前底第一颗钮扣上,都把它剪掉,或只留顶上一排头发,戴军帽时,把辫子盘起来,叫做"半剪"。当时人管没辫子底人们叫做"剪辫仔"或"有辫仔",稍微客气一点底就叫他们底打扮做"文明装"或"金山文明装",现在广州与香港底理发师还有些保留着所谓"金山装"底名目底。在民国前三年,我已经是个"剪辫仔",先父初见我光了头,穿起洋服,结了一条大红领带,虽没生气,却摇着头说,"文明不能专在外表上讲"。

广东反正,我们全家搬到福建,寄寓在海澄一个朋友底乡间。

那里底人见我们全家底男子，连先父也在内，都没有辫子，都说我们是"革命仔"。乡下人有许多不愿意剪辫，因为依当地风俗，男子若不是当和尚或犯奸就不能把辫子去掉。他们对于革命运动虽然热烈地拥护，但要他们剪掉辫子却有点为难，所以有许多是被人硬剪掉底。有些要在剪掉之后放一串炮仗；有些还要祭过祖先才剪。这不是有所爱于满洲人底装束，前者是杀晦气，后者是本着"身体发肤，受之父母"底教训。你如问为什么剃头就不是"毁伤"，他就说从前是奉旨及父母之命而行底。民国元年，南方沿海底都市有些有女革命军底组织，当时剪发底女子也不少，若不因为女革命军底声誉不好和军政当局底压抑，女子们剪发就不必等到民国十六年以后才成为流行的装扮了。当盛行女子剪发底时候，东三省有位某帅，参观学校，见某女教员剪发，便当她是共产党员，把她枪毙了。她也可以说是为服装而牺牲底不幸者。

讲到衣服底改变，如大礼服，小礼服之类，也许是因为当时当局诸明公都抱"文明先重外表"底见解，没想到我们底纺织工业会因此而吃大亏。我们底布匹底宽度是不宜于裁西装底，结果非要买入人家多量的洋材料不可。单说输入底钮扣一样。若是翻翻民国元年以后海关底黄皮书，就知道那数字在历年底增加是很可怕的了。其它如硬领，领带、小梳子、小镜子等等文明装底零件更可想而知了。女人装束在最初几年没有剧烈的变迁，当时留学东洋回国底女学生很多，因此日本式的髻发，金边小眼镜，小绢伞，手提包，成为女子时髦的装饰。后来女学生底装束被旗袍占了势力，一时长的、短的、宽的、窄的，都以旗袍式为标准，裙子渐渐地没人穿了。民国十四、五年以后，在上海以伴舞及演电影底职业女子掌握了女子时髦装束底威权，但全部是抄袭外国底，毫无本国风度，直到现在,除掉变态的旗袍以外,几乎辨别不出是中国装了。在服装上,我们底男女多半变了被他人装饰底人形衣架,看不出什么民族性来。

衣服直接影响到礼俗,最著的是婚礼。民国初年,男子在功令上必要改装,女子却是仍旧,因此在婚礼上就显出异样来。在福建乡间,我亲见过新郎穿底是戏台上底红生袍,戴底是满镶着小镜子底小生巾,因为依照功令,大礼服与大礼帽全是黑的,穿戴起来,有点丧气。间或有穿戴上底,也得披上红绸,在大高帽上插一金花,甚至在草帽上插花披红,真可谓不伦不类。不久,所谓"文明婚礼"流行了。新娘是由凤冠霞帔改为披头纱和穿民国礼服。头纱在最初有披大红的,后来渐渐由桃红淡红到变为欧式的全白,以致守旧的太婆不愿意,有些说,"看现在的新娘子,未死丈夫先戴孝!"这种风气大概最初是由教会及上海底欧美留学生做起,后来渐渐传染各处。现在在各大都市,甚至礼饼之微也是西装了!什么与我们底礼俗不相干底扔破鞋、分婚糕、度蜜月,件件都学到了。还有,新兴的仪仗中间有军乐队,不管三七二十一胡乱吹打一气。如果新娘是曾在学校毕业底,那就更荣耀了,有时还可以在亲迎底那一天把文凭安置在彩亭里扛着满街游行。

至于丧礼,在这三十年来底变迁却与婚礼不同。从君主政策被推翻了之后,一切的荣典都排不到棺材前,孝子们异想天开,在仪仗里把挽联、祭幛、花圈等等,都给加上去了。讣告在从前是有一定规矩底,身份够不上用家人报丧底就不敢用某宅家人报丧底条子或登广告。但封建思想底遗毒不但还未除净,甚且变本加厉,随便一个小小官吏或稍有积蓄底商人底死丧,也可以自由地设立治丧处,讣告甚至可以印成几厚册,文字比帝制时代实录馆底实录底内容还要多。孝子也给父母送起挽联或祭幛来了。花圈是胡乱地送，不管死者信不信耶稣，有十字架表识底花圈每和陀罗尼经幛放在一起。出殡底仪仗是七乱八糟，讲不上严肃，也显不出哀悼，只可以说是排场热闹而已。穿孝也近乎欧化，除掉乡下人还用旧礼或缠一点白以外，都市人多用黑纱绕臂，有时连什么徽识也没有。三年之丧再也没能维持下去了。

说到称谓，在民国初年，无论是谁，男的都称先生，女的都称女士，后来老爷、大人、夫人、太太、小姐等等旧称呼也渐渐随着帝制复活起来。帝制翻不成，封建时代底称呼反与洋封建底称呼互相翻译，在太太们中间，又自分等第，什么"夫人""太太"都依着丈夫底地位而异其称呼，男方面，什么"先生"，什么"君"，什么"博士"，"硕士"也做成了阶级的分别，这都是封建意识底未被铲除，若长此发展下去，我们就得提防将来也许有"爵爷""陛下"等等称呼底流行。个人的名字用外国的如约翰、威灵顿、安妮、莉莉、伊利沙伯之类越来越多，好像没有外国名字就不够文明似地。日常的称如"蜜丝""蜜丝打""累得死""尖头鳗"一类的外国货格外流行，听了有时可以使人犯了脑溢血底病。

一般嗜好，在这二十九年，也可以说有很大的变更。吃底东西，洋货输进来底越多。从礼品上可以看出芝古力糖店抢了海味铺不少的买卖，洋点心铺夺掉茶食店大宗的生意。冰淇淋与汽水代替了豆腐花和酸梅汤。俄法大菜甚至有替代满汉全席底气概。赌博比三十年前更普遍化，麻雀牌底流行也同鸦片白面红丸等物一样，大有燎原之势，了得么！

历法底改变固然有许多好处，但农人底生活却非常不便，弄到都市底节令与乡间底互相脱节。都市底商店记得西洋的时节如复活节、耶稣诞等，比记得清明、端午、中秋、重九、冬至等更清楚。一个耶稣诞期，洋货店可以卖出很多洋礼物，十之九是中国人买底，难道国人有十分之九是基督徒么？奴性的盲从，替人家凑热闹，说来很可怜的。

最后讲到教育。这二十九年来因为教育方针屡次地转向，教育经费底屡受政治影响，以致中小学底教育基础极不稳固。自五四运动以后，高等教育与专门学术底研究比较有点成绩，但中小学教育在大体上说来仍是一团糟。尤其是在都市底那班居心骗钱，借口办学底教育家所办底学校，学科不完备，教师资格底不够，且不用说，最坏的是巴结学生，发卖文凭，及其它种种违反教育原则底行为。那班人公然在国旗或宗教的徽帜底下摧残我青年人底身心。这种罪恶是二十九年来许多办学底人们应该忏悔底。我从民国元年到现在未尝离开粉笔生涯，见中小学教育底江河日下，不禁为中国前途捏了一把冷汗。从前是"士农工商"，一入民国，我们就时常听见"军政商学"，后来在"军"上又加上个"党"。从前是"四民"，现在"学"所居底地位是什么，我就不愿意多嘴了。

此地底篇幅不容我多写，我不再往下说了，本来这篇文字是为祝民国三十年底，我所以把我们二十九年来底不满意处说些少出来，使大家反省一下我们底国民精神到底到了什么国去？这个我又不便往下再问，等大家放下报纸闭眼一想得了。民国算是入了壮年底阶段了。过去的二十九年，在政治上、外交上、经济上，乃至思想上，受人操纵底程度比民国未产生以前更深，现在若想自力更生底话，必得努力祛除从前种种愚昧，改革从前种种的过失，力戒懒惰与依赖，发动自己的能力与思想，要这样，新的国运才能日臻于光明。我们不能时刻希求人家时刻之援助，要记得我们是入了壮年时期，是三十岁了，更要记得援助我们底就可以操纵我们呀！若是一个人活到三十岁还要被人"援助"，他真是一个"不长进"底人。我们要建设一个更健全的国家非得有这样的觉悟与愿望不可。愿大家在这第三十年底开始加倍地努力，这样，未来的种种都是有希望的，是生长的，是有幸福的。

(选自 1941 年 1 月 1 日香港《大公报·文艺》第 1001 期)

青年节对青年讲话

在二十二年前底今日也是个星期日，我还在燕京大学读书。当日在天安门聚齐，怎样向交民巷交涉，怎样到栖凤楼去，到现在还很明显地一桩一件出现在我底回忆里。不过今天我没工夫对诸位细说当日底情形与个人底遭遇，所要说底只是五四运动底意义，与今后我们青年人所当努力底事情。大学生对于社会与政治底关心，是我们自古以来底传统理想，因为求学目的是在将来能为国家服务，同时也是训练各人对于目前的政治与社会问题底态度与解答。当国家在危难时期，尤其需要青年对于种种问题，与实况有深切的了解与认识。他们得到刺激之后，更能为国认真向学，与努力做人。我们常感觉到年长的执政们，有时候脑筋会迟钝一点，对于当前问题底感觉未必会像青年人那么敏锐，又因为他们底生活安定了，虽然经验与理智告诉他们应当怎样做，他们却不肯照所知所见，与所当走底路途去做去行。因此，青年人底政治意见底表示，就很可以刺激他们，使他们详加考虑和审慎地决断。五四运动底意义是在这点上头，不幸事件底发生，不过是偶然的。若以打人烧屋来赞扬五四运动当日底学生，那就是太低看了那次底学生行为了。

五四运动底光荣是过去了，好汉不说当年勇，我们有为的青年应当努力于现在与将来，使中国能够发展成为一个近代的国家。我每觉得我们国民底感觉太迟钝，做事固然追不上时间，思想更不用说，在教育界中间甚至有些人一点思想，一毫思想都没有。教书底人没有教育良心，读书底人没有学习毅力，互相敷衍，互相标榜，互相欺骗。当日五四底学生，今日有许多已是操纵国运底要人，试问他们有了什么成绩，有许多人甚且回到科举时代底习尚，以为读书人便当会做诗，写字，绘画，不但自己这样做，并且鼓励学生跟着他们将有用的时间，费在无用或难以成功底事情上。他们盲目地鼓吹保存国粹，发展中国固有文化，不知道他们所保存底只是国渣滓而已。试拿保存中国文字一件事来说，我如果不认定文字不过是传达思想底工具，就会看它为民族底神圣遗物，永远不敢改变它，甚至会做出错误的推理说，有中国文字然后有中国文化，但是我们要知道中国文字并未发展到科学化的阶段便停止了。生于现代而用原始的工具，无论如何是有害无利的。现代的文明是速度的文明，人家底进步一日万里，我们还在抱残守缺，无论如何，是会落后的。中国文字不改革，民族底进步便无希望。这是我敢断言底。我敢再进一步说，推行注音字母还不够，非得改用拼音字不可。现在许多青年导师，不但不主张改革中国文字，反而提倡书法，以为中国字特别具有艺术价值，值得提倡。说这样话底人们，大概没到过欧美图书馆去看看中古时代，僧侣们写底圣经和其它稿本。写的文字形式一样可以令人发生美感，古人闲得很，可以多用工夫消磨在写字上。现代人若将时间这样浪费，那就不应当了。文字形式底美，与其它器具，如椅桌等底一样，它底美底价值与纯艺术，如绘画雕刻等不同，因为它主要目的在用而不在欣赏。我们要将用来变成欣赏也未尝不可，甚至欣赏到无用而有害的东西，如吸烟，打麻啡之类，也只得由人去做，不过不是应当青年人提倡底种种。近日有人教狗虱做戏，在技巧方面说是可以的，若是当它做艺术看那就太差了。提倡书法也与提倡做狗虱戏一样无关大雅，近日人好皮毛的名誉，以为能写个字，能画两笔，便是名家。因此，不肯从真学问处下工夫,这是太可惜太可怜了。

青年节是含有训练青年人底政治意识与态度底作用底。我们的民族正入到最危难的关头,国民对于民族生存底大目标固然要一致,为要达到生存底安全也要一致地努力,但对于国家前途底计划,意见纵然不一致,也当彼此容忍,开诚布公,使磨擦减少。须知我们自己若不能相容,我们便不配希望人家底帮助与同情。我们对内底严重症结在贪污与政治团体底意见分歧与互相猜忌,国防只是党防,抗战不能得预期的效果多半是由于被上头所指出底贪污底绳与猜忌底索的绊缠。这样下去,那能了得?前几日偶然翻到日本平凡社刊行底百科大事汇,在缅甸一条里,论者说缅甸人性好猜忌,是亡国民族底特征。编者对缅甸人底观察与判断我不敢赞同,但亡了国之后,凡人类所有的劣根性都会意外地被指摘出来,我也承认亡国民族有他底特征,而这些都是积渐发展而来底。前七八年我写了一篇伟大民族底条件底论文,在北平晨报发表过,我底中心意见是以为伟大民族不是天生成的,须要劣根性排除,自己努力栽培自己使他习惯成自然,自然就会脱离蛮野人与鄙野人底境地。我现在要讲亡国民族的特征,除了上头所讲底两点以外,我们可以说还有五点。一,嫉妒。没落的民族底个人总是希望人家底能力学力等等都不如他。凡有比他好的,就是一分一毫,他也很在意。他专会对别人算帐,自己的胡涂帐却不去问,总要拿自己来与人家比,看不得一件好事情一个好见地给别人做了或提出来了,他非尽力破坏不可。这是亡国民族的一个特征。二,好名。亡国民族底个人因为地位上已有高下,尤其喜欢得着虚名,但由自己的努力得来底名誉是很少见的。名誉底来到,多是由于同党者底互相标榜。做事不认真,却要得到人家底赞美。现在单从学术的研究来说,我们常常看见报上登载底某某发明什么东西比外国发明更好。更好，固然是应该，但要不自吹。东西真是超越，也不必鼓吹，而且许多与国防上有关底发明，若是这样大吹大擂地刊报出来，岂不是大有损害？我们看见这样大吹大擂底报，总会感觉到只是发明家底好名，并非他真有所发明。三，无恒。亡国底民族个人多半不肯把一件事情做好，他做事多半为名为利，从不肯牢站在自己的岗位。凡事，只要能使他底生活安适一点，不一定是能使他底事业更有成就底，他必轻易地改变他底职业。这样永远只能在人支配之下讨生活，永不会有什么成就底。四，无情。中国一讲到无情便连想到无义，所以无情无义是相连的。一个人对别人底痛苦艰难，毫不关心，甚至只知道自己的利益与安适，不顾全大局，间接地吃人肉，直接地掠人财，在这几年底抗战期间，出了一批发国难财底"官商"与"商官"！他们底假公济私，对于民众需要的生存与生活资料用巧妙的方法榨取与禁制，凡具有些少人心底人，对于他们无不痛恨。这种无同情心底情形，在亡国底民族中更显现得明白。五，无理想。每一个生存着和生长着底民族必定有他底生存理想。远大的理想本来不容易生产，不过要有民族永远的生存就得立一个共同的理想。在亡国民族中间，"理想"是什么还莫名其妙，那讲什么理想呢？因为自己没有理想，所以自己的行为便翻来覆去，自己的言论便常露出矛盾的现象。女人们都要争妇女地位，反对纳妾，可是有多少受高等教育底女子们，愿意去做大官阔贾底"夫人"，只要"如"字不要，便可以自欺欺人。她们反对男子纳妾，自己却甘心作妾。还有许多政客官僚，为自己底地位与权力，忘记了他们平日底主张，在威迫利诱之下，便不顾一切，去干卖国卖群底勾当。五四时代热心青年中间不少是沉沦了底，这里我也不愿意多说了。

以上所讲底几点，不是说我们底民族中间都已有了这些特征，只是为要提醒我们，教大家注意一下。我们不要想着亡了国是和古时换了一个朝代一样。现代的亡国现象，决不是换朝代，是在种族上被烙上奴隶底铁印，子子孙孙永远挣扎不起来。在异族统治底下，上头所举底几个劣根性，要特别地被发展起来。颓废的生活，自我的享受，成为一般亡国民族底生活型。因为在生活底，进展底机会上，样样是被统治了底。第一是学术统制。近代的国象，感觉到将来的战争会趋于脑力高下底争斗，凡有新知识，已经秘藏了许多。去外国留学已不如从前，那么容易得人家底高深学问，将来可以料想得到，除掉街头巷尾可以买得到底教科书以外，稍为高等和专门一点的书籍，恐怕也要被统制起来，非其族人，决不传授。这样的秦皇政策，我恐怕在最近就会渐渐施行起来底。学力比人差，当然得死心塌地地受人家支配，做人家底帮手。第二是职业会受统制。就使你有同等学力与经验，在非我族类底原则底下，你是不能得到相当底职业底。有许多事业，人家决不会让你去做。一个很重要的机关，你当然不能希望进得去那门槛。就是一件普通的事业，也得尽先用自己的人，这样你纵然有很大的才干，也是没有机会发展出来了。第三是经济的统制。在奴主关系民族中间，主民族底生活待遇不用说是从奴民族榨取底。所以后者所受底待遇决不能比前者好。主人吃的是肉，狗啃底是骨头，是永世不易的公例。经济能力由于有计划底统制，越来便会越小，越小就越不敢生育。纵使生育子女，也没有力量养育他们，这样下去，民族底生存便直接受了影响，数百年后，一个原先繁荣底民族，就会走到被保存底地步。我很怕将来的中华民族也会像美洲底红印第安人一样，被划出一个地方，做为民族底保存区域，留一百几十万人，做为人类过去种族与一种文化民族遗型，供人家底学者来研究。三时五时到那区域去，看看中国人怎样用毛笔画小鸟，写草字，看看中国人怎样拜祖先和打麻雀。种种色色，我不愿意再往下说了。我只要提醒诸位，中国底命运是在青年人手里。青年现在不努力挣扎，将来要挣扎就没有机会了。将来除了用体力去换粥水以外，再也不能有什么发展了。我真是时时刻刻为中国底前途捏一把冷汗。

　　青年节本不是庆祝的性质，我们不是为找开心来底。我们要在这个时节默想我们自己的缺点，与补救底方法。我们当为将来而努力，回想过去，乃是帮助我们找寻新路径底一个方法。所以青年节对于我们是有意义底。若是大家不忘记危亡底痛苦，大家努力向前向上，大家才配纪念这个青年节。我们可以说五四过去的成绩，是与现在的青年没有关系底。我们今后底成绩，才与现在青年节有关系。

（选自 1941 年 5 月 20 日香港《大公报·学生界》第 289 期）

国粹与国学

"国粹"这个名词原是不见于经传底。它是在戊戌政变后,当"中学为体,西学为用"底呼声嚷到声嘶力竭底时候所呼出来底一个怪口号。又因为《国粹学报》底刊行,这名词便广泛地流行起来。编《辞源》底先生们在"国粹"条下写着"一国物质上,精神上,所有之特质。此由国民之特性及土地之情形,历史等,所养成者。"这解释未免太笼统,太不明了。国民的特性,地理的情形,历史的过程,乃至所谓物质上与精神上的特质,也许是产生国粹底条件,未必就是国粹。陆衣言先生在《中华国语大辞典》里解释说,"本国特有的优越的民族精神与文化",就是国粹。这个比较好一点,不过还是不大明白。在重新解释国粹是什么之前,我们应当先问条件。

一,一个民族所特有的事物不必是国粹。特有的事物无论是生理上的,或心理上的,或地理上的,只能显示那民族底特点,可是这特点,说不定连自己也不欢喜它。假如世间还有一个尾巴底民族,从生理上底特质,使他们底尾巴显出手或脚底功用,因而造成那民族底精神与文化。以后他们有了进化学底知识,知道自己身上底尾巴是连类人猿都没有了底,在知识与运动上也没有用尾巴底必要,他们必会厌恶自己底尾巴,因而试要改变从尾巴产出来底文化。用缺乏碘质底盐,使人现出粗颈底形态,是地理上及病理上的原因。由此颈腺肿底毛病,说话底声音,衣服底样式,甚至思想,都会受影响底。可是我们不能说这特别的事物是一种"粹",认真说来，却是一种"病"。假如有个民族，个个身上都长了无毒无害的瘿瘤，忽然有个装饰瘿瘤底风气，渐次成为习俗，育为特殊文化，我们也不能用"国粹"底美名来加在这"爱瘿民族"底行为上。

二，一个民族在久远时代所留下底遗风流俗不必是国粹。民族底遗物如石镞、雷斧；其风俗，如种种特殊的礼仪与好尚，都可以用物质的生活，社会制度，或知识程度来解释它们，并不是绝对神圣，也不必都是优越的。三代尚且不同礼，何况在三代以后底百代万世？那么，从久远时代所留下底遗风流俗，中间也曾经过千变万化，当我们说某种风俗是从远古时代祖先已是如此做到如今底时候，我们只是在感情上觉得是如此，并非理智上真能证明其为必然。我们对于古代事物底爱护并不一定是为"保存国粹"，乃是为知识，为知道自己的过去，和激发我们对于民族底爱情。我们所知与所爱底不必是"粹"，有时甚且是"渣"。古坟里底土俑，在葬时也许是一件不祥不美之物，可是千百年后会有人拿来当做宝贝，把它放在紫檀匣里，在人面前被夸耀起来。这是赛宝行为，不是保存国粹。在旧社会制度底下，一个大人物底丧事必要举行很长时间底仪礼，孝子如果是有官守底，必定要告"丁忧"，在家守三年之丧。现在的社会制度日日在变迁着，生活底压迫越来越重，试问有几个孝子能够真正度他们底"丁忧"日子呢？婚礼底变迁也是很急剧的。这个用不着多说，如到十字街头睁眼看看便知道了。

三，一个民族所认为美丽的事物不必是国粹。许多人以为民族文化的优越处在多量地创造各种美丽的事物，如雕刻，绘画，诗歌，书法，装饰等。但是美或者有共同的标准，却不能说有绝对的标准底。美底标准寄在那民族对于某事物底形式，具体的，或悬像的好尚。因好尚而发生感情，因感情底奋激更促成那民族公认他们所以为美的事物应该怎样。现代的中国人大概都不承认缠足是美，但在几十年前，"三寸金莲"是高贵美人的必要条件，所谓"小脚为娘，大脚为婢"，现在还萦回在年辈长些的人们的记忆里。在国人多数承认缠足为美的时候，我们也不能说这事是国粹，因为这所谓"美"，并不是全民族和全人类所能了解或承认底。中国人如没听过欧洲的音乐家歌咏，对于和声固然不了解，甚至对于高音部底女声也会认为像哭丧底声音，毫不觉得有什么趣味。同样地，欧洲人若不了解中国戏台上底歌曲，也会感觉到是看见穿怪样衣服底疯人在那里作不自然的呼嚷。我们尽可以说所谓"国粹"不一定是人人能了解底，但在美底共同标准上最少也得教人可以承认，才够得上说是有资格成为一种"粹"。

从以上三点，我们就可以看出所谓"国粹"必得在特别，久远，与美丽之上加上其它的要素。我想来想去，只能假定说：一个民族在物质上，精神上与思想上对于人类，最少是本民族，有过重要的贡献，而这种贡献是继续有功用，继续在发展底，才可以被称为国粹。我们假定底标准是很高的。若是不高，又怎能叫做"粹"呢？一般人所谓国粹，充其量只能说是"俗道"底一个形式（俗道是术语 Folk-Ways 底翻译，我从前译作"民彝"）。譬如在北平，如要做一个地道的北平人，同时又要合乎北平人所理想底北平人底标准底时候。他必要想到保存北平底"地方粹"，所谓标准北平人少不了底六样——天棚，鱼缸，石榴树，鸟笼，叭狗，大丫头——他必要具备。从一般人心目中的国粹看来，恐怕所"粹"的也像这"北平六粹"，但我只承认它为俗道而已。我们底国粹是很有限的，除了古人底书画与雕刻，丝织品，纸，筷子，豆腐，乃至精神上所寄托底神主等，恐怕不能再数出什么来。但是在这些中间已有几种是功用渐次丧失底了。像神主与丝织品是在趋向到没落底时期，我们是没法保存底。

这样"国粹沦亡"或"国粹有限"底感觉，不但是我个人有，我信得过凡放开眼界，能视察和比较别人底文化底人们都理会得出来。好些年前，我与张君劢先生好几次谈起这个国粹问题。有一次，我说过中国国粹是寄在高度发展底祖先崇拜上，从祖先崇拜可以找出国粹底种种。有一次，张先生很感叹地说："看来中国人只会写字作画而已。"张先生是政论家，他是叹息政治人才底缺乏，士大夫都以清谈雅集相尚，好像大人物必得是大艺术家，以为这就是发扬国光，保存国粹。《国粹学报》所揭橥底是自经典底训注或诗文字画底评论，乃至墓志铭一类底东西，好像所萃底只是这些。"粹"与"学"好像未曾弄清楚，以致现在还有许多人以为"国粹"便是"国学"。近几年来，"保存国粹"底呼声好像又集中在书画诗古文辞一类底努力上，于是国学家，国画家，乃至"科学书法家"，都像负着"神圣使命"，想到外国献宝去。古时候是外国到中国来进宝，现在的情形正是相反，想起来，岂不可痛！更可惜的，是这班保存国粹与发扬国光底文学家及艺术家们不想在既有的成就上继续努力，只会做做假骨董，很低能地描三两幅宋元画稿，写四五条苏黄字帖，做一二章毫无内容底诗古文辞，反自诩为一国底优越成就都荟萃在自己身上。但一研究他们底作品，只会令人觉得比起古人有所不及，甚至有所诬蔑，而未曾超越过前人所走底路。"文化人"底最大罪过，制造假骨董来欺己欺人是其中之一。

我们应当规定"国粹"该是怎样才能够辨认，那样应当保存，那样应当改进或放弃。凡无进步与失功用底带"国"字头底事物，我们都要下工夫做澄清底工作，把渣滓淘汰掉，才能见得到"粹"。从我国往时对于世界文化底最大贡献看来，纸与丝不能不被承认为国粹。可是我们想想我们现在的造纸工业怎样了？我们一年中要向外国购买多量的印刷材料。我们日常所用底文具，试问多少是"国"字头底呢？可怜得很，连书画纸，现在制造底都不如从前。技艺只有退化，还够得上说什么国粹呢！讲到丝，也是过去的了。就使我们能把蚕虫养到一条虫可以吐出三条底丝量，化学底成就，已能使人造丝与乃伦丝夺取天然丝底地位。养蚕文化此后是绝对站不住底了。蚕虫要回到自然界去，蚕要到博物院，这在我们生存底期间内一定可以见得着底。

讲到精神文化更能令人伤心。现代化的物质生活直接和间接地影响到个个中国人身上。不会说洋话而能吃大菜，穿洋服，行洋礼底固不足为奇，连那仅能维系中国文化底宗族社会（这与宗法社会有点不同），因为生活底压迫，也渐渐消失了。虽然有些地方还能保存着多少形式，但它底精神已经不是那么一回事了。割股疗亲底事固然现在没人鼓励，纵然有，也不会被认为合理。所以精神文化不是简单地复现祖先所曾做，曾以为是天经地义底事，必得有个理性来维系它，批评它，才可以。民族所遗留下来底好精神，若离开理智的指导，结果必流入虚伪和夸张。古时没有报纸，交通方法也不完备，如须"俾众周知"底事，在文书底布告所不能用时，除掉举行大典礼，大宴会以外，没有更简便的方法。所以一个大人物底殡仪或婚礼，非得铺张扬厉不可。现在的人见闻广了，生活方式繁杂了，时间宝贵了，长时间底礼仪固然是浪费，就是在大街上吹吹打打，做着夸大的自我宣传，也没有人理会了。所谓遵守古礼底

1925年1月许地山短篇小说集《缀网劳蛛》由商务印书馆出版

1930年10月许地山专著《印度文学》由商务印书馆出版,被列为"万有文库"第一集

丧家，就此地说，雇了一班搽脂荡粉底尼姑来拜忏，到冥衣库去定做纸洋房，纸汽车乃至纸飞机；在丧期里，聚起亲朋大赌大吃，鼓乐喧天，夜以继日。试问这是保存国粹么？这简直是民族文化底渣滓，沉淀在知识落后与理智昏聩底社会里。在香港湾仔市场边，一到黄昏后，每见许多女人在那里"集团叫惊"，这也是文化底沉淀现象。有现代的治病方法，她们不会去用，偏要去用那无利益的俗道。评定一个地方底文化高低不在看那里底社会能够保存多少样国粹，只要看他们保留了多少外国的与本国的国渣便可以知道。屈原时代底楚国，在他看是醉了底，我们当前的中国在我看是疯了。疯狂是行为与思想回到祖先底不合理的生活，无系统的思想与无意识的行为底状态。疯狂的人没有批评自己底悟性，没有解决问题底能力，从天才说，他也许是个很好的艺术家或思想家，但决不是文化底保存者或创造者。

要清除文化的渣滓不能以感情或意气用事，须要用冷静的头脑去仔细评量我们民族底文化遗产。假如我们发现我们底文化是陈腐了，我们也不应当为它隐讳，愣说我们所有的一切都是优越的。好的固然要留，不好的就应当改进。翻造古人底遗物是极大的罪恶，如果我们认识这一点，才配谈保存国粹。国粹在许多进步的国家中也是很讲究底，不过他们不说是"粹"，只说是"国家的承继物"或"国家底遗产"而已（这两个词的英文是 national inheritance，及 legacy of the nation）。文化学家把一国优越的遗制与思想述说出来给后辈的国民知道，目的并不在"赛宝"或"献宝"，像我们目前许多国粹保存家所做底，只是要把祖先底好的故事与遗物说出来与拿出来，使他们知道民族过去的成就，刺激他们更加努力向更成功的途程上迈步。所以知识与辨别是很需要的。如果我们知道唐诗，作诗就十足地仿少陵，拟香山，了解宋画，动笔就得意地摹北苑，法南宫，那有什么用处？纵然所拟底足以乱真，也不如真的好。所以我看这全是渣，全是无生命底尸体，全是有臭味底干屎橛。

我们认识古人底成就和遗留下来底优越事物，目的在温故知新，绝不是要我们守残复古。学术本无所谓新旧，只问其能否适应时代底需要。谈到这里，我们就检讨一下国学底价值与路向了。

钱宾四先生指出现代中国学者"以乱世之人而慕治世之业"，所学底结果便致"内部未能激发个人之真血性，外部未能针对时代之真问题"。这话，在现象方面是千真万确，但在解释方面，我却有些不同意见。我看中国"学术界无创辟新路之志趣与勇气"底原因，是自古以来我们就没有真学术。退一步讲，只有真学术底起头，而无真学术底成就。所谓"通经致用"只是"做官技术"底另一个说法，除了学做官以外，没有学问。做事人才与为学人才未尝被分别出来。"学而优则仕"，显然是鼓励为仕大夫之学。这只是治人之学，谈不到是治事之学，更谈不到是治物之学。现代学问底精神是从治物之学出发底。从自然界各种现象底研究，把一切分出条理而成为各种科学，再用所谓科学方法去治事而成为严密的机构。知识基础既经稳固，社会机构日趋完密，用来对付人，没有不就范底。治人是很难的，人在知识理性之外还有自己的意志，与自己的感情意气，不像实验室里底研究者对付他的研究对象，可以随意处置底。所以如不从治物与治事之学做起，则治人之学必贵因循，仍旧贯，法先王。因循比变法维新来得更有把握，代表高度发展底祖先崇拜底儒家思想，尤其要鼓励这一层。所谓学问，每每是因袭前人而不敢另辟新途。因为新途径底走得通与否，学者本身没有绝对的把握，纵然有，一般人底智慧，知识，乃至感情意气也未必能容忍，倒不如向着那已经有了权证而被承认底康庄大道走去，既不会碰钉，又可以生活得顺利些。这样一来，学问当然看不出是人格底结晶，而只为私人在社会上博名誉，占地位底凭借。被认为有学问底，不管他有底是否真学问或哪一门底知识，便有资格做官。许多为学者写底传记或墓志，如果那文中底主人是未尝出仕底，作者必会做"可惜他未做官，不然必定是个廊庙之器"底感叹，好像一个人生平若没做过官就不算做过人似地。这是"学而优则仕"底理想底恶果。再看一般所谓文学家所做底诗文多是有形式无内容底"社交文艺"，和贵人底诗词，撰死人底墓志，题友朋或友朋所有底书画底签头跋尾。这样地做文辞才真是一种博名誉占地位底凭借。我们没有伟大的文学家，因为好话都给前人说尽了，作者只要写些成语，用些典故，再也没有可用底工夫了。这样情形，不产生"文抄公"与"誊文公"，难道还会笃生天才的文豪，诞降天纵的诗圣么？

　　学术原不怕分得细密，只问对于某种学术有分得这样细密底必要没有。学术界不能创辟新路，是因没有认识问题，在故纸堆里率尔拿起一两件不成问题而自己以为有趣味底事情便洋洋洒洒地做起"文章"来。学术上的问题不在新旧而在需要，需要是一切学问与发明底基础。如果为学而看不见所需要底在那里，他所求底便不会发生什么问题，也不会有什么用处。没有问题底学问就是死学问，就是不能创辟新途径底书本知识。没有用处底学问就不算是真学问，只能说是个人趣味，与养金鱼，栽盆景，一样地无关大旨，非人生日用所必需底。学术问题固然由于学者底知识底高低与悟力底大小而生，但在用途上与范围底大小上也有不同。"一只在园里爬行底龟，对于一块小石头便可以成为一个不可克服的障碍物；设计铁道线底工程师,只主要地注意到山谷广狭底轮廓;但对于想着用无线电来联络大西洋底马可尼,他底主要的考虑只是地球底曲度,因为从他底目的看来,地形上种种详细情形是可以被忽视底。"这是我最近在一本关于生物化学的书(W. O. Kermock and P. Eggleton: *The Stuff We're of*. pp. 15—16)里头所读到底一句话。同一样的交通问题,因为知识与需要底不同便可以相差得那么远。钱先生所举出的"平世"与"乱世"之学的不同点,在前者注重学问本身,后者贵在能造就人才与事业者。其实前者为后者底根本,没有根本,枝干便无从生长出来。我们不必问平世与乱世,只问需要与不需要。如有需要,不妨把学术分门别类,讲到极窄狭处,讲到极精到处;如无所需,就是把问题提出来也嫌他多此一举。一到郊外走走,就看见有许多草木我们连名字都不知道,其中未必没有有用的植物,只因目前我们未感觉需要知道它们,对于它们毫无知识还可以原谅。如果我们是植物学家,那就有知道它们底需要了。在欧美有一种种草专家,知道用那种草与那种草配合着种便可以使草场更显得美观,和耐于践踏,易于管理,冬天还可以用方法教草不黄萎。这种专门学问在目前的中国当然是不需要,因为我们底生活程度还没达到那么高,稻粱还种不好,那能讲究到草要怎样种呢?天文学是最老的学问,却也是最幼稚的和最新的学术,我们在天文学上的学识缺乏,也是因为我们还没曾需要到那么迫切。对于日中黑点底增减,云气变化底现象,虽然与我们有关系,因为生活方式未发展到与天文学发生密切关系底那步田地,便不觉得它有什么问题,也不觉得有研求底需要了。一旦我们在农业上,航海航空上,物理学上,乃至哲学上,需要涉及天文学底,我们便觉得需要,因而应用到日常生活上,那时,我们就不能说天文学是没用底了。所以不需要就没有学问,没有学问就没有技术。"不需无学,不学无术",我想这八个字应为为学者底金言;但要注意后四个字底新解说是不学问就没有技术,不是骂人底话。

中国学术底支离破碎,一方面是由于"社交学问"底过度讲究,一方面是为学人才底无出路。我所谓社交学问就是钱先生所谓私人在社会博名誉占地位底学问。这样的"学者"对于学问多半没有真兴趣,也不求深入,说起来,样样都懂,门门都通,但一问起来,却只能作皮相之谈。这只能称为"为说说而学问",还够不上说"为学问而学问"。我们到书坊去看看,太专门的书底滞销,与什么ABC,易知,易通之类底书底格外旺市,便可以理会"讲专门窄狭之学者"太少了。为学人才与做事人才底分不开,弄到学与事都做不好。做事人才只须其人对于所事有基本学识,在操业底进程上随着经验去求改进,从那里也有达到高深学识底可能,但不必个个人都需要如此底。为学人才注重在一般事业上所不能解决或无暇解决底问题底探究。譬如电子底探究,数理底追寻,乃至人类与宇宙底来源,是一般事业所谈不到底,若没有为学人才去做工夫,我们底知识是不完备的。欧美各国都有公私方面设立底研究所,学院,予学者以生活上相当的保障。各大学都有"学侣"底制度,使新进的学人能安心从事于学业,在中国呢?要研究学问,除非有钱,有闲,最低限度也得当上大学教授,才可说得上能够为学。在欧美底余剩学者最少还有教会可投;在中国,连大学教授也有吃不饱底忧虑。这样情形,繁难的学术当然研究不起,就是轻可的也得自寻方便,不知不觉地就会跑到所谓国学底途程上。这样的学者,因为吃不饱,身上是贫血的,怎能激发什么"真血性";因为是温故不知新,知识上也是贫血的,又怎能针对什么"真问题"

呢？今日中国学术界底弊在人人以为他可以治国学，为学底方法与目的还未弄清，便想写"不朽之作"，对于时下流行底研究题目，自己一以为有新发见或见解，不管对不对，便武断地写文章。在发掘安阳，发现许多真龟甲文字之后，章太炎老先生还愣说甲骨文都是假的！以章先生底博学多闻还有执著，别人更不足责了。还有，社交学问本来是为社交，做文章是得朋友们给作者一个大拇指看，称赞他几句，所以流行底学术问题他总得猎涉，以资谈助；讨论龟甲文底时候，他也来谈龟甲文，讨论中西文化底潮流高涨时，他也说说中西文化，人家谈佛学，他就吃起斋来，人家称赞中国画，他就来几笔松竹梅，这就是所谓"学风"底坏现象，这就是"社交学问"底特征。

钱先生所说"学者各榜门户，自命传统"，在国学界可以说相当地真。"学有师承"与"家学渊源"是在印版书流行之前，学者不容易看到典籍，谁家有书他们便负笈前去拜门。因为书底抄本不同，解释也随着歧异，随学底徒弟们从师傅所得底默记起来或加以疏说，由此互相传授成为一家一派底学问，这就是"师承"所由来。书籍流行不广底时代，家有藏书，自然容易传授给自己的子孙，某家传诗，某家传礼，成为独门学问，拥有底甚可引以为荣，因此为利，婚宦甚至可以占便宜，所以"家学渊源"底金字招牌，在当时是很可以挂得出来底。自印版书流行以后，典籍伸手可得，学问再不能由私家独占，只要有读书底兴趣，便可以多看比一家多至百倍千倍底书，对于从前治一经只凭数卷抄本甚至依于口授乃不能不有抱残守缺底感想。现在的学问是讲不清"师承"底，因为"师"太多了，承谁底为是呢？我在广州曾于韶舞讲习所从龙积之先生学，在随宦学堂受过龙伯纯先生底教，二位都是康有为先生底高足，但我不敢说我师承了康先生底学统。在大学里底洋师傅也有许多是直接或间接承传着西洋大学者底学问底，但我也不敢自称为哲姆斯，斯宾塞，柏格森，马克思，慕乐诸位底学裔。在尊师重道的时代，出身要老师推荐，婚姻要问家学，所以为学贵有师承和有渊源，现在的学者是学无常师，他向古今中外乃至自然界求学问，师傅只站在指导与介绍知识底地位，不能都像古时当做严君严父看。印版书籍流行以后，聚徒讲学容易，在学问上所需指导底不如在人格上所需熏陶底多，所以自程朱以后，修身养性变为从师授徒底主要目标，格物致知退于次要地位。这一点，我觉得是很重要的。从师若不注意怎样做人底问题，纵然学有师承，也只能得到老师底死的知识，不能得到他底活的能力。我希望讲师承底学者们注意到这一层。

至于学问为个人私利主义，竞求温饱底话，我以为现在还是说得太早。在中国，社交学问除外，以真学问得温饱算起来还是极少数，而且这样底学者多数还是与"洋机关"有关系底。我们看高深学术底书籍底稀罕，以及研究风气底偏颇，便可理会竞求温饱底事实还有重新调查底余地。到外国去出卖中国文化底学者，若非社交的学问家便是新闻事业家。他们当然是为温饱而出卖关于中国底学问底。我们不要把外国人士对于中国文化底了解力估量得太高，他们所要底正是一般社交的学问家与新闻事业家所能供给底。一个多与欧美一般的人士接触底人，每理会到他们所要知道底中国文化不过是像缠足底起源，龙到底是什么动物，姨太太怎样娶法，风水怎样看法之类，只要你有话对他们说，他们便信以为真，便以为你是中国学者。许多人到中国来访这位，问那位，归根只是要买几件骨董或几幅旧画。多数人底意向并不在研究中国文化，只在带些中国东西回去可以炫耀于人。在外国批发中国文化底学者,他们底地位是和卖山东蓝绸或汕头抽纱底商人差不多,不过斯文一点而已。

在欧美底学者可以收费讲学,但在中国,不收费底讲学会,来听讲还属寥寥,以学问求温饱简直是不容易谈。这样为学只求得过且过,只要社会承认他是学者,他便拿着这个当敲门砖,管什么人格底结晶与不结晶。这也许是中国学者在社会国家上多不能为国士国师而成为国贼国狗,在学问上多不能成为先觉先知而成为学棍学蠹的一个原因罢。我取底是"衣食足而后知礼义"底看法,所以要说:"得温饱才能讲人格。"中国学术界中许多人正在饥寒线底下挣扎着,要责备他们在人格上有什么好榜样,在学问上有什么新贡献,这要求未免太苛刻了。还有,得温饱并不见得就是食前方丈,广厦万间,只求学者在生活上有保障,研究材料底供给方便与充足就够了。须知极度满足的生活,也不是有识的学者所追求底。

学术除掉民族特有的经史之外是没有国界底。民族文化与思想底渊源,固然要由本国底经史中寻觅,但我们不能保证新学术绝对可以从其中产生出来。新学术要依学术上的问题底有无,与人间底需要底缓急而产生,决不是无端从天外飞来底。一个民族底文化底高低是看那民族能产生多少有用的知识与人物,而不是历史底久远与经典底充斥。牛津大学每年间所收底新刊图书可以排出几十里长,若说典籍底数量,我们现在更不如人家。钱先生假定自道咸而下,向使中国学术思想乃至政治制度社会风俗在与西洋潮流相接触之前先变成一个样子,则中国人可以立定脚跟,而对此新潮,加以辨认与选择,而分别迎拒与蓄泄。这话也有讨论底必要。我上头讲过现代学问底精神是从治物之学出发底,治物之学也可以说是格物之学,而中国学术一向是被社交学问,社交文艺,最多也不过是做人之学所盘踞，所谓"朴学"不过为少数人所攻治，且不能保证其必为进身之阶。朴学家除掉典章制度底考据而外，还有多少人知道什么格物之学呢？医学是读不成书底人们所入底行；老农老圃之业为孔门弟子所不屑谈；建筑是梓人匠人的事；兵器自来是各人找与自己合式底去用；蚕桑纺织是妇人底本务；这衣，食，住，行，卫五种民族必要的知识，中国学者一向就没曾感觉到应当括入学术底范围，操知识与智慧源泉底纯粹科学更谈不到了。治物之学导源于求生活上安适的享受底理想和试要探求宇宙根源底谜。学者在实验室里用心去想，用手去做，才能有所成就。中国学术岂但与人生分成两橛，与时代失却联系，甚至心不应手，因此，多半是纸上谈得好，场上栽筋斗底把戏。不动手做，就不能有新发见，就不能有新学术。假如中国底学术思想乃至政治制度社会风俗会自己变更底话，乾嘉以前有千多年底机会，乾嘉以后也不见得就绝对没有。

日本底维新怎么就能成功，中国底改革怎么就屡次失败呢？化学是从中国道家底炼丹术发展底，怎么在中国本土，会由外丹变成内丹了？对的思想落在不对的实验上，结果是造成神秘的迷信，不能产出利用厚生底学问。医学并不见得不行，可是所谓国医，多半未尝研究过《本草》里所载底药物，只读两三本汤头歌诀之类便挂起牌来。千年来，我们底医学在生理，药物，病理等学问上曾有什么贡献呢？近年来从事提炼中国药物底也是具有科学知识底西医底功劳。在学问的认识上，中国人还是倾向道家的。道家不重知与行，也不信进步，改革自然是谈不到底。我想乾嘉以后，中国学术纵然会变，也不会变到自己能站得住而能分别迎拒与蓄泄西洋学潮底地步，纵然会，也许会把人家底好处扔掉，把人家底坏处留起来。像明末底西洋教士介绍了科学知识和他们底宗教制度，试问我们迎底是什么呢？中华文化，可怜得很，真是一泓死水呀！这话十年前我不这样说，五年前我不忍这样说，最近我真不能不这样说了。不过死水还不是绝可悲的，只要水不涸，还可以想方法增加水量，使之澄清，使之溢出。这工夫要靠学术界底治水者底努力才有希望。世间无不死之人，也无不变的文化，只要做出来底事物合乎国民底需要，能解决民生日用底问题底就是那民族底文化了。

要知道中国现在的境遇底真相和寻求解决中国目前的种种问题，归根还是要从中国历史与其社会组织，经济制度底研究入手。不过研究者必要有世界学术底常识，审慎择别，不可抱着"叫花子吃死蟹，只只好"底态度。那么，外国那几套把戏自然也能够辨认与选择，不致于随波逐流，终被狂涛怒浪所吞咽。中国学术不进步底原因，文字底障碍也是其中最大的一个。我提出这一点，许多国学大师必定要伸舌头底。但真理自是真理，稍微用冷静的头脑去思维一下便可以看出中国文字问题底严重。我们到现在用底还不是拼音文字，难学难记难速写，想用它来表达思想，非用上几十年底工夫不可。读三五年书，简直等于没读过。许多大学毕业生自从出来做事之后便不去摸书本。他们尚且如此，程度低些底更可知。繁难的文字束缚了思想，限制了读书人，所以中国文化最大的毒害便是自己的文字。一翻古籍便理会几十万言的书已很少见，百万千万言底书更属稀罕了。到现在，不说入学之门底百科全书没有，连一部比较完备的字典都没有。国人不理会这是文化低落底病根，反而自诩为简洁。不知道简洁文字只能表现简单思想，像用来作诗词，写游记是很够底。从前学问底范围有限，用简洁的文体，把许多不应当省掉底字眼省略掉还不觉得意义很晦涩，读者可用自己底理会力来补足文中底意思。现代的科学记载把一个字错放了地位都不成，简省更不用说了。我们底命不加长，而所要知要学的东西太多，如果写作不从时间上节省是不成的。我们自己的文化担负已是够重的了，现在还要担负上欧美的文化，这就是钱先生所谓"两水斗啮"底现象，其实是中国人挣扎于两重文化底压迫底下底现象。欧美的文化，我们不能不担负，欧美人却不必要担负我们底文化，人家可以不学汉文而得所需底知识，我们不学外国文成么？这显然是我们底文化落后所给底刑罚，目前是没法摆脱底。要文化底水平线提高，非得采用易于学习底拼音文字不可。千字课或基本汉字不能解决这个严重问题，因为在学术上与思想表现上是需要创造新字底，如果到了思想繁杂底阶段，几千字终会不够用，结果还是要孳乳出很多很多的方块字。现在有人用"圕"表示"图书馆"，用"簿"表示"博物院"，一个字读成三个音，若是这类字多起来，中国六书底系统更要出乱子。拼音字底好处在以音达意，不是以形表意，有什么话就写出什么话，直截了当，不用计较某字该省，某句应缩，意思明白，头脑就可以训练得更缜密。虽然拼音文字中如英文法文等还不能算是真正拼音底，但我们须以拼音法则为归依，不是欧美文字为归依。表达思想底工具不好，自然不能很快地使国民底知识提高。人家做十年，我们非得加上五六倍底时间不可。日本维新底成功，好在他们有"假名"，教育普及得快，使他们底文化能追踪欧美。我们一向不理会这一点，因为我们对于汉字有很深切的敬爱，几十年来底拼音字母运动每被学者们所藐视与反对。许多人只看文字是用来做诗写文底，能摇头摆脚哼出百几十字便自以为满足了。改良文字对于这种人固然没有多大的益处，但为学术底进步着想，我们不能那么浪费时间来用难写难记底文字。古人惜寸阴分阴，现代的中国人更应当爱惜丝毫光阴。因为用高速度来成就事物是现代民族生存底必要条件。

德国这次向东方进兵，事实上是以血换油。油是使速度增进底重要材料。不但在战争上，即如在其他事业上，如果着手或成功稍微慢了些，便等于失败。所以人家以一切来换时间，我们现在还想以时间来换一切，这种守株待兔底精神是要不得底。国民智力底低下，中国文字要负很重的责任。智力底高低就是发见问题与解决问题底能力底速度底高低。我以为汉字不改革，则一切都是没有希望底。用文字记载思想本来和用针来缝布成衣服差不多，从前的针一端是针口，另一端是穿线底针鼻。缝纫底人一针一针地做，不觉得不方便。但是缝衣机发明了，许多不需要的劳动不但可以节省而且能很快地缝了许多衣服。缝衣机底成功只在将针鼻移到与针口同在一端上。拼音文字运动也是试要把音与义打成一片。不过要移动一下这"文字底针鼻"，虽然只是分寸底距离，若用底人不了悟，纵然经过千百年也不能成功。旧工具不适于创造新学术，就像旧式的针不能做更快更整齐的衣服一样。有使中国文化被西方民族吸收愿望底先当注意汉字底改革，然后去求学术上的新贡献，光靠残缺的骨董此后是卖不出去底。

中国目前的问题，不怕新学术呼不出，也不怕没人去做专门名家之业，所怕底是知识不普及。一般人底常识不足，凡有新来底吃底用底享受底，不管青红皂白，胡乱地赶时髦。读书人变成士大夫，把一般群众放在脑后，不但不肯帮助他们，反而压迫他们。从农村出来底读书人不肯回到农村去，弄到每个村都现出经济与精神破产底现象。在都市底人们，尤其是懂得吹洋号筒底官人贵女们，整个生活都沉在花天酒地里，批评家说他们是在"象牙之塔"里过日子。其实中国那里来的"象牙之塔"？我所见底都是一幢幢的

"牛骨之楼"罢了。我们希望于学术界底是在各部门里加紧努力，要做优等人而不厌恶劣等的温饱，切莫做劣等人而去享受优等的温饱。那么，平世之学与乱世之学就不必加以分别了。现在国内底大学教授，他们底薪俸还不如运输工人所得底多，我们当然不忍说他们是藏身一曲，做着与私人温饱相宜底名山事业。不用说生存上，即如生活上必需的温饱，是谁都有权利要求底。读书人将来会归入劳动阶级，成为"智力劳动者"，要恢复到四民之首底领导地位，除非现在正在膨胀着底资产制度被铲除，恐怕是不容易了。

〔附言〕六月二十四日某先生在《华字日报》写了一篇质问我底文章，题目是《国粹与国渣》，文中有些问题发得很幼稚，值不得一答。唯有问什么是"国粹"一点，使我在学问的良心上不能不回答一下。我因此又联想到六月八日钱穆先生在《大公报》发表底星期论文《新时代与新学术》，觉得其中几点也有提出来共同讨论底必要，所以写成这一篇，希望底是能抛碎砖引出宝玉来。文中大意是曾于六月二十八日对岭英中学高中毕业生讲过底。

（选自 1941 年 7 月香港《大公报》）

宗教底妇女观

——以佛教底态度为主

这个题目是这个讲演会选给兄弟说底。自然，宗教是社会的产物。它里面所有的理论和见解都离不了社会一般的见解。常常有人说，"男子建立了宗教而女子去迷信它"底话，从这个态度看来，宗教底立场显然有男子与女子底两样。这也可以说男女底地位在社会上不同，在宗教上他们也就不能相同。并且宗教制造了许多规律来限制男女的行为。它对于男女态度既有不同的地方，对于男女底观见因而不同，所立底规律也就不同。所以我们讲宗教对于女子底哲学应该注意之点。

第一点是男子底态度，尤其是对于这种问题，男女二种性情不同的现状，是应该注意底。第二点是男女底职业不同。第三点是男女底体格不同。我们可以说第一点是心理上的不同，第二点是经济上的不同，第三点是生理上的不同。所以男女地位底不平等多半是由于这三点不同而生底许多花样。这些，在以前几个演讲里已经有经济学家给我们说得很详细，现在不必细说。

从宗教方面说起来，由这些不同的现象所产生底有三种对于女子底态度。第一是婚姻态度，第二是女子解放问题，第三是女子底职业问题。宗教就是要帮助社会和政府试行解决这些问题底一种理论和机关。但这三种问题在宗教上的解决法和理论不是我现在所要讨论底，也不是今天所要说底问题。我只要把宗教对于女子底态度，宗教的妇女观，略为说明一下。不过在说明底历程上，我们应当把以上之点记住就是了。

我们中国所谓"惟女子与小人为难养也，近之则不逊，远之则怨"（《论语·阳货》），是孔夫子所说底。这话自然不是宗教的话，也不是后来曲解他这话底意思。孔夫子底话不能当做纯粹的宗教教训看。所以这话不能说是中国宗教对于女子底态度是这样。实际上说，除非在哲学上儒家有一种不同的见解，在地位上男女是平等的。"女正位乎内，男正位乎外"，"夫扶，妻齐"，"男女居室，人之大伦"。种种说法，都可以看出中国底男女观是对等的，不是差等的。不过这也不是我要讨论底问题，现时暂且不去详究它。

我们现在且看看佛教对于女子底意见。在《巴利典小品》（*Cullavagga*）可以看出它对于女人底性格持着怎样的态度。大概宗教对于女人底态度离不了这三样：一样是从女人底性情讲，一样是从女子对于宗教生活底影响讲，一样是从女人底本分讲。我们要明白宗教对于女人底观念，先要记住宗教是男子建立却叫女子去崇拜底一种礼制，所以宗教的立场并不是从女子方面来看女子，是从男子方面说女子应当怎样怎样。

在《小品》里对于女子底性情说，"女人底本性像鱼在水里头所走底道路一样不可测度，她们是取巧多智的贼，和她们同在一块儿真理就很难找得着。"它底态度是很明白的，跟女人在一块儿，就没有方法可以得着真理。我们再看《智度论（十四）》"风可捉，蛇可触，女心难得实"这句底意思。它说风你可以捉住它，蛇你可以触着它，但是女人底性情你就不能够摸得着的。所以宗教对于女人底性情有一种神秘的见解。实际地说起来这就是没有人能透澈了解女人底性情底男子，所以觉得女子底性情很难捉摸。我们中国底俗语也说女人底心像黄蜂尾后底针刺一样阴毒。在《毗奈耶杂事

(七)》里头说女人有五过像大黑蛇一样。五样过失便是：嗔，恨，作恶，无恩和刻毒。《增一阿含(二七)》也说女人的本性含有五想欲。就是：不净行，嗔恚，妄语，嫉妒，和心不正。《正法念经(二五)》也说女人有三种放逸就是：自恃身色，自恃丈夫，和骄慢。《增一阿含(一二)》说佛出世为底是救度女人和救度男子脱离女人底羁绊。女人应被救度，因为她有五难，所谓秽恶，两舌，嫉妒，嗔恚，和无返复(见《增一阿含(二七)》)。所以说"佛不出世时，女人入地狱如春雨雹，著贪欲，睡眠，调戏故。女人朝嫉妒，日中眠，暮贪欲"。又男女底分别便在欲多和欲少上头，故《增一阿含(三四)》说：劫初光音天，欲意多者成女人。《智度论(七五)》说女人著欲故，虽行福，不能得男身。这话底意思是女人要变男人必得先把贪欲弃掉，不然虽积福修好也没用处。佛教以为女人要享受来世底福乐必得先变男身才能达到。

从宗教方面讲，因为女子底性情既然那么坏，她对于宗教生活一定发出许多妨碍。宗教家要找出女人所以能够妨碍男子底宗教生活底根源，除了性情以外，还有天赋给她底美色美声，和美的行动。所以在生理方面，宗教家常持着"女人是不干净的"和女人擅于用她底姿色来迷惑人底态度。《佛所行赞(四)》记佛见庵摩罗女来到，恐怕徒弟们坏了戒行，便对他们说：

此女极端正，能留行者情。汝等当正念，以慧镇其心。宁在暴虎口，狂夫利剑下，不于女人所，而起爱欲情。女人显姿态，若行，住，坐，卧，乃至画像形，悉表妖冶容，劫夺人善心，如何自不妨？见啼，笑，喜，怒，纵体而垂肩，或散发髻倾，犹尚乱人心。况复饰容仪，以显妙姿颜，庄严隐陋形，诱诳于愚夫。迷乱生恶想，不觉丑秽形，当观无常苦，不净无我所，谛见其真实，灭除贪欲想。

我们再看《涅经》，也是这种态度。它说女色好像妙花干上有毒蛇缠着它。如果有人贪得这个花就被那蛇咬了。"女色者，如妙华茎，毒蛇缠之。贪五欲华，如受蛇螫，堕三恶道。"(《南涅经(一二)》)

在《宝积经》里面也是这种意思。它说女色就好像一个被人打怕了底猪，它不怕死，它看见了粪还要吃，人贪女色也是像猪一样。又好像不要戴金花而戴热铁冠，那是一定要把他底头烧坏了。"女色者，如被怖猪，见粪贪复生；加舍金花鬘，戴热铁。"(《宝积经(九七)》)这个意思是说女子是迷惑男子底人。还有讲得很明白的，是在佛经里，有一部《大爱道经(下)》说女色就好像锦囊盛着臭屎一样，外边看很好看，里面是要不得的。众生沉在女色好像在粪中底虫一样，整天在粪里生活。佛教最注意的《普贤行愿品》也有这样态度说："众生愚痴迷惑，依女色香醉其心，如粪中虫，乐著粪处。"(一七)所以《智度论(一四)》说："宁以刀剑杀身，也不贪着女色。"又《增一阿含(四八)》也说："宁以火烧铁锥烙眼，不以视色与乱想。"这话是说特别不要亲近女色，女子是能够迷惑人底。这是男子的心理作用。

在《瑜伽论(五七)》里面说女子有八种事情她可以把男子绑起来。第一种是跳舞，第二是唱歌，第三是笑，第四是送一个好看的媚眼给人，第五是美颜或好看的样子，第六是妙触就是搽粉把身体弄得很滑教人摸着很细滑，第七是奉承，第八是成礼就是结婚。第八种事情就是女子使男子受捆绑底重要的现象。

在基督教《圣经》里头也有这种意思。头一个死罪底就是夏娃。这样看起来，女人是容易趋于受诱惑或诱惑人底境地。如以在《宝积经》里给女人底定义说女人是众苦之本，是障碍之本，是杀害之本，是系缚之本，是爱恶之本，是怨怼之本，是生育之本。女人为生育底根本，故能使众生受苦，因而造成世界上种种不安的事情。自然，佛教是不赞成生育底，言话以后再替他辩护。如果男子亲近了女人，照《宝积经（九七）》说，就有四种不好处。女子如果被男子所爱，那男子一定是倒霉了，第一因为他很容易亲近恶道，第二就是造成了地狱之本，女人也要入地狱，第三是成就了住恶趣，第四是完满了恶趣底业。

从心理方面看，女人对于宗教生活底妨碍，就是在她底欲望过多，不但她自己难以修行，她并且能够妨害男子。《增一阿含（二七）》说女人有五欲想，所谓生豪贵家，嫁富贵家，使夫从语，多有儿息，和在家独得由己。还有屡见于佛经底，有女人八欲底说法。因为她有八欲，所以不如男子。什么八种呢？她第一有色欲，她喜欢各种的颜色比男子更甚。第二是形貌之欲。第三是威仪之欲。第四是她有姿态之欲，她喜欢装模作样。第五她喜欢说话有言语欲。第六她有音声欲，爱唱歌作乐。第七她有细滑欲爱细滑的东西。第八是人相之欲喜欢强壮和庄严的身相。看来女人对于世界的欲念欲望比男子多而容易。像英国的俗语说：

> 男子需要底很少，并且不难使他满足，但女人——是可爱的——要她所见一切的东西。（Man wants but little here below, And is not hard to please. But woman——bless her little heart——Wants everything she sees.）

这也含有女子欲望比男子多底意思。

上头所讲都是关于女子心理和生理方面在佛教上底见解。别的宗教差不多也有相同的见解,不过没有像佛教说得这样透澈。佛教对于女子多持鄙薄的态度,但是它并非看轻女人。因为女人底生理与心理在宗教看来是与男子不一样底。男子能够守宗教的规律,如果与女子亲近,他就有把一切的戒律都丢掉底危险。总而言之,在修行上,宗教家不得不呵斥女人。但佛教底呵斥是先斥女人,然后约束自己,这和耶稣所说:"看见妇女就动淫念底,这人心里已经与她犯了奸淫了。"(《马太》五:二八)底态度完全不一样。

在经济方面,宗教对于婚姻和妇女解放问题有什么见解和主持什么态度呢?论到这一点我便要看宗教对于女人底本分底态度。也可以说这是宗教对女子经济生活底态度。女子经济独立不过是近世纪底新运动,故并没注意到这一点,以古人的见解为神怪底宗教当然没想到要主张什么,它不过照着流俗所要求底女人本分加入一种神圣的规律而已。现在先拿印度婆罗门教来说说。婆罗门教对于个人过结婚的生活男女都是应该的,在《曼奴法典》(印度古来的法典到现在英国还采用这个法典来作根本的法律)里头说丈夫是妻的主人,等于我们中国所说丈夫是妻子的"所天"底态度一样。妻子不能怠慢丈夫,就是丈夫把他底爱移给别人,她也不能够不爱他。在宗教的圣典里,也这样说,丈夫如果死了,妻子也不能再嫁,最好是跟他一块死,如果她再嫁,她就不能够死后同她前丈夫活在同一个天堂里。所以女人再嫁,将来就不能见她以前的丈夫了。女人不能独立。在印度的法律上,女子没有承继权,丈夫死了她就跟她底最大的儿子过活,与中国"夫死从子"底意思一样。但是我们不能怨《曼奴法典》所讲底，因为它里头也有讲敬重女人底事情。它说"丈夫如果待他底妻子不好，教妻子不高兴，那圣火一定会灭掉。圣火就是供神的火。假如妻子有时候不喜欢家庭，那末所有的东西都灭亡了"。所以丈夫妻子必要相爱才能成就宗教的本性。佛教底《成具光明定意经》也举出贤女居家二十事，所谓：

（1）持戒不毁；

（2）捐妒心；

（3）减环钏之好；

（4）除脂粉之饰；

（5）无姿态；

（6）衣服真纯不奢；

（7）育养室内以慈；

（8）奴婢不加楚痛；

（9）摄护孤独，衣食平等；

（10）孝事上，仁接下；

（11）下声下意自责；

（12）谦卑知惭愧；

（13）清净香洁施姑父母，供养三尊师友；

（14）亲疏善恶，无差别相；

（15）一人在私室不念欲；

（16）精一心常在法；

（17）所欲报所尊，然后乃行；

（18）无专心诚身会如正法；

（19）不垣窥有邪念；

（20）坐起言语终不调戏常应法律而无轻失。

波斯是这样主张，男女婚姻都是应该的，男女都可以要求父母在成年的时候跟他找一个妻子或是丈夫。在波斯教里头女子嫁了丈夫以后在宗教上所要行底责任是什么呢？她就要像念祈祷文一样每天早晨问她底丈夫九次说，你要我最好干什么事情呢？男子就总说让她施舍作好事等等，她就照样去作，所以每天早晨必得向丈夫说这样相同的话说九次。这是表示妻子尊重丈夫底意思。女人应当常时敬重丈夫。后来的《圣颂》(Gatha)把女人的地位提得很高，女人甚至于有绝对的自由来选择她们所爱底男子。

我们讲婚姻的态度同对于女子的态度不能不看看回教。回教是被人看为看不起女人底宗教，因为回教是主张多妻主义底。但是这个问题，社会学者还有怀疑，到底它是否有利益，还待研究。在回教里女人没有地位，但是自从摩哈默德以来，把亚拉伯女人底地位已经提高了。因为女子在亚拉伯受许多宗教的束缚，社会的束缚，不能自由。在现在的回教国家，像土耳其，埃及，她们底上等女人大多数都能够受教育。回教社会里女人有绝对的自由可以选择她爱的男子。自然在宗教上承认男子可以同时娶四个妻子，她们不是妾，是四个平等妻，不像中国的多妾制度一样。

基督教对于女人的态度有许多地方好像是带罗马色彩底。罗马的女人观整份地搬到基督教来用。罗马的女人虽说是很自由，但是地位很低。就是现在的欧洲女子，都免不了受罗马法律所影响。她们从一般的眼光看来很高。但实际上她们并不比东方女子底地位高到若干程度。在罗马女人被她底丈夫看待像自己底女儿，由丈夫教训她，管束她。但在基督教以前，罗马人对于婚姻底见解却好多了。当时的结婚底定义说："结婚是男女底结合，是生活底完全团体，是在神圣和人间的法律里底连合的共享。"(Marriage is the union of man and woman, complete community of life, joint-participation in divine and human law.）所以在《新约圣经》里耶稣也持这种态度。我们看《马太福音》第五章三十二节所讲底："耶稣说人若休妻就当给她休书。凡休妻底若不是为淫乱底缘故，就叫她作了淫妇了。人若娶了这个被休底妇人也是犯了奸淫了。"所以他看男子同女子都是平等的。男子不应当无故休妻，不应当强迫女子作淫妇，强迫人底也是罪人。《马太》第十九章第三节也是讲："有人问耶稣休妻是对不对？耶稣回答他说：那时起初造人是造一男一女，并且说因此人要离开父母同妻子连合，两人成为一体。所以上帝连合底，人不可分开他。"在《马可福音》里也是这样说。

所以在基督教里面，我们从《新约》可以知道它有两派。一派是耶稣。另一派是耶稣底使徒保罗，保罗是看不起女人底。他说女人在会堂上不能说话，这也许是因为当时的景况底缘故。但是耶稣就不同，他很鼓励女人在社团里活动。在基督教底初期，寡妇很占势力，我们稍微研究教会史便知道。

佛教对于妇女底行为除了上面所说底，我们还有它对于丈夫应当作五件事情来爱他底妻子而妻子也应当作十三件事情来爱她底丈夫底条件。丈夫底五件事情是什么呢？第一是怜爱；第二是不要轻慢她；第三是给她买衣服穿买装饰品，因为女子是爱装饰的；第四是自在，就是使她在家中可以舒服自在；第五是念妻子底亲人。丈夫对妻子作五件事情可以换得妻子对于他作底十三件。第一妻子要敬重怜爱她底丈夫；第二她应当敬重供养她底丈夫；第三要思念她底丈夫，不可思念别人；第四要主理家事；第五是要服侍丈夫；第六是要瞻侍；第七是要受行，就是受丈夫指导作事情；第八是要诚实；第九不禁制门，就是不要阻止丈夫出外；第十要常常赞美她底丈夫；第十一是丈夫在家底时候她要为他铺床，就是他睡底地方，坐底地方，也要为他预备好；第十二是要预备好吃的东西给丈夫吃；第十三是供养沙门和尚，或是为宗教行乞底梵志。所以在宗教里面对于夫妇底态度，都是说明妻子要照丈夫所说底作去，丈夫要怎样作就怎样作。

以上三种宗教的妇女观以外，还有一种不讲理的成见，也可以在此地略为说说。这个成见，在各个宗教里都有，不过在佛教里比较地重一点。《玉耶经》说女人身中有十恶事，所谓：（1）女人初生，父母不喜；（2）养育无滋味；（3）心常畏人；（4）父母恒爱嫁娶；（5）父母生相离别；（6）常畏失夫苦心；（7）产子甚难；（8）小为父母所检录；（9）中为夫所禁制；（10）老为儿所呵。所以《智度论（二四）》说：女人不作轮王，及佛，因为："一切女人皆属男子，不得自在故。"佛经里每说女人不得做五种人物：第一，她不能做佛；第二，不能做转轮王；第三，不能做天帝释；第四，不能做魔王；第五，不能做梵天。（《六度集经（六）》，《五分律（二九）》，《中阿含（二八）》，《智度论（二九）》，《增一阿含（三八）》）宗教对于女人底态度多半是根据一般的成见加以系统的解释，现在我们再看看宗教为什么对于女子看不起，看它有什么哲学在里头。凡是宗教底成立都离不了四种的条件。宗教是社会底宣传部，凡是社会有什么意见，它就马上代它去宣传。这四种条件是什么呢？第一对于个人生命底尊重，所以宗教都不要人杀生或是杀人。第二是个人财产底尊重，不要偷东西，如果偷东西是反对社会，所以宗教的见解是要作不偷盗宣传。第三是性的生活底尊重，所以劝人不要奸淫。第四是社会秩序底尊重，劝人服从权威。现在我们要讨论底是第三条件。关于两性问题宗教是怎样呢？严格的规定起来，因为宗教是超世界的，所以它要呵斥女人。但是在宗教里面对于女人底观念有两种看法：第一是信宗教的，所谓居士或信者；第二就是行者，以身修行底人。他不但是信并且去行，照着宗教所规定底生活去过。所以在信者同行者两方面，对于女人底态度，应当有不同的地方。宗教对于女人底态度，在行者是要他离开女人。所以有许多宗教都主张修道者要终身守独身主义，不结婚；或者妻子死后就不再娶。像天主教底神父是永不结婚的，佛教底和尚也是一样。这种态度是宗教普通的现象。在《宝积经(四四)》里说："摄受妻妾女色，即是摄受怨仇，摄受地狱，傍生，鬼趣等。"如果亲近了女人，就常常有冤家在一块来作对，到坠到傍生，或是鬼趣底境地。所以在《正法念经》它说："出家法不近亲属，亲属心著，如火如蛇。"亲属连女人在内，会像火把你烧了，或像蛇把你咬了。若用佛教行者底眼光来看女人，女人就有几种名字。第一是"女衰"，就是女子能够使人衰败；所有衰败之中这个最为重大。第二是"女锁"，就是像把锁一样，把修道者锁得很坚固，使他不能解脱。第三是"女病"，从女子方面可以使人得病，而且是极坏的病。第四是"女贼"，女人是贼，比蛇还难捉住，她偷了男子很宝贵的灵性，她是不可亲近的。所以《智度论(一四)》说，"女锁难解；女病难脱；女贼害人。"宗教所以看不起女人是要叫它底行者保持独身主义，并不叫一般的信者去实行与女人断绝关系。在行者是要他坚持他这样的宗教生活，所以说女人是这样不好。可是在信者方面，宗教还是主张男女过相爱相亲的生活。这种见解并没有什么特别，就是以社会的意见为转移，凡是社会说是好的，它就说好，说不好的，就说不好。它是没有成见的，社会看重女人，它也看重女人。

在纯粹的宗教生活上根据什么原则说女色不好呢？《诃欲经》

说,"女色者,世间之枷锁,凡夫恋着,不能自拔。女色者,世间之重患,凡夫困之,至死不免。女色者,世间之衰祸,凡夫遭之,无死不至。"所以《诃欲经》主张离开女人,还说世间有四样是能迷惑人的,第一样是名誉,第二样是财宝,第三样是权力威权,第四样就是女人。《僧律(一)》说,"天下可畏,无过女人,败政伤德,靡不由之。"《正法念经(五四)》也说,"妇女如雹,能害善苗。"《善见律(一二)》也说,"女人是出家人怨家。"《大毗婆娑论(一)》也说,"女是梵行垢。"

在一方面看,我们要原谅宗教,宗教是超人生活,它要行者在生活上作出一种更重要的工作;所以不能叫他过平常的生活。要过宗教的生活,就要牺牲他一切,并没有所要求。所以要牺牲金钱,牺牲名誉。但牺牲性欲是最大的牺牲,因为它是最重要的,性欲所能给的愉快要比一切的愉快大得多。所以牺牲性欲,在宗教行者方面看来,是一种表现牺牲底精神。所以女人是被行者所恢鄙的。这是第一点。第二点,女人是生育之本,尤其是佛教的态度;以为生育是绝对的痛苦。人生若要解脱痛苦就当灭绝生育。生育就连累子孙受孽。因为女人会生育,所以在佛教人恢恶她。当年释迦牟尼底姨母也要出家,释迦牟尼就对她说是她不能出家,因为她是个女人,有许多的欲念,很难得着成就。后来虽然许她出家,可是不能像男人一样享受僧伽底权利。比丘尼要受长老比丘底教训和约束。她也不能公然地讲道。天主教的贞女,也是一样地不能公然在会堂里讲道。尼姑底地位不能同和尚一样,也是因为宗教是男子所有底,女子要过纯粹的宗教生活就得服从男子。印度古时的见解说女人底灵魂还不如一只象底灵魂。又佛教以为女人要先变男子才能够上天或成佛。《大集经(五)》说,"一切菩萨不以女业受身,以神通力,现女身耳。"这是表示菩萨虽也会现女身,但都是由于神通力所化,并不真是女人。《大集经》说底"宝女于无量劫已离女身"的意思也是这样。

宗教底信士,如佛教所谓梵志(brahmacarins),就是行梵行底人。他一生也不犯奸淫。印度人在他底一生必要过四种或三种生活,第一是梵志时期,第二是居士时期,第三个是隐士时期,第四是乞士时期。自八岁至到四十八岁底时候是梵志时代,他要过一种精神的生活,或是宗教的生活,受一个志诚的人来指导他。他在这四十年之中不能亲近女色,如果亲近女色就是非梵行,这个若在佛教里就是犯了婆罗夷罪。过了这个时期,他就可以在两种生活中自由地选择一种,或是作居士(grihapati),或是作隐士(vanaprastha),做居士底可以结婚过在家底生活;做隐士就不结婚,独居林中,为灵性上较深的修养。到了老年便可以做乞士(sanyasin)。第一和第四种是强迫的,凡人在少年时代都得去当梵志,到老年时代去当乞士。

行者对于女人为什么要厌弃?不,与其说厌恶,毋宁说是舍弃。在这里,我们应当注意三点。

第一,如果要过纯粹的宗教生活,必定要舍弃色欲,情爱,和一切欲望如名誉,金钱等。行者如不能舍弃这些欲念,他一生就要困在烦恼之中,就不能求上进。一个行者或过纯粹宗教生活底人,最重要的德行便是牺牲,而一切牺牲中,又以色情底牺牲为最难行。自然为利他而牺牲自己底生命,是最大的牺牲,但完成这种功行底时间远不如牺牲色情那么难过和那么多引诱或反悔底机会。所以出家人每说他们割爱出家都为成就众生一切最上的利益底缘故。退一步说,两性生活所给愉快,从肉感上说,是一切的愉快所不能比拟底。能够割爱才能舍弃世间一切物质的受用，如若不能，别的牺牲也不用说了。有爱染，便有一切的顾虑，有顾虑，终归要做色情底奴隶，终不能达到超凡入圣底地步。

第二，要趋避色情发动底机会，自然要去过出家生活。加以修道底人，行者都是要依赖社会来供养他，如果他带着一家人去过宗教生活，在事实上一定很困难，因为他要注意他家里底事情，和担负家庭经济底责任，分心于谋生底事业，是不能修行底。这是属于经济方面，家庭生活对于行者不利之处。而且男女底性情有许多地方是不同的，在共同生活中，难免惹起许多烦恼。宗教是不要人动性动情底，凡是修道底都应该以身作则，情感发动底机会愈少愈好。在家生活很容易动情感，所以从这个立场上看，宗教是反对一个行者，或是牧师神父等等，去过结婚生活。这是属于性情方面，家庭生活于修行者不利之处。所以不结婚就可以减轻行者经济的担负，也教他爆发情感的机会少。一个人若是要求少，情感底爆发也就少了。

第三，出家可以断绝生育，或减少儿女底担负。在实际方面讲，如果有了妻子就难免会生儿女，有了儿女就要为他们去经营各样活计，因为儿女底缘故必得分心不能安然过他底出世生活。这一点本来也可以当做经济的担负看，但从佛教看来，生育是一种造业，世间既是烦恼和苦痛底巢窟，自己已经受过，为什么还要产生些子女迫他们去受呢？有子女底人自己免不了有相当的痛苦，在子女方面也免不了有相同的感觉。佛教对于这一点，在它底"无生"底教义里头讲得很明白。使女人怀胎已经可以看为一种贪恋世界生活底行为，何况生育子女。

宗教以为男子修行当过独身生活，为底是免去种种的关系。它对于女子底态度也是如此。宗教也承认女人也可以同男子一样地过宗教的生活。如果一个女人嫁了丈夫,她一定受丈夫底束缚,一定不能自由,和非常苦恼。至于生育子女底事情就更不必说了。所以女人出了家,也可以避免许多束缚和减掉许多烦恼。

出家人为表示他底决心,所以要把他底形貌毁了,像和尚和尼姑都要把头发剃掉是一个显然的例。男子与女子要把容貌毁了然后能够表示修道者底威仪。宗教对于女人底态度总说起来,所以有两种看法。第一是信者底看法,这不过照社会所给宗教底意见,去宣传,它并没有多少成见。第二是对行者底看法。它是要保护行者在修道上不发生很大的障碍,所以说女人是不好的。这都是因为宗教是男子所设立底,在立教底时候,女子运动或女子一切问题都还没发生出来,自然不能不依着社会以为女子应当怎样或应当是怎样去说。宗教没了解女子,乃是在立教时社会没了解女子所致。我们知道社会也是男子底社会,看轻女子底现象是普遍的,不单是宗教底错处。假使现在有产生新宗教底须要与可能,我敢断定地说它对于女子态度一定不像方才所说底,最少也要当她做与男子一样底人格,与男子平等和同工底人。在事实上许多宗教已经把它们轻看女子改过来了。

(选自《国粹与国学》,上海商务印书馆 1947 年 6 月出版)

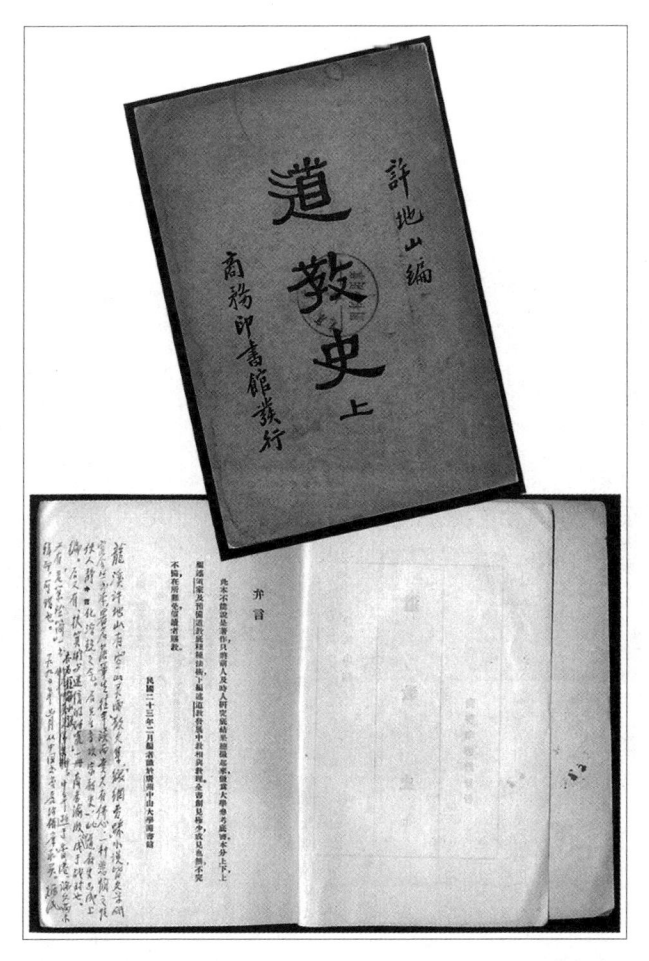

1934年6月许地山论著《道教史》(上册)由商务印书馆出版

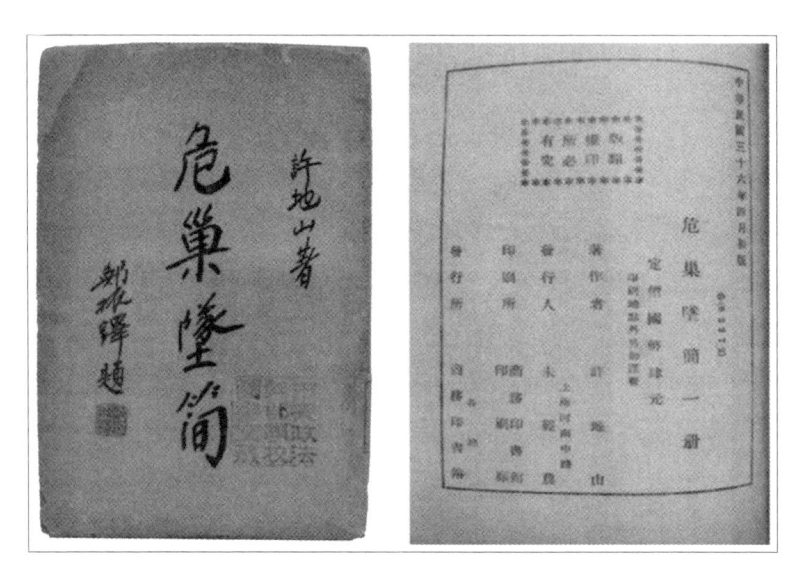

1940年许地山发表书信体短篇小说《危巢坠简》,1947年4月由商务印书馆出版

牛津的书虫

牛津实在是学者的学国，我在此地两年底生活尽用于波德林图书馆，印度学院，阿克关屋（社会人类学讲室），及曼斯斐尔学院中，竟不觉归期已近。

同学们每叫我做"书虫"，定蜀尝鄙夷地说我于每谈论中，不上三句话，便要引经据典，"真正死路"！刘锴说："你成日读书，睇读死你呀！"书虫诚然是无用的东西，但读书读到死，是我所乐为。假使我底财力、事业能够容允我，我诚愿在牛津做一辈子底书虫。

我在幼时已决心为书虫生活。自破笔受业直到如今，二十五年间未尝变志。但是要做书虫，在现在的世界本不容易。须要具足五个条件才可以。五件者：第一要身体康健；第二要家道丰裕；第三要事业清闲；第四要志趣淡薄；第五要宿慧超越。我于此五件，一无所有！故我以十年之功只当他人一夕之业。于诸学问、途径还未看得请楚，何敢希望登堂入室？但我并不因我底资质与境遇而灰心，我还是抱着读得一日便得一日之益底心志。

为学有三条路向：一是深思，二是多闻，三是能干。第一途是做成思想家底路向；第二是学者；第三是事业家。这三种人同是为学，而其对于同一对象底理解则不一致。譬如有人在居庸关下偶然检起一块石头，一个思想家要想他怎样会在那里，怎样被人检起来，和他底存在底意义。若是一个地质学者，他对于那石头便从地质方面源源本本地说。若是一个历史学者，他便要探求那石与过去史实有无底关系。

若是一个事业家，他只想着要怎样利用那石而已。三途之中，以多闻为本。我邦先贤教人以"博闻强记"，及教人"不学而好思，虽知不广"底话，真可谓能得为学底正谊。但在现在的世界，能专一途底很少。因为生活上等等的压迫，及种种知识上的需要，使人难为纯粹的思想家或事业家。假使苏格拉底生于今日的希拉，他难免也要写几篇关于近东问题底论文投到报馆里去卖几个钱。他也得懂得一点汽车、无线电的使用方法。也许他也会把钱财存在银行里。这并不是因为"人心不古"，乃是因为人事不古。近代人需要等等知识为生活底资助，大势所趋，必不能在短期间产生纯粹的或深邃的专家。故为学要先多能，然后专攻，庶几可以自存，可以有所供献。吾人生于今日，对于学问，专既难能，博又不易，所以应于上列三途中至少要兼二程。兼多闻与深思者为文学家。兼多闻与能干底为科学家。就是说一个人具有学者与思想家底才能，便是文学家；具有学者与专业家的功能底，便是科学家。文学家与科学家同要具学者底资格所不同者，一是偏于理解，一是偏于作用，一是修文，一是格物（自然我所用科学家与文学家底名字是广义的）。进一步说，舍多闻既不能有深思，亦不能生能干，所以多闻是为学根本。多闻多见为学者应有底事情，如人能够做到，才算得过着书虫的生活。当彷徨于学问底歧途时，若不能早自决断该向哪一条路走去，他底学业必致如荒漠的砂粒，既不能长育生灵，又不堪制作器用。即使他能下笔千言，必无一字可取。纵使他能临事多谋，必无一策能成。我邦学者，每不擅于过书虫生活，在歧途上既不能慎自抉择，复不虚心求教；过得去时，便充名士；过不去时，就变劣绅，所以我觉得留学而学普通知识，是一个民族最羞耻的事情。

我每觉得我们中间真正的书虫太少了。这是因为我们当学生底多半穷乏，急于谋生，不能具足上说五种求学条件所致。从前生活简单，旧式书院未变学堂底时代，还可以希望从领膏火费底生员中造成一二。至于今日底官费生或公费生，多半是虚掷时间和金钱底。这样的光景在留学界中更为显然。

牛津底书虫很多，各人都能利用他底机会去钻研，对于有学无财底人，各学院尽予津贴，未卒业者为"津贴生"，已卒业者为"特待校友"，特待校友中有一辈以读书为职业底。要有这样的待遇，然后可产出高等学者。在今日的中国要靠著作度日是绝对不可能的，因社会程度过低，还养不起著作家。……所以著作家底生活与地位在他国是了不得，在我国是不得了！著作家还养不起，何况能养在大学里以读书为生的书虫？这也许就是中国底"知识阶级"不打而自倒底原因。

……

(选自1950年2月2日香港《工商日报》)

创作底三宝和鉴赏底四依

雁冰,圣陶,振铎诸君发起创作讨论,叫我也加入。我知道凡关于创作底理论他们一定说得很周到,不必我再提起,我对于这个讨论只能用个人如豆的眼光写些少出来。

现在文学界虽有理想主义(idealism)和写实主义(realism)两大倾向,但不论如何,在创作者这方面写出来底文字总要具有"创作三宝"才能参得文坛底上禅。创作底三宝不是佛,法,僧;乃是与此佛法僧同一范畴底智慧,人生,和美丽。所谓创作三宝不是我底创意,从前欧西的文学家也曾主张过。我很赞许创作有这三种宝贝,所以要略略地将自己底见解陈述一下。

(一)智慧宝　创作者个人的经验,是他的作品底无上根基。他要受经验底默示,然后所创作底方能有感力达到鉴赏者那方面。他底经验,不论是由直接方面得来,或是由间接方面得来,只要从他理性的评度,选出那最玄妙的段落——就是个人特殊的经验有裨益于智慧或识见底片段——描写出来。这就是创作底第一宝。

(二)人生宝　创作者底生活和经验既是人间的,所以他底作品需含有人生的原素。人间生活不能离开道德的形式:创作者所描写底纵然是一种不道德的事实,但他底笔力要使鉴赏者有"见不肖而内自省"底反感,才能算为佳作。即使他是一位神秘派,象征派,或唯美派底作家,他也需将所描那些虚无缥渺的,或超越人间生活的事情化为人间的,使之和现实或理想的道德生活相表里。这就是创作底第二宝。

（三）美丽宝　美丽本是不能独立的，他要有所附丽才能充分地表现出来。所以要有乐器，歌喉，才能表现声音美；要有光暗，油彩，才能表现颜色美；要有绮语，丽词，才能表现思想美。若是没有乐器，光暗，言文，等，那所谓美就无着落，也就不能存在。单纯的文艺创作——如小说，诗歌之类——底审美限度只在文字底组织上头；至于戏剧，非得具有上述三种美丽不可。因为美有附丽的性质，故此，列他为创作底第三宝。

虽然，这三宝也是不能彼此分离底。一篇作品，若缺乏第二、第三宝，必定成为一种哲学或科学底记载；若是只有第二宝，便成为劝善文；只有第三宝，便成为一种六朝式的文章。所以我说这三宝是三是一，不能分离。换句说话，这就是创作界底三位一体。

已经说完创作底三宝，那鉴赏底四依是什么呢？佛教古德说过一句话，"心如工画师，善画诸世间。"文艺的创作就是用心描画诸世间底事物。冷热诸色，在画片上本是一样地好看，一样地当用，不论什么派底画家，有等擅于用热色，喜欢用热色；有等擅于用冷色，喜欢用冷色，设若鉴赏者是喜欢热色底，他自然不能赏识那爱用冷色底画家底作品。他要批评（批评就是鉴赏后底自感）时，必需了解那主观方面底习性，用意，和手法才成。对于文艺底鉴赏，亦复如是。

现在有些人还有那种批评的刚愎性，他们对于一种作品若不了解，或不合自己意见时，不说自己不懂，或说不符我见，便尔下一个强烈的否定，说这个不好，那个不妙。这等人物，鉴赏还够不上，自然不能有什么好批评。我对于鉴赏方面，很久就想发表些鄙见，现在因为讲起创作，就联到这问题上头。不过这里篇幅有限，不能容尽量陈说，只能将那常存在我心里底鉴赏四依提出些少便了。

佛家底四依是："依义不依语；依法不依人；依智不依识；依了义经不依不了义经。"鉴赏家底四依也和这个差不多。现时就在每依之下说一两句话——

（一）依义　对于一种作品，不管他是用什么方言，篇内有什么方言参杂在内，只要令人了解或感受作者所要标明底义谛，便可以过得去。鉴赏者不必指摘这句是土话，那句不雅驯，当知真理有时会从土话里表现出来。

（二）依法　须要明了主观——作者——方面底世界观和人生观，看他能够在艺术作品上充分地表现出来不能。他底思想在作品上是否有系统。至于个人感情需要暂时搁开，凡有褒贬不及人，不受感情底转移。

（三）依智　凡有描写不外是人间的生活，而生活底一段一落，难保没有约莫相同之点，鉴赏者不能因其相像而遂说他是落了旧者窠臼底。约莫相同的事物很多，不过看创作者怎样把他们表现出来，譬如一件很平常的事情，在常人视若无足轻重，然而一到创作者眼里便能将自己底观念和那事情融化；经他一番地洗染，便成为新奇动听的创作。所以鉴赏创作，要依智慧，不要依赖一般识见。

（四）依了义　有时创作者底表现力过于超迈，或所记情节出乎鉴赏者经验之外，那么，鉴赏者须在细心推究之后才可以下批评。不然，就不妨自谦一点，说声，"不知所谓，不敢强解。"对于一种作品，若是自己还不大懂得，那所批评底，怎能有彻底地论断呢？

总之，批评是一种专门工夫，我也不大在行，不过随缘诉说几句罢了。有的人用批八股文或才子书底方法来批评创作，甚至毁誉于作者自身，若是了解鉴赏四依，那会酿成许多笔墨官司！

(选自 1921 年 7 月 10 日《小说月报》第 12 卷第 7 期)

粤讴在文学上底地位(节选)

诗歌是表现感情底文字，所以他底语风越庸俗越能使大多数的人受感动。现在新诗底运动，守旧或固执的人皆期期以为不可，曾不想到这种运动不是近年才发作底。一说起诗，大家都推到唐朝。但唐朝底诗也不尽是贵族的或古典的。单说不避庸俗一节，自刘禹锡底《竹枝新词》写出来，不久就盛行通国，在诗史上也不能埋没他底位置。白诗底风格满有民众的色彩，也可以说是革盛唐以前诸体诗底命。竹枝词不能占很大的势力，不是因为他不能感动人，也不是不容易流行，乃是受科举制度底束缚。但这种体裁，一经发表，各处俚俗的诗歌有些就因此美化了。

我留到一所地方，必要打听那里底歌谣或民众的文学；在广东住得最久，对于那省底诗歌很有特别的兴趣，所以要把个人以为最好的那一种介绍出来。广东底民众诗歌底种类很多，如南音，龙舟歌，粤讴，山歌，等，都是很通行底。这些歌全用本地方言写成，各有他底特别性质；现在单要说底，就是粤讴。

没说粤讴以前，我先略略介绍粤讴底创作者。粤讴不是很古的骨董，是近百年来招子庸创作底。招子庸底生平无从稽考；所知底，是他底别号叫明珊，在清道光年间曾做过山东青州府知府。他底第一本创作，冠名《粤讴》，在道光八年(一八二八)出版于广州西关澄天阁，内容共计一百二十余首。后来写这类韵文底人越多，粤讴便成了一种公名；甚或将书内第一篇《解心事》来做招子庸所做那本底名字——叫《招子庸解心事》。

东方的创作者爱用外号，常不愿把自己底真名写出来，有时竟不署名；所以名作多而名作家底事迹少。若是现在到广州所各县走一走，我们必要理无论是谁，少有不会唱一二枝粤讴底。他们所唱底未知尽出于子庸手笔；但从实质看来，可以说这是他用本地方言把他底诗思表现出来底结果。

招子庸创作粤讴底动机在那里呢？讲到这层，或者可以在书中找出一点他底行略。相传他要上北京会试底时候，在广州珠江上和一个妓女秋喜认识。彼此互相羡慕，大有白头偕老底思想。无奈子庸赶着要起程，意思要等会试以后才回来娶她。秋喜欠人些少钱债，在两三个月中间，从不曾向子庸提过；子庸一去，债主随来，她被迫不过，便跳入珠江溺死了。子庸回来，查知这事，就非常伤悼，于是作《吊秋喜》来表他底伤感。在粤讴里这是他底"处女作"。

招子庸是一个富于悲感底诗人，自从受了这场戟刺以后，对于青楼生活便起了无量悲心；所以《粤讴》里头什之八九是描写妓女底可怜生活底。描写恋爱底诗，文，小说，歌曲，等，大约有两种倾向：第一，是描写肉欲，或受性欲束缚底；第二，是描写幽情，或显示同情感动底。子庸底《粤讴》是属于第二种；我们一读他底《弁言》就知道。他底《弁言》只有两句，是："《粤讴》笃挚，履道士愿，乐，欲闻。请以此一卷书，普度世间一切沉迷欲海者。"

粤讴底描写法和东方各种诗歌差不多；都是借自然现象来动起等等人事的情感，并且多用象征的描写法。ㄎㄌ一ㄇㄣㄊ一（Cecil Clementi）于一九〇四年将《粤讴》译成英文；在他底译本底绪言中说过：东方的诗从没有像希拉诗所用底拟人法。拿恋爱这事来说，在西方便要把他描成一个有翼底孩子，执着弓箭向那色男色女底心发射；或描成一个顽皮女孩，御者，荡人，夺来的孩子，酒保，赌徒，等；但在中国，这种物质的拟人法是找不着底。中国的心思多是玄学，或理想的，所以诗人着力底地方，在象征化爱者，而不在爱的情感(love-sentiment)。从这一点看来，粤讴底性质属希伯来的(Hebraic)多，而属希拉的(Hellenic)少。我们将粤讴来和《雅歌》（《旧约》第二十二卷；许地山新译本见《生命》第二卷第四，五册）比照一下，就知道二者所用象征很多相同底地方。

到这里，我们就要讨论一点粤讴底体裁了。在诗里，有兴体（或抒情体），赋体（或叙事体），散体（或散文体），等等分别，在歌里也是如此。粤讴底体裁多偏于兴体；他底章法是极其自由，极其流动底。平仄底限制，在粤讴里，可以说是没有。至于用韵一层，也不甚严格；通常以词韵为准，但俗语俗字有顺音底，也可以押上。押韵底方法多是一句平韵，一句仄韵；或两句平间一句仄；或两句仄间一句平。但这都不是一定的格式，只随人底喜欢而已。用典也不怕俗，凡众人知道底街谈巷语，或小说，传言都可以用。在每一首末了，常有感叹词"唉"，"罢咯"，"呀"，或代名词呼格"君呀"，"郎呀"，等等字眼。有"唉"，"呀"底句通常在全篇中是最短的句；而最末了那句每为全篇中最长的句。这个特性，因为粤讴是要来唱底缘故；唱到"唉"，"呀"，"罢咯"等字句，就是经人一个曲终底暗示。唱《粤讴》俱用琵琶和着，但广东人精于琵琶底很少，所以各牌底调子都没有什么变化。

我粤讴底大略说完，就要把招子庸所做那本里头几首我最喜欢底写在后头，使非广东人也享一点粤讴底滋味。

自招子庸以后，粤讴底作家很多；如缪莲仙底作品也是数一数二底。莲仙或与子庸同时，或晚他几年。他底生平也少有人知道，只知他是浙江人，游幕到广州底。他作粤讴，但在南音上更有特别的长处；如《客途秋恨》，传诵到现在还是不衰。

在广州或香港底日报上，时常也有好的粤讴发表出来，不过作者署名底方法太随便，有时竟不署名，所以我不知道现在的作家都是那位。我盼望广东人能够把这种地方文学保存起来，发扬起来，使他能在文学上占更重要的位置。

（选自1922年3月1日《民铎》杂志第3卷第3号）

中国美术家底责任

美术家对于实际生活是最不负责任底。我在此地要讲美术家底责任，岂不是与将孔雀来拉汽车同一样的滑稽！但我要指出底"责任"，并非在美术家底生活以外，乃是在他们底生活以内底事情。

一个木匠，在工作之先，必须明白怎样使用他底工具，怎样搜集他底材料和所要制造底东西底意义，然后可以下手。美术家也是如此，他底制作必当含有方法，材料，目的，三样要素。艺术底目的每为美学家争执之点，但所争执底每每离乎事实而入于玄想。有许多人以为美的理想底表现便是艺术底目的，这话很可以说得过去，但所谓美的理想是因空间和时间底不同而变异底。空间不同，故"艺术无国界"底话不能尽确。时间不同，故美的观念不能固定。总而言之，即凡艺术多少总含着地方色彩和时代色彩，虽然艺术家未尝特地注意这两样而于不知不觉中大大影响到他底作品上头，是一种不可抹杀的事实。

我国艺术从广义说，向分为"技艺"与"手艺"二种。前者为医，卜，星，相，堪舆，绘画；后者为栽种，雕刻，泥作，木作，银匠，金工，铜匠，漆匠乃至皮匠石匠等等手工都是。这自然是最不科学的分法，可是所谓"手艺"，都可视为"应用艺术"，而技艺中底绘画即是纯粹艺术。

中国的纯粹艺术有绘画写字，和些少印文的镌刻。故"美术"这两个字未从日本介绍进来之前，我们名美术为金石书画。但纯粹艺术是包含歌舞等事底。故我们当以美术为广义的艺术，而艺术指绘画等而言。

我国艺术，近年来虽呈发达底景象，但从艺术底气魄一方面讲起来，依我底知识所及，不但不如唐五代底伟大，即宋元之靡丽亦有所不如。所谓"艺术底气魄"，就是指作品感人底能力和艺术家底表现力。这原故是因为今日的艺术家只用力于方法上头，而忽略了他们所在的空间和时间。这个毛病还可以说不要紧，更甚的是他们忘记我们祖宗教给他们底"笔法"。一国的艺术精神都常寓在笔法上头，艺术家都把它忽略了。故我们今日没有伟大的作品是不足怪底。

世间没有一幅画是无意义，是未曾寄写作者底思想底。留学于外国底艺术家运笔方法尽可以完全受别人的影响，但运思方法每不能自由采用外国的理想。何以故？因为各国人，都有各自的特别心识，各自的生活理想，各自的生活问题。艺术家运用他底思想时，断不能脱掉这三样底限制。这三样也就是形成"国性"和"国民性"底要点。今日的艺术思想好像渐趋一致，其原故有二：一因东西底交通频繁，在运笔底方法上，西洋画家受了东洋画家底教训不少；二因近数十年来，世界里没有一国真实享了康乐的幸福，人民底生活都呈恐慌和不安的状态，故无论那一国底作品，不是带着悲哀狂丧的色调，便是含着祈求超绝能力底愿望。可是从艺术家底内部生活看起来，他们所表现底"国性"或"国民性"仍然存在。如英国画家，仍以自然美底描写见长，盎格卢撒克逊人本是自然底崇拜者，故他们底画派是自然的写实的，"诚实的表现"便是他们底笔法，故英国画仍是很率直，不喜欢为抽象的或戏剧的描写。拉丁民族，比较地说，是情绪的。法国画在过去这半世纪中，人都以她底印象派为新艺术底冠冕，现在的人虽以它为陈腐，为艺术史上底陈迹，但从它流行下来底许多派别多少还含着祖风。印象派诚然是拉丁新艺术底冠冕，故其所流衍下来底诸派不外是要尽地将个人的情绪注入自然现象里头。反对自然主义是现代法国画派底特彩。因为拉丁的民族性使他们不以描写自然为尚，各人只依自己所了解底境地描写，即所谓自由主义和自表主义是。此外如条顿民族底注重象征主义，虽以近日德国画家致力于近代主义，而其象征的表现仍不能免。这都是因为各国底生活问题和理想不同所致。

艺术理想底传播比应用艺术难。我们容易乐用西洋各种的美术工艺品，面对于它底音乐跳舞和绘画底意义还不能说真会鉴赏。要鉴赏外国的音乐比外国的绘画难。因为音乐和语言一样，听不懂就没法子了解。绘画比较地容易领略，因为它是记在纸上或布上底拂姿势，用拂来表示情意是人类所共有，而且很一致，如"是"则点头，"否"则摇头，"去"则撒手，"来"则招手，等等，都是人人所能理会底，近代艺术正处在意见冲突底时代，因为东亚底艺术理想输入西欧，西欧底艺术方法输入东亚，两方完全不同的特点，彼此都看出来了。近日西洋画家受日本画底影响很大，但他们并不是像十几年前我们底画家所标题底"折衷画派"。这一点是我们应当注意底，他们对于东洋画底研究，在原则方面比较好奇心更大，故他们底作品在结构上或理想上虽间或采用东洋方法，而其表现仍带着很重的地方色彩和国性。

我国绘画底特质就是看画是诗的，是寄兴的。在画家底理想中每含着佛教和道家底宗教思想，和儒家底人生观。因为纯粹的印度思想不能尽与儒家融合，故中国的佛教艺术每以印度底神秘主义为里而以儒家底实际的人生主义为表。这一点，我们可以拿王摩诘，吴道子和李龙眠底作品出来审度一下，就可以看出来。"诗"是什么呢？就是实际生活与神秘感觉底融合底表现。这融合表现于语言上时，即是诗歌词赋；表现于声音上，即为音乐；表现在动作上，即为舞蹈戏剧；表现于色和线上即是绘画。所以我们叫绘画为"无声诗"，我们古代的画家感受印度思想，在作品底表面上似乎脱了神秘的色彩，而其思想所寄，总超乎现实之外。故中国画之理想，可以简单地说，即是表现自然世界与理想生活底混合。在山水画中，这样的事实最为显然。画家虽然用了某座名山，某条瀑布为材料，而在画片上尽可以有一峰一石从天外飞来。在画中底人间生活也是很理想的，看他底取材多属停车看枫，骑驴寻故，披蓑独钓，倚琴对酌，等等不慌不忙的生活。画家以此抒其情怀，以此写其感乐，故虽稍微入乎理想，仍不失为实际生活底表现。我国底绘画理想既属寄兴，故画家多是诗人，画片上可以题诗；故画与诗只有有声和无声底差别。我想这一点就是我们底理想中，"画工"和"画家"不同的地方。我希望今日的画家负责任去保存这一个特点。

　　今日的画家竞尚西洋画风，几乎完全抛弃我们固有的技能，是一种很可伤心的事。我不但不反对西洋画，并且要鼓励人了解西洋画底理想，因为这可以做我们底金锉。我国绘画底弊端，是偏重"法则"，或"家法"方面，专以仿拟摹临为尚，而忽略了个性表现，结果是使艺术落于传统底圈套，不能有所长进。我想只有西洋的艺术思想可以纠正这个方家或法家思想底毛病。不过囫囵的模仿西洋与完全固守家法各都走到极端，那是不成底。我们当复兴中国固有的画风，汉画与西洋画都是方法上底问题，只要作品，不论是用油用水，人家一见便认出是中国人写底那就可以了。

我觉得我国自古以来便缺乏历史画家。我在十几年前，三兄敦谷要到日本底时候便劝他致力于此。但后来我们都感觉得有一个绝大的原因，使我们缺乏这等重要的画家，就是我们并没注意保存历史的名迹及古代的遗物。间或有之，前者不过为供"骚人""游客"之流连，间或毁去重建，改其旧观，自北京底天宁寺，而武昌底黄鹤楼，而广州底双门，等等，等等，改观底改观，毁拆底毁拆，伤心事还有比这个更甚的么？至于古代彝器底搜集，多落于豪贵之户，未尝轻易示人，且所藏底范围也极狭隘，吉金，乐石，戈镞，帛布以外，罕有及于人生日用底品物，纵然有些也是真赝杂厕，难以辨识。于此，我们要知道考古学与历史画底关系非常密切，考古学识不足，即不能产生历史画家。不注意于保存古物古迹，甚至连美术家也不能制作。我曾说我们以画为无声诗，所以增加诗的情感，惟过去的陈迹为最有力。这点又是我们所当注意底。我们今日没有伟大的作品，是因为画家底情感受损底原故。试看雷峰一倒，此后画西湖底人底感情如何便知道了。他们绝以不描写哈同底别庄为有兴趣，故知古代建筑底保存和修筑是今日的美术家应负提倡及指导底责任，美术家当与考古家合作，然后对于历史事物底观念正确，然后可以免掉画汉朝人物着宋朝衣冠底谬误。于此我要声明我并非提倡过去主义（经典派或古典派），因为那与未来主义同犯了超乎朝代一般的鉴赏能力之外。未来主义者以过去种种为不善不美，不属理想，然而，若没有过去，所谓美善底情绪及情操亦无从发展。人间生活是连续的。所谓过去已去，现在不住，未来未到，便是指明这连续的生活一向前进，无时休息底。因无休息，故所谓"现在"不能离过去与未来而独存。我们底生活依附在这傍不住的时间底铁环上，也只能记住过去底历程和观望未来底途

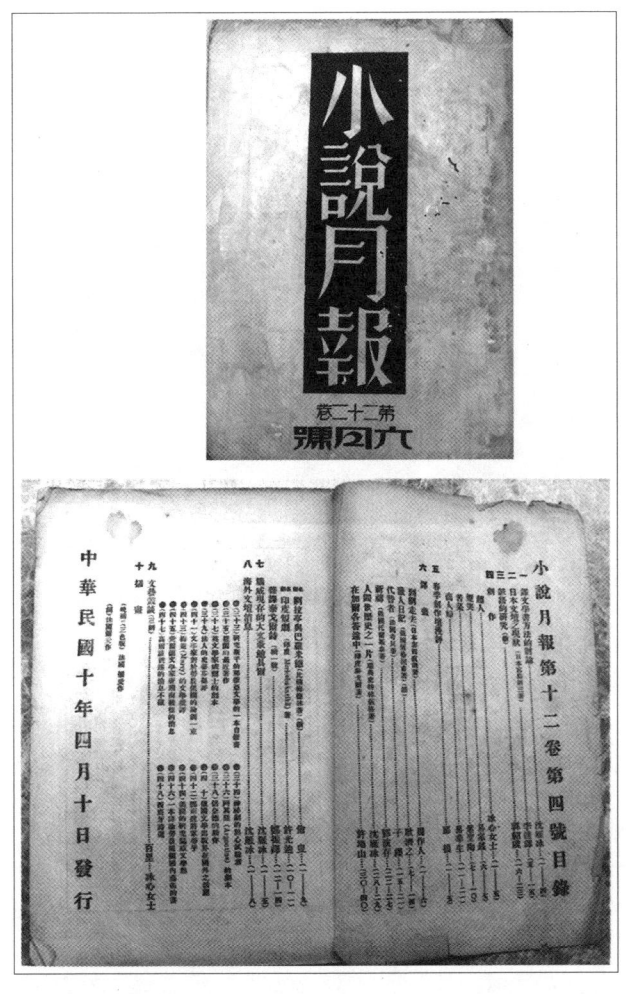

1921年许地山以"落华生"为笔名在《小说月报》发表短篇小说《商人妇》

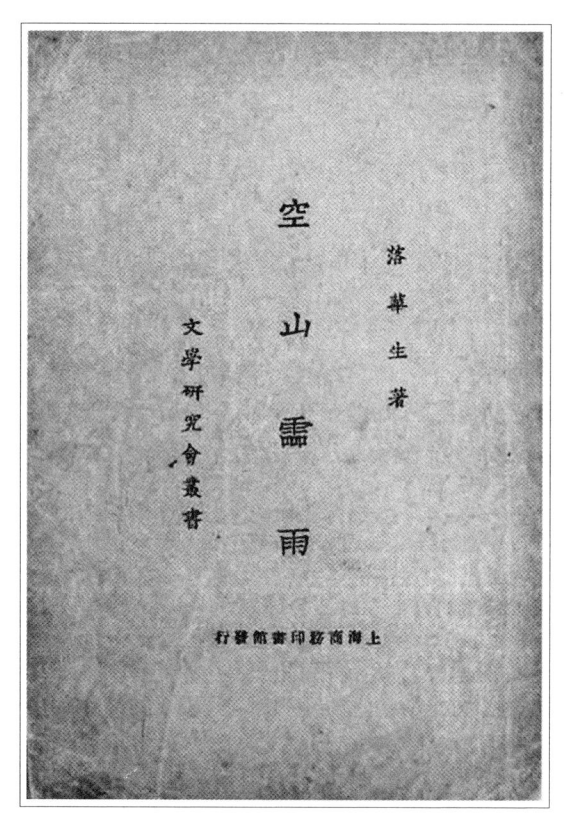

1925年许地山《空山灵雨》由上海商务印书馆出版

径。艺术家底唯一能事便在驾御这时间底铁环使它能循那连续的轨道进前，故他底作品当融含历史的事实与玄妙的想象。由前之过去印象与后之未来感想，而造成他现在的作品。前者所以寄情，后者所以寓感，一个艺术家应当寄情于过去底事实，和寓感于未来底想象，于此，有人家要说，艺术是不愿利害，艺术家只为艺术而制作，不必求其用处。但"为艺术而为艺术"的话，直与商人说"我为经商而经商"，官吏说"我为做官而做官"同一样无意义，艺术家如不能使人间世与自然界融合，则他底作品必非艺术品。但他所寄寓的不但要在时间底铁环，并且顾及生活的轨道上头。艺术家底技能在他能以一笔一色指出人生底谬误或价值之所在。艺术虽不能使人决择其行为底路向，但它能使人理会其行为底当与不当却很显然。这样看来，历史画自比静物画伟大得多。

末了，我很希望一般艺术家能于我们固有的各种技艺努力。我国自古号为衣冠文物之邦，而今我们底衣冠文物如何？讲起来伤心得很，新娘子非西式的白头纱不蒙，大老爷非法定的大礼帽不戴；小姐非钢琴不弹唱，非互搂不舞蹈，学生非英法菜不吃，非"文明杖"不扶！所谓自己的衣冠文物荡然无存。艺术家又应当注意到美术工艺底发展。我们底戏剧，音乐，建筑，衣服等等并不是完全坏，完全不美，完全不适用，只因一般工匠与艺术家隔绝了，他们底美感缺乏，才会走到今日底地步。故乐器底改造，衣服底更拟，等等关于日常生活底事物，我们当有相当的供献，总而言之，国献运动是今日中国艺术家应当励行底，要记得没有本国底事物，就不能表现国性；没有美的事物，美感亦无从表现。大家努力罢。

（选自 1927 年 1 月 8 日《晨报副刊》）

印度戏剧之理想与动作

（这是许先生在艺术学院戏剧系的讲演词，由尚达笔记后，曾交许先生改正。）

（一）印度戏剧发展的略史

印度戏剧产生在诗歌之后，梵文"那吒迦（nataka）"就是"戏剧"，意思是用诗歌来述说一件吉事；其实这只可说是歌舞，以后加入动作与说白，才能算是真正的戏剧。这种变迁的年代虽不明了，但从现在所得的知识判断起来，当在佛教大乘派发生以后，西历纪元前后的时代。

印度典籍里有《那吒修多罗》（Natasutra）。是一本讲歌舞原则和方法的古经，也不是真正论戏剧的书。在古时的印度庙宇仪式里有巫女表唱神话，所演唱的都是"法曲"与"神乐"，这种歌舞就是印度戏剧的起源。

后来戏剧由"庙宇的"而进为"宫庭的"，虽然加进去了多少的民情，但因为在王侯的指导和鉴赏之下，所以戏剧家所编的剧本，仍然是用很典雅的文字。尤其是唱辞完全是一般人所听不懂的文字。好像中国的戏曲，唱辞都是文言，说白才用白话。

那时的剧情，就是这样的一个公式：纯是叙述王后的故事；纯是表扬一个皇后有度量而不吃醋的故事。总是说一个王爱上了某一个美丽的民女；或是恋上了某一国的一个才貌双全的公主；

于是王就辗转反侧的想尽了方法，足然得了皇后的慨允而成为第二王后了。这时的戏剧，都是有好的结果，而完成了"大团圆主义"。

第一世纪至第十一世纪，印度的戏剧很发达，西纪前后一世纪时的著名作家是马鸣菩萨(Asvaghosa)。原来"马鸣"是他的荣誉的徽号，因为他说的故事能使马动情而哭了起来。可惜他的剧本多数是失传了，现在流传最著名的为《佛本行赞》及《孙陀罗难陀》(Saundrannada)；前者早已译成国文，后者最近已在英国出版了。

马鸣以后，有诃利陀沙(Kalidasa)，也是一个剧作家，他所作的剧本很多。

（二）印度戏剧的动作和理想

印度戏剧动作的另一方面的发展，起初舞台上是用木偶，好像中国的傀儡戏。实在说来我国的傀儡戏多少是受了他的影响的。

希腊戏剧在亚力山大第一世东征时传入印度，因为希腊戏剧先在大夏王朝里表演过。然后到北印度，而至康居(今属新疆)，由康居而至长安。

印度的傀儡剧却从海道输出，一方面由大食(阿剌伯)而至欧洲；一方面向马来半岛一带而南至中国。

木偶究不如活人，于是印度宫廷的戏剧，渐次用活人来表演。那时戏子的栽培已经成了宫廷很必要的事。

印度戏剧的情节，可用著名的《小泥车》(Mrcchakatika)剧中的一段来做个例，从这里我们可以看出印度戏剧的风味和理想来。

小泥车

布景——王宫,宫之一隅有小泥车一辆。

(王底妻舅 Sansthanaka 从他的花园里看见一辆车来,车里有丰裕的 daradine。)

王的妻舅——车夫!车夫!奴才!你在那里么?

车夫——在。

舅——车在那里么?

夫——在。

舅——驾车的牛在么?

夫——在。

舅——你在那里么!

夫——(笑)殿下,我在,我也在这里。

舅——那么把车拉进来吧。

夫——我怎能够呢?

舅——从那堵墙底裂处拉进来。

夫——殿下,这样,那牛便会死,那车便会坏,我——你底奴仆,也会死掉。

舅——什么?要记得我是大王底妻舅,如果那牛伤害了,我可以多买几头;如果那车破坏了,我可以会命人造过第二驾;如果你死掉,我会雇过第二个车夫……你只听我的命令吧。

夫——我很愿意,如果这不是罪孽。

舅——聪明人!这事一点罪孽也没有。

夫——那么请你说。

舅——请你把这女人杀掉。

夫——如果我要杀这无罪的女人——这城里的装饰品,我将乘那一只船渡过天堂河呢?

舅——我可以给你一只船,你要想在此园里没有一个人能看见杀了她。(车夫不干,王的妻舅变声)

舅——我底儿子,我的奴才,我要给你我的金镯子。

夫——我就可以戴上。

舅——我将为你做一张金椅子。

夫——我就可以坐上。

舅——我要给你我食剩下的饭吃。

夫——我就可以吞掉它们。

舅——我妻使你为众奴底头目。

夫——我就做一个主人。

舅——很好。你就做我所命你做底罢。

夫——殿下,我一定要做你所命做的,但不做罪孽。

舅——一点罪孽也没有。

夫——那么请说罢,殿下。

舅——杀掉那女人,

夫——慈悲罢,殿下,我不过是偶然把她带到这里来的。

舅——奴才,你以为我没有管你的权力么?

夫——你对于我的身体有权力,但不能管我底品行,慈悲罢,我害怕到要死。

舅——如果你是我的奴才,你怕什么?

夫——殿下,我怕来世呀!

由《小泥车》也就可以看出印度戏剧的理想来，大多数的戏剧是寄托教训在内的。

与玄奘为友的戒日王，他也是一个戏剧家，中国藏经中有一本《八大灵塔梵赞》就是他做的，但他底剧本还没有人把它翻译成中文。

自印度被回教征服后，因为回教人以为模仿人生底艺术是不对的，塑像雕刻都不被许可，因之印度戏剧也受了挫折。

印度戏剧在古来也是逢神的节日时才演，临时打起台子来。如同我国乡下的"社戏""会戏"一样。

（三）印度的现代剧

印度戏剧自受了欧化的影响，才有了固定的舞台。背景也和上海戏园子一般的华丽。印度戏院里间有演莎士比亚的剧本的，不过打扮和唱辞仍旧是印度的本色。

他们的演员有男有女，不过他们却是男女互扮。因为他们以为戏剧既是假扮来的，就不必定要男扮男，女装女。

印度戏剧最忌讳杀人出血的事。他们的戏剧充满着快愉。在一剧将演之前，也有一个出来说明剧情的人，有时就是那剧的作者。他们常常这样说："……我的戏剧充满了快愉，愿大家都带着福气回去！"然后向后台问道："把我所编的戏预备好了没有？"要是得到"好了"的回答，于是就开幕了。

他们演剧的时间，也是由晚八点直至一点。仍然保守着旧俗，在开台时必先有神歌；然后才演到"爱情""战争"文武的戏上来。实在说起来，在印度为普通人娱乐的戏剧，到最近几十年来才有的。

因为现在的印度戏院,很注重布景,所以布景很费时间,一幕与一幕之间,总得设法使观众不着急,因之有布景的剧算是"正剧",在幕启后演;而在布景的当儿,幕外却演着所谓的"副剧"。

副剧多为笑话,连唱带舞。譬如有一个副剧:是说一个男子屡次失偶,算命的先生叫他不必再娶。娶仍必死,后来果如算命者所言。又有一个女子,屡嫁丧夫,算命的先生也是说不必再嫁,嫁也必寡居。于是这一对男女相爱了,算命的先生又来警告道:不可结合,若结婚后必有人会死的。他俩成了夫妇,果然女的就死了。——这是表现信仰命运的一种笑话,演者在说辞上,确很能尽其滑稽的能事。

印度的对话剧,也是近来才发达,以前仍然是唱。虽然承认剧本是文学,但也看不起"戏子",这般人都是买来的。到现在还是没有一个戏剧学校。

(四)印度戏剧与中国之影响

印度戏剧不是整个有影响于我国的。如动作方面的傀儡戏,是影响到中国了,如前段所说。

戏剧里所用的乐器如胡琴之类,是来源于印度的,从西域介绍到中国来。唐时印度乐器或西域乐器传入中国的定不少:一则由佛教之唱赞必用乐器;二则其教徒为娱乐而带来的乐器也不少。唐乐多来自康居。今广东剧中之大锣大鼓,也带着唐时鼓吹曲的遗意,而这种乐曲受西域底影响很大。还有唐时著名的《霓裳羽衣舞》的曲谱,还是用梵文写的。

宋时用梵音阶，也正如我们现在用德国音阶一样，现在所用之"工尺"即宋时所用之梵音阶，S(上)R(尺)G(工)M(凡)P(六)D(五)N(乙)底音译。但这七个音阶里的"六""五"与音阶"P""D"不符，它的变迁的过程怎样，还待考究，不过印度戏剧的动作和乐器，对我国的影响是可以知道了。

（选自1929年6月1日《戏剧与文艺》第1卷第2期）

《孟加拉民间故事》译叙

戴伯诃利(Lal Behari Day)底《孟加拉民间故事》(Folk-Tales of Bengal)出版于一八八三年,是东印度民间故事底小集子。著者底自序中说他在一个小村里,每夜听村里最擅于说故事底女人讲故事。人家叫她做三菩底母亲。著者从小时便听了许多,可是多半都忘记了。这集子是因为他底朋友底请求而采集底。他从一个孟加拉女人得了不少,这集子底大部分就是从她所说底记下来。集中还有两段是从一个老婆罗门人听来底;三段是从一个理发匠听来底;两段是从著者底仆人听来底;还有几段是另一位婆罗门人为他讲底。著者听了不少别的故事,他以为都是同一故事底另样讲法,所以没有采集进来。这集子只有二十二段故事,据著者说,很可以代表孟加拉村中底老婆子历来对孩子们所讲底故事。

正统的孟加拉讲故事底村婆子,到讲完一段故事以后,必要念一段小歌。歌辞是:

我底故事说到这里算完了,
那提耶棘也枯萎了。
那提耶呵,你为什么枯萎呢?
你底牛为什么要我用草来喂它?
牛呵,你为什么要人喂?
你底牧者为什么不看护我?
牧者呵,你为什么不去看牛?

> 你底儿媳妇为什么不把米给我？
>
> 儿媳妇呵，你为什么不给米呢？
>
> 我底孩子为什么哭呢？
>
> 孩子呵，你为什么哭呢？
>
> 蚂蚁为什么要咬我呢？
>
> 蚂蚁呵，你为什么要咬人呢？
>
> 喀！喀！喀！

为什么每讲完一段必要念这一段，我们不知道，即如歌中辞句底关系和意义也很难解释。著者以为这也许是说故事底在说完之后，故意念出这一段无意义的言词，为底是使听底孩子们感到一点兴趣。

这译本是依一九一二年麦美伦公司底本子译底。我并没有逐字逐句直译，只把各故事底意思率直地写出来。至于原文底辞句，在译文中时有增减，因为翻译民间故事只求其内容明了就可以，不必如其余文章要逐字斟酌。我译述这二十二段故事底动机，一来是因为我对"民俗学（folk-lore）"底研究很有兴趣，每觉得中国有许多民间故事是从印度辗转流入底，多译些印度底故事，对于研究中国民俗学必定很有帮助；二来是因为今年春间芝子问我要小说看，我自己许久没动笔了，一时也写不了许多，不如就用两三个月底工夫译述一二十段故事来给她看，更能使她满足。

民俗学者对于民间故事认为重要的研究材料。凡未有文字，或有文字而不甚通行底民族，他们底理智的奋勉大体有四种从嘴里说出来的。这四种便是故事，歌谣，格言（谚语），和谜语。这些都是人类对于推理，记忆，想象等，最早的奋勉，所以不能把它们忽略掉。

故事是从往代传说下来底。一件事情，经十个人说过，在古时候就可以变成一段故事,所以说"十口为古"。故事便是"古",讲故事便是"讲古"。故事底体例,最普遍的便是起首必要说,"从前有……(什么什么)",或"古时……(怎样怎样)"。如果把古事分起类来,大体可以分为神话,传说,野乘三种。神话(myths)是"解释的故事",就是说无论故事底内容多么离奇难信,说底和听底人对于它们都没有深切的信仰,不过用来说明宇宙,生死等等现象,人兽,男女等等分别,礼仪,风俗等等源流而已。传说(legends)是"叙述的故事",它并不一定要解释一种事物底由来,只要叙述某种事物底经过。无论它底内容怎样,说底和听底对于它都信为实事,如关于一个民族底移殖,某城底建设,某战争底情形,都是属于这一类。它与神话还有显然不同之处,就是前者底主人多半不是人类,后者每为历史的人物。自然,传说中底历史的人物,不必是真正历史,所说某时代有某人,也许在那时代并没有那人,或者那人底生时,远在所说时代底前后也可以附会上去。凡传说都是说明某个大人物或英雄曾经做过底事迹底,我们可以约略分它为两类,一类是英雄故事(hero-tales),一类是英雄行传(sagas)。英雄故事只说某时代有一个英雄怎样出世,对于他或她所做底事并无详细的记载。英雄行传就不然;它底内容是细述一个英雄一生底事业和品性。那位英雄或者是一个历史上的人物,说底人将许多功绩和伟业加在他身上。学者虽然这样分,但英雄故事和英雄行传底分别到底是不甚明了的。术语上底"野乘"是用德文底Märchen〔它包括童话(nursery-tales),神仙故事(fairy-tales)及民间故事或野语(folk-tales)三种〕。它与英雄故事及英雄行传不同之处,第一点,它不像传说那么认真,故事底主人常是没有名字底,说者只说"从前有一个人……(怎样怎样)"或"往时有一个王……

（如此如彼）"，对于那个人，那个王底名字可以不必提起；第二点，它是不记故事发生底时间与空间底；第三点，它底内容是有一定的格式和计画底，人一听了头一两段，几乎就可以知道结局是怎样底。传说中底故事，必有人名，时间，地点，并且没有一定的体例，事情到什么光景就说到什么光景。

从古代遗留下来底故事，学者分它们为认真说与游戏说二大类，神话和传说属于前一类，野语是属于后一类底。在下级文化底民族中，就不这样看，他们以神话和传说为神圣，为一族生活底历史源流，有时禁止说故事底人随意叙说。所以在他们当中，凡认真说的故事都是神圣的故事，甚至有时止在冠礼时长老为成年人述说，外人或常人是不容听见底。至于他们在打猎或耕作以后围在村中对妇孺说底故事只为娱乐，不必视为神圣，所以对于神圣的故事而言，我们可以名它做庸俗的故事。

庸俗的故事，即是野语，在文化底各时期都可以产生出来。它虽然是为娱乐而说，可是那率直的内容很有历史的价值存在。我们从它可以看出一个时代底社会风尚，思想，和习惯。它是一段一段的人间社会史。研究民间故事底分布和类别，在社会人类学中是一门很重要的学问。因为那些故事底内容与体例不但是受过环境底陶冶，并且带着很浓厚的民族色彩。在各民族中，有些专会说解释的故事，有些专会说训诫或道德的故事，有些专会说神异的故事，彼此一经接触，便很容易互相传说，互相采用，用各族底环境和情形来修改那些外来的故事，使成为己有。民族间底接触不必尽采用彼此底风俗习惯，可是彼此的野乘很容易受同化。野乘当比神话和传说短，并且注重道德的教训，当寓一种训诫，所以这类故事常缩短为寓言（fables）。寓言常以兽类底品性抽象地说明人类底道德关系，其中每含有滑稽成分，使听者发噱。为方便起见，学者另分野乘为禽语(beast-tales)，谐语(drolls)，集语(cumulative tales)，及喻言(apologues)四种。在禽语中底主人是会说人话底禽兽。这种故事多见于初期的文化民族中。在各民族底禽兽中，所选底主人禽兽各有不同，大抵是与当地当时底生活环境多有接触底动物。初人并没有觉得动物种类底不同，所以在故事中，象也可以同家鼠说话，公鸡可以请狐狸来做宾客，诸如此类，都可以看出他们底识别力还不很强。可是从另一方面说这种禽语很可以看出初民理智活动底表现方法。谐语是以诙谐为主底。故事底内容每以愚人为主人，述说他们底可笑行为。集语底内容和别的故事一样，不同的只在体例。它常在叙述一段故事将达到极盛点底时候，必要复述全段底故事一遍再往下说。喻言都是道德的故事，借譬喻来说明一条道理的，所以它与格言很相近。喻言与寓言有点不同。前者多注重道德的教训，后者多注重真理底发明。在低级文化底民族中常引这种喻言为法律上的事例，在法庭上可以引来判断案件。野乘底种类大体是如此，今为明了起见，特把前此所述底列出一个表来。

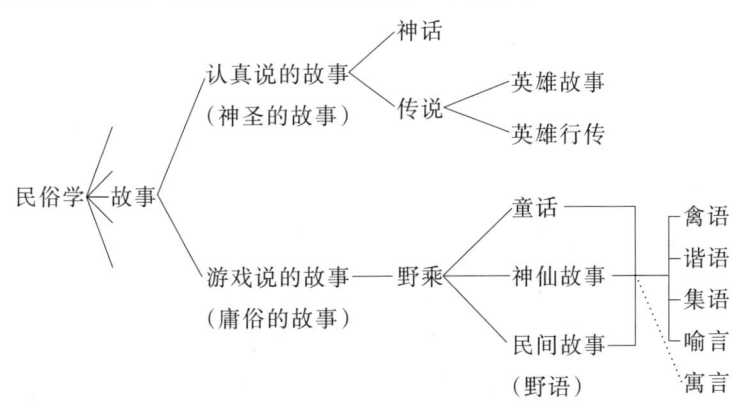

```
                              ┌─ 神话
              ┌─ 认真说的故事 ┤        ┌─ 英雄故事
              │  （神圣的故事）└─ 传说 ┤
              │                        └─ 英雄行传
民俗学 ─ 故事 ┤
              │                              ┌─ 童话          ┌─ 禽语
              │                              │                ├─ 谐语
              └─ 游戏说的故事 ── 野乘 ──────┼─ 神仙故事 ────┼─ 集语
                 （庸俗的故事）               │                ├─ 喻言
                                              └─ 民间故事      └─ 寓言
                                                 （野语）
```

我们有了这个表，便知道这本书所载底故事是属于那一类底。禽语底例如《豺媒》，谐语如《二窃贼》，喻言如《三王子》，《阿芙蓉》等是。

孟加拉民间故事底体例，在这本书中也可以看出它们有禽语，谐语，集语，喻言，四种成分，不过很不单纯，不容易类别出来。故事底主人多半是王，王子，和婆罗门人。从内容方面说，每是王，王子，或婆罗门人遇见罗刹或其他鬼灵，或在罗刹国把一个王女救出来，多半是因结婚关系而生种种悲欢离合底事。做坏事底人常要被活埋掉。在这二十二段故事中，除了《二窃贼》，及《阿芙蓉》以外，多半的结局是团圆的，美满的。

在这本故事里有许多段是讲罗刹底。罗刹与药叉或夜叉有点不同。夜叉（yaksa）是一种半神底灵体，住在空中，不常伤害人畜。罗刹（rāksasa）男声作罗刹娑，女声作罗叉私（rāksasī）。"罗刹"此言"暴恶"，"可畏"，"伤害者"，"能瞰鬼"等。佛教译家将这名字与夜叉相混，但在印度文学中这两种鬼怪底性质显有不同的地方。罗刹本是古代印度底土人，有些书籍载他们是，黑身，赤发，绿眼底种族。在印度亚利安人初入印度底时候，这种人盘据着南方底森林使北印度与达（Deccan）隔绝。他们是印度亚利安人底劲敌，所以在《吠陀》里说他们是地行鬼，是人类底仇家。《摩诃婆罗达》书中说他们底性质是凶恶的，他们底身体呈黄褐色，具有坚利的牙齿，常染血污。他们底头发是一团一团组起来底。他们底腿很长大，有五只脚。他们底指头都是向后长底。他们底咽喉作蓝色，腹部很大，声音凶恶，容易发怒，喜欢挂铃铛在身上。他们最注重的事情便是求食。平常他们所吃底东西是人家打过喷嚏不能再吃底食物，有虫或虫咬过底东西，人所遗下来底东西，和被眼泪渗染过底东西。他们一受胎，当天就可以生产。他们可以随意改变他们底形状。他们在早晨最有力量，在破晓及黄昏时最能施行他们底欺骗伎俩。

在民间故事中，罗刹常变形为人类及其他生物。他们底呼吸如风，身手可以伸长到十由旬（约八十英里，参看本书《骨原》）。他们从嗅觉知道一个地方有没有人类。平常的人不能杀他们，如果把他们底头砍掉，从脖子上立刻可以再长一个出来。他们底国土常是很丰裕的，地点常在海洋底对岸。这大概是因为锡兰岛往时也被看为罗刹所住底缘故。罗刹女也和罗刹男一样喜欢吃人。她常化成美丽的少女在路边迷惑人，有时占据城市强迫官民献人畜为她底食品。她们有时与人类结婚，生子和人一样。

在今日的印度人，信罗刹是住在树上底，如果人在夜间经过树下冲犯了他们就要得着呕吐及不消化底病。他们最贪食，常迷惑行人。如果人在吃东西底时候，灯火忽然灭了，这时底食物每为罗刹抢去，所以得赶快用手把吃底遮住。人如遇见他们，时常被他们吃掉，幸亏他们是很愚拙的，如尊称他们为"叔叔"，或"姑母"等，他们就很喜欢，现出亲切的行为，不加伤害。印度现在还有些人信恶性的回教徒死后会变罗刹。在孟加拉地方，这类底罗刹名叫"曼多"（Māmdo），大概是从亚拉伯语"曼督"（Mamdūh），意为"崇敬"，"超越"，而来。

这本故事常说到天马（Pakshiraj），依原文当译作"鸟王"。这种马是有翅膀能够在空中飞行底。它在地上走得非常快，一日之中可以跑几万里。

印度底民间故事常说到王和婆罗门人。但他们底"王"并不都是统治者，凡拥有土地底富户也可以被称为王或罗阇，所以《豺媒》里底织匠也可以因富有而自称为王。王所领底地段只限于他所属所知道底,因此,印度古代许多王都不是真正的国王,"王"不过是一个徽号而已。

此外还有许多事实从野乘学底观点看来是很有趣味的。所以这书底译述多偏重于学术方面,至于译语底增减和文辞修饰只求达意,工拙在所不计。

许地山　十七年六月六日　海甸朗润园
赠与爱读故事底　芝子

(选自《孟加拉民间故事》,商务印书馆1929年11月出版)

《印度文学》绪说

　　古印度文学与别的古代文学一样，其作者与时代常未明载。最古的文学为《吠陀颂》，其创作之年代已不详，但其为印度欧罗巴民族最早的作品，则无庸怀疑。从《颂》底内容看来，那书当成于公元前一五〇〇至前一〇〇〇年间，有些学者以为还要早几百年，有些甚至说是成于公元前三千年。但公元前三千年间，《吠陀》文学在章句上似乎没有什么改变，就是思想方面也看不出什么更变底痕迹，所以多数的学者还以为成于公元前一五〇〇至前一〇〇〇年之说较为妥当。

　　印度文学发生于西北印度。最早的诗人就是《吠陀》底作者。他们最初都住在印度河两岸，渐次移住到现在的般遮普（Punjab）省。印度民族后来渐次循着伽河（恒河）向东南移殖，因为屡次战胜土族底结果，他们底势力便伸展到那条圣河底两岸。这移殖底成功是很可注意底。因为他们底诗人时常赞美亚利安族底诸天使他们战胜了黑色的土人。《吠陀》诗人底血系与希拉，罗马，及条顿人很相近。他们也像住在西方底同族一样，说他们是圣种（Aryan），比一切的人种都高贵。这尊圣底观念做成后来文学底中心思想，所以很值得注意。

　　亚利安人从西北部向东南侵入到现在的波罗奈城（Benares）底时候，为印度文学底第一期。这时期底文学底主要派别可以分为两种，一是正统的雅语文学，就是所谓吠陀文学，或明论文学；一是非正统的佛教文学，及其他宗派底文学。《吠陀》文学又可分为四小期：一，是创造时代底《吠陀颂》；二，是仪式时代底《净行书》，或《梵书》(Brahmanas)；三，是用诗体或散文体写底《奥义书》，或《邬波尼煞》(Upanishads)；四，是《经书》，或《修多罗》(Sūtra)。《修多罗》底内容是解释宗教底仪式，其文体多为颂偈。这四种文学的价值很不相同。《吠陀颂》极有兴味，而后来写出底《净行书》可就没有什么，不过是解释《吠陀》底词句而已。《净行书》所表现底思想很幼稚，足以证明当时思想底停顿。直到这仪式时代底末叶，印度思想界才有活动现象。宗教文学底伟大产品《奥义书》便是这活动底结果。《经书》也和《净行书》一样，没有多少创作。这四个小时期综合起来便是吠陀时期。印度文学在文字上只分雅语(sanskrit)与俗语(prakrit)两种。俗语中之巴利为初期佛教文学所用底语体。雅语包括《吠陀》文学与雅语文学，总称为梵语文学。其实梵文本指印度语文而言，而世俗相沿，只用来专指雅语。梵语之中又有《吠陀》与雅语二种。吠陀文学与雅语文学之分别，在前者为神圣的，后者为人造的。

我们须知古来印度一切文词皆由口传，到佛后第五世纪方以文字记录典籍。当公元前七世纪，印度人已会用文字。但那时底文字只用来做铭刻底用处，未尝用来书写文章。镌字底石碑比写字底贝多罗叶还要早些。在佛以前，甚至后几百年，一切文学都是口口传诵下来。有许多婆罗门人用一生的工夫去传诵古代文章。他们底记忆力虽强，但各人所诵底，在文句上，自然不能尽都符合。我们从各等传诵下来底文学中，不但可以断定各作品底时期，并且可以看出印度民族底特能。虽然到了文字发明以后，他们还不以书写圣典为然，他们以为圣语万不能用笔写，只可以用口诵。他们教学徒也是以口诵为尚。在这种情形底下，一方面发明了文法底原则，一方面削薄了历史底观念。因为学者要尽力传递古代的传说，不要以自己底意见为权衡，就使自己有所发明，也要归名于古圣们。这样，印度文学底作者每为古代的名师，圣人，仙人等，我们要从文学上得到一个历史的次序就很困难。

从印度文学底分期上，除了《吠陀》文学和雅语文学以外，还可以加上近代文学。近代期从十六世纪起，正当外国底势力输入印度底时代。在近代文学中虽有多数是用梵文写底，但其中已有不少用各地底方言写出来。我们现在将印度文学底次序排列出来，使读者对于它底大系有一个概观，因而知道它底发展历程。

第一期　《吠陀》文学或尊圣文学：(1)《颂》；(2)《净行书》与《奥义书》；(3)《经书》。

第二期　非圣文学：(1)佛教文学；(2)耆那教文学。

第三期　雅语文学：(1)科学；(2)赋体诗与往世书；(3)寓言与戏剧；(4)兴体诗；(5)佛教文学。

第四期　近代文学：(1)雅语；(2)俗语与外国语。

（选自《印度文学》，上海商务印书馆 1930 年 10 月出版）

序《野鸽的话》

　　写文底时候，每觉得笔尖有鬼。有时胸中有千头万绪，写了好几天，还是写不出半个字来。有时脑里没一星半点意思，拿起笔来，却像乩在沙盘上乱画，千言万语，如瀑如潮，顷刻涌泻出来。有时明知写出来不合时宜，会挨讥受骂，笔还是不停地摇。有时明知写出来人会欢迎，手却颤动得厉害，一连在纸上杵成无数污点。总而言之，写文章多是不由自主，每超出爱写便写之上。真正的作家都是受那不得不写底鬼物所驱使。

　　我又觉得写文底目的若果专在希冀读者底鉴赏或叫绝底话，这种作品是绝对地受时间空间和思想所限制底。好作品不是商品，不必广告，也不必因为人欢迎便多用机器来制造。若不然，这样的作品一定也和机器货化学货一样，千篇一律。做好文章底作家底胸中除掉他自己底作品以外，别的都不存在，只有作品本身是重要的。读者不喜欢不要紧；挨讥刺也不要紧；挨骂更不要紧；卖不出去尤其不要紧。作者能依个人的理解与兴趣在作品上把精神集中于生活底一两个问题上也就够了。

　　现在中国文坛上发生了许多争论。其中最要的一点是所谓文学底"积极性"。我不懂这名词底真铨在什么地方。如果像朋友们告诉我说，作者无论写什么，都要旗帜鲜明。在今日的中国尤其是要描写被压迫底民众底痛苦，和他们因反抗而得最后的胜利。这样，写小说必得"就范"。一篇一篇写出来，都得像潘金莲做给武大卖底炊饼，两文一个，大小分量都是一样，甚至连饼上底芝麻都不许多出一粒！所谓积极性，归到根柢，左不过是资本家压迫劳工，劳工抵抗，劳工得最后的胜利；或是地主欺负农民，农民暴动，放火烧了地主全家，因得分了所有的土地。若依定这样公式做出来，保管你看过三两篇以后，对于含有积极性底作品，篇篇都可以背得下来，甚至看头一句便知道末一句是什么。文章底趣味，到这步田地可算是完了。我并非反对人写这种文章。我承认它有它底效用。不过，若把文学底领域都归纳在这范畴里，我便以为有点说不下去。若是文坛的舆论以为非此不可底话，我便祈愿将那些所谓无积极性底作品都踢出文学以外，给它们什么坏的名目都可以。

人类底被压迫是普遍的现象。最大的压迫恐怕还是自然的势力，用佛教底话，是"生老病死"。农工受压迫的是事实，难道非农非工便都是吃人底母夜叉母大虫；难道压迫农工底财主战主没有从农工出身底；难道农工都是无用者？还有许多问题都是不能用公式来断定底。我不信凡最后的胜利都值得羡慕。我不信凡事都可以用争斗或反抗来解决。我不信人类在自然界里会有得到最后胜利底那一天。地会老，天会荒，人类也会碎成星云尘，随着太空里某个中心吸力无意识地绕转。所以我看见底处处都是悲剧；我所感底事事都是痛苦。可是我不呻吟，因为这是必然的现象。换一句话说，这就是命运。作者底功能，我想，便是启发读者这种悲感和苦感，使他们有所慰藉，有所趋避。如果所谓最后胜利是避不是克，是顺不是服，那么我也可以承认有这回事。所谓避与顺并不是消极的服从与躲避，乃是在不可抵当的命运中求适应，像不能飞底蜘蛛为创造自己的生活，只能打打网一样。天赋的能力是这么有限，人能做什么？打开裤裆捉捉虱子，个个都能办到；像阿特拉斯要扛着大地满处跑底事只能在虚空中出现罢。无论如何，愚公可以移山夸父不能追日，聪明人能做得到底，愚拙人也可以做得到。然而我只希望不要循环地做，要向上地做。我受了压迫，并不希望报复，再去压迫从前的压迫者。我只希望造成一个无压迫的环境，一切都均等地生活着。如果用这个来做文心，我便以为才是含有真正的积极性。

又，像我世代住在城市，耳目所染，都是城市生活和城市人底痛苦。我对于村庄生活和农民不能描写得很真切，因为我不很知道他们。我想，一个作者如果是真诚底话，一定不会放着他所熟悉底不写，反去写他所不知底。生活底多方面，也不能专举一两种人来描写，若说要做一个时髦的作家必得描写农工，那么我宁愿将我底作品放在路边有应公底龛里，让那班无主孤魂去读。

颖柔先生底文学生涯已过了十几年。虽然因他不常写，写也不为卖钱底原故，有一两篇在结构上似乎有点生涩或不投时尚，但他底文学率真，有趣，足能使人一读便不肯放手。从前的人们拿小说当安眠药，拿起书来，望床上一躺，不管看底是什么，是那一回，糊乱地读一阵，到打个呵欠，眼睛渐闭，书掉在地上，就算得着其中意味了。颖柔底作品却是兴奋剂。他描写底不出他底经验和环境，内容也不含有积极性，只为描写而描写，可是教人越读越精神。他每篇都寓着他个人的人生观，最可注意底是他不以一般已成的道德和信仰为全对。他觉得这当中有时甚至是虚伪，可憎，和危险。现在他把从前所写底小说和散文等集成一小册，名为野鸽的话。因为是老同学，对于他底文章又有同调底感触，所以不妨借题发挥，胡说一气。我想我这样解释颖柔底作品，他一定不会见怪。

(选自 1935 年 4 月 10 日《新文学》第 1 卷第 1 期)

怡情文学与养性文学

——序大华烈士编译《硬汉》小说集

　　文学底种类，依愚见，以为大体上可分为两种：一是怡情文学；二是养性文学。怡情文学是静止的，是在太平时代或在纷乱时代底超现实作品，文章底内容全基于想象，美化了男女相悦或英雄事迹，乃至作者自己混进自然，忘掉他底形骸，只求自己欣赏，他人理解与否，在所不问。这样底作品多少含有唯我独尊底气概，作者可以当他底作品为没弦琴，为无孔笛。养性文学就不然，它是活动的，是对于人间种种的不平所发出底轰天雷，作者着实地把人性在受窘压底状态底下怎样挣扎底情形写出来，为的是教读者能把更坚定的性格培养出来。在这电气与煤油时代，人间生活已不像往古那么优游，人们不但要忙着寻求生活的资料，并且要时刻预防着生命被人有意和无意地掠夺。信义公理所维持底理想人生已陷入危险的境地，人们除掉回到穴居生活，再把坚甲披起，把锐牙露出以外，好像没有别的方法。处在这种时势底下，人们底情神的资粮当然不能再是行云流水，没弦琴，无孔笛。这些都教现代的机器与炮弹轰毁了。我们现时实在不是读怡情文学底时候，我们只能读那从这样时代产生出来底养性文学。养性文学底种类也可以分出好几样，其中一样是带汗臭底，一样是带弹腥底。因为这类作品都是切实地描写群众，表现得很朴实，容易了解，所以也可以叫做群众文学。

　　前人为文以为当如弹没弦琴，要求弦外底妙音；当如吹无孔笛，来赏心中底奥义。这只能被少数人所赏识，似乎不是群众养性底资粮。像大华烈士所集译底军事小说《硬汉》等篇，实是唤醒国民求生底法螺。作者从实际经验写出来，非是徒托空言来向拥书城底缙绅先生献媚，或守宝库底富豪员外乞怜，乃是指导群众一条为生而奋斗而牺牲底道路。所以这种弹腥文学是爱国爱群底人们底资粮，不是富翁贵人底消遣品。富翁贵人说来也不会欣赏像《硬汉》这一类底作品，因为现代的国家好像与他们无关，没有国家，他们仍可以避到世外桃源去弹没弦琴和吹无孔笛。但是一般的群众呢？国家若是没有了，他们便要立刻变成牛马，供人驭策。所以他们没有工夫去欣赏怡情文学，他们须要培养他们底真性，使他们具有坚如金刚底民族性，虽在任何情境底下，也不致有何等变动。但是群众文学底任务，不是要将群众底卤莽言动激励起来，乃是指示他们人类高尚的言动应当怎样，虽然卤莽不文，也能表出天赋的性情。无论是农夫，或是工人，或是兵士，都可以读像《硬汉》这样底文艺，他们若是当篇中所记底便是他们同伴，或他们自己底事情，那就是译者底功德了。

(选自 1939 年 1 月 5 日《大风》旬刊第 25 期)

（許地山先生遺墨之二）

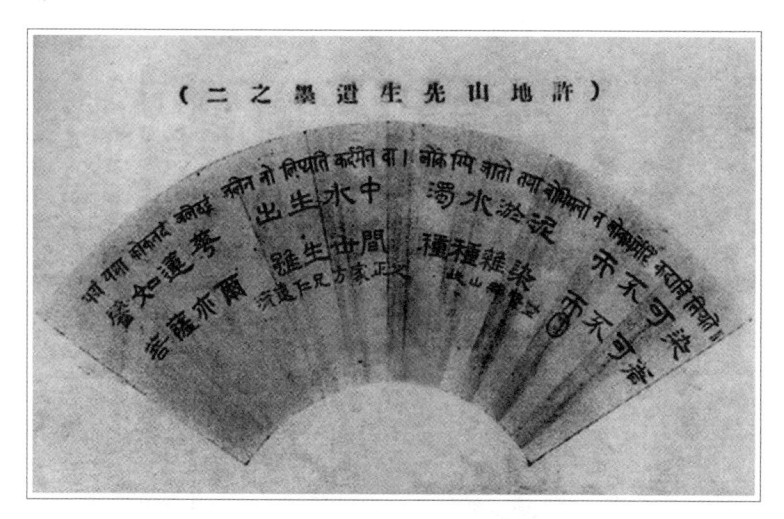

濁水淤泥　出生水中
種種雜染　雖生世間
亦不可染　菩薩亦爾
亦不可染　當知是華

许地山遗墨

許地山遺墨

老 鸦 咀

　　无论什么艺术作品，选材最难。许多人不明白写文章与绘画一样，擅于描写禽虫底不一定能画山水，擅于描写人物底不一定能写花卉。即如同在山水画底范围内，设色，取景，布局，要各有各底心胸才能显出各底长处。文章也是如此。有许多事情，在甲以为是描写底好材料，在乙便以为不足道。在甲以为能写得非常动情，在乙写来，只是淡淡无奇。这是作者性格所使然，是一个作家首应理会底。

　　穷苦的生活用颜色来描比用文字来写更难。近人许多兴到农村去画什么饥荒，兵灾，看来总觉得他们底艺术手段不够，不能引起观者底同感。有些只顾在色底渲染，有些只顾在画面堆上种种触目惊心的形状，不是失于不美，便是失于过美。过美的，使人觉得那不过是一幅画。不美的便不能引起人底快感，那能成为艺术作品呢？所以"流民图"一类底作品只是宣传画底一种，不能算为纯正艺术作品。

　　近日上海几位以洋画名家而自诩为擅汉画的大画师，教授，每好作什么英雄独立图，醒狮图，骏马图，"雄鸡一声天下白"之类。借重名流如蔡先生褚先生等，替他们吹嘘，展览会从亚洲开到欧洲。到处招摇，直失画家风格。我在展览会见过底马腿，都很像古时芝拉夫底鸡脚，都像鹤膝。光与体底描画每多错误，不晓得一般高明的鉴赏家何以单单称赏那些。他们画马，画鹰，画公鸡给军人看，借此鼓励鼓励他们，到也算是画家为国服务底一法，如果说

"沙龙"底人都赞为得未曾有底东方画,那就失礼了。

当众挥毫不是很高尚的事,这是走江湖人底技俩,要人信他底艺术高超,所以得在人前表演一下。打拳卖膏药底在人众围观底时节,所演底从第一代祖师以来都是那一套。我赴过许多"当众挥毫会",深知某师必画鸟,某师必画鱼,某师必画鸦,样式不过三四,尺寸也不过五六,因为画熟了,几撇几点,一题,便成杰作。那样,要好画,真如煮沙欲其成饭了。古人雅集,兴到偶尔,就现成纸帛一两挥,本不为传,不为博人称赏,故只字点墨,都堪宝贵。今人当众大批制画,伧气满纸,其术或佳,其艺则渺。

画面题识,能免则免,因为字与画无论如何是两样东西。借几句文词来为烘托画意,便见作者对于自己艺术未能信赖,要告诉人他画底都是什么。有些自大自满底画家还在纸上题些不相干的话,更是镜头。古代杰作,都无题识,甚至作者底名字都没有。有底也在画面上不相干的地方,如树边石罅,枝下,等处淡淡地写个名字,记个年月而已,今人用大字题名题诗词,记跋,用大图章,甚至题占画面十分之七八,我要问观者是来读书还是读画?有题记瘾底画家,不妨将纸分为两部分,一部作画,一部题字,界限分明,才可以保持画面底完整。

近人写文喜用"三部曲"为题,这也是洋八股。为什么一定要"三部"?作者或者也莫名其妙。像"憧憬"是什么意思,我问过许多作者,除了懂日本文底以外,多数不懂,只因人家用开,顺其大意,他们也跟着用起来。用三部曲为题底恐怕也是如此。

(选自1936年8月15日《红豆》第4卷第6期)

论"反新式风花雪月"

"新式风花雪月"是我最近听见底新名词。依杨刚先生底见解是说：在"我"字统率下所写底抒情散文，充满了怀乡病底叹息和悲哀，文章底内容不外是故乡底种种，与爸爸，妈妈，爱人，姐姐等。最后是把情绪寄在行云流水和清风明月上头。杨先生要反对这类新型的作品，以为这些都是太空洞，太不着边际，充其量只是风花雪月式的自我娱乐，所以统名之为"新式风花雪月"。这名辞如何讲法可由杨先生自己去说，此地不妨拿文艺里底怀乡，个人抒情，堆砌词藻，无病呻吟等，来讨论一下。

我先要承认我不是文学家，也不是批评家，只把自己率直的见解来说几句外行话，说得不对，还求大家指教。

我以为文艺是讲情感而不是讲办法底。讲办法底是科学，是技术。所以整匹文艺底锦只是从一丝一丝底叹息，怀念，呐喊，愤恨，讥讽等等，组织出来。经验不丰的作者要告诉人他自己的感情与见解，当然要从自己讲起，从故乡出发。故乡也不是一个人底故乡，假如作者真正爱它，他必会不由自主地把它描写出来。作者如能激动读者，使他们想方法怎样去保存那对于故乡底爱，那就算尽了他底任务。杨先生怕底是作者害了乡思病，这固然是应有底远虑。但我要请她放心，因为乡思病也和相思病一样地不容易发作。一说起爱情就害起相思病底男女，那一定是疯人院里底住客。同样地，一说起故乡，什么都是好的，什么都是可恋可爱的，恐怕世间也少有这样的人。他也会不喜欢那只扒满蝇蚋底癞狗，或是隔邻二婶子爱说人闲话底那张嘴，或是住在别处底地主派来收利息底管家罢。在故乡里，他所喜欢底人物有时也会述说尽底。到了说净尽底时候，如果他还从事于文艺底时候，就不能不去找新的描写对象，他也许会永远不再提起"故乡"，不再提起妈妈姊姊了。不会作文章和没有人生经验底人，他们底世界自然只是自己家里底一厅一室那么狭窄，能够描写故乡底柳丝蝉儿和飞灾横祸底，他们底眼光已是看见了一个稍微大一点的世界了。看来，问题还是在怎样了解故乡底柳丝，蝉儿等等，不一定是值得费工夫去描写，爸爸，妈妈，爱人，姊姊底遭遇也不一定是比别人底遭遇更可叹息，更可悲伤。无病的呻吟固然不对，有病的呻吟也是一样地不应当。永不呻吟底才是最有勇气底。但这不是指着那些麻木没有痛苦感觉底喘气傀儡，因为在他们底头脑里找不出一颗活动的细胞，他们也不会咬着牙龈为弥补境遇上的缺陷而戮力地向前工作。永不呻吟底当是极能忍耐最擅于视察事态底人。他们底笔尖所吐底绝不会和嚼饭来哺人一样恶心，乃如春蚕所吐底锦绣底原料。若是如此，那做成这种原料底柳丝，蝉儿，爸爸，妈妈等，就应当让作者消化在他们底笔尖上头。

　　其次，关于感情底真伪问题。我以为一个人对于某事有真经验，他对于那事当然会有真感情。未经过战场生活底人，你如要他写炮火是怎样厉害，死伤是何等痛苦，他凭着想象来写，虽然不能写得过真，也许会写得毕肖。这样描写虽没有真经验，却不能说完全没有真感情。所谓文艺本是用描写底手段来引人去理解他们所未经历过底事物，只要读者对作品起了共鸣作用，作者底感情底真伪是不必深究底。实在地说，在文艺上只能论感情底浓淡，不能论感情底真伪，因为伪感情根本就够不上写文艺。感情发表得不得当也可以说虚伪，所以不必是对于风花雪月，就是对于灵、光、铁、血，也可以变做虚伪的呐喊。人对于人事底感情每不如对于自然底感情浓厚，因为后者是比较固定比较恒久的。当他说爱某人某事时，他未必是真爱，他未必敢用发誓来保证他能爱到底。可是他一说爱月亮，因为这爱是片面的，永远是片面的，对方永不会与他有何等空间上，时间上人事上的冲突，因而他底感情也不容易变化或消失。无情的月对着有情的人，月也会变做有情的了。所忌底是他并不爱月亮，偏要说月亮是多么可爱，而没能把月亮底所以可爱底理由说出来，使读者可以在最低限度上佩服他，撒底谎不圆，就会令人起不快的感想，随着也觉得作者底感情是虚伪的。读书，工作，体验，思索，只可以培养作者的感情；却不一定使他写成充满真情底文章，这里头还有人格修养底条件。从前的文人每多"无行"。所以写出来底纵然是真，也不能动人。至于叙述某生和狐狸精底这样那样，善读文艺底人读过之后，忘却底云自然会把它遮盖了底。

其三，关于作风问题。作风是作者在文心上所走底路和他底表现方法。文艺底进行顺序是从神坛走到人间底饭桌上底。最原始的文艺是祭司巫祝们写给神看或念给神听；后来是君王所豢养底文士写来给英雄，统治者，或闲人欣赏；最后才是人写给人看。作风每跟着理想中各等级底读者转变方向。青年作家底作品所以会落在"风花雪月"底型范里底原故，我想是由于他们所用底表现工具——文字与章法——还是给有闲阶级所用底那一套，无怪他们要堆砌词藻，铺排些在常人饭碗里和饭桌上用不着底材料。他们所写底只希望给生活和经验与他们相同底人们看，而那些人所认识底也只是些中看不中用的词藻。"到民间去"，"上前线去"，只要带一张嘴，一双手，就够了，现在还谈不到带文房四宝。所以要改变作风，须先把话说明白了，把话底内容与涵义使人了解才能够达到目的。会说明白话底人自然擅于认识现实，而具有开条新路让人走底可能力量。话说得不明白才会用到堆砌词藻底方法，使人在五里雾中看神仙，越模糊越秘密。这还是士大夫意识底遗留，是应当摒除底。

（选自1940年11月14日香港《大公报·文艺》第968期）